Stephanie Bond
Stoppt die Hochzeit!

W0357894

amazon crossing

Das Buch

Wer einen Einwand gegen diese Hochzeit vorzubringen hat, der möge jetzt sprechen oder für immer schweigen ...

Scheidungsanwältin Annabelle Coakley ist entsetzt, als ihre verwitwete Mutter ihr mitteilt, dass sie vorhat, einen abgehalfterten Filmstar mit einer ganzen Riege Exfrauen zu heiraten. Annabelle packt die Koffer und reist zu ihrer Mutter mit nur einem Ziel vor Augen: die Hochzeit zu stoppen!

Banker Clay Castleberry ist mehr als irritiert, als er erfährt, dass sein Vater – schon wieder – verlobt ist. Also lässt er alles stehen und liegen und eilt nach Atlanta – das Bargeld griffbereit, um seinen Vater aus den Klauen der nächsten geldgierigen Frau zu befreien.

Als Clay Annabelle zunächst für die neue Verlobte seines Vaters hält, ist das nicht unbedingt ein verheißungsvoller Auftakt für die beiden. Zu ihrem nicht geringen Entsetzen müssen sie jedoch feststellen, dass nicht nur Misstrauen, sondern leider auch eine unwiderstehliche Anziehungskraft zwischen ihnen wächst.

Die Autorin

Stephanie Bond befand sich auf dem besten Wege, Karriere als Programmiererin zu machen und nebenbei einen MBA zu erwerben, als einer ihrer Dozenten bemerkte, dass sie ein Talent fürs Schreiben hatte und ihr vorschlug, Texte an akademische Zeitschriften zu schicken. Aber Stephanie interessierte sich viel mehr für das Schreiben von Romanen – genauer gesagt von Liebesromanen und Krimis. Nachdem sie zwei Jahre lang nur in ihrer Freizeit geschrieben hatte, verkaufte sie ihr erstes Manuskript, eine romantische Komödie, an Harlequin. Nachdem zehn weitere Bücher von ihr bei zwei verschiedenen Verlagen veröffentlicht worden waren, kehrte sie der Geschäftswelt den Rücken, um Vollzeitautorin zu werden. Unterdessen sind mehr als siebzig Bücher von ihr erschienen.

STEPHANIE BOND

STOPPT

die Hochzeit!

Übersetzt von Bettina Ain für Agentur Libelli

amazon crossing

Die Originalausgabe erschien 2013 unter dem Titel »Stop the Wedding!«
bei NeedtoRead Books, Atlanta.

Deutsche Erstveröffentlichung bei AmazonCrossing,
Luxemburg, Februar 2014

Umschlaggestaltung: bürosüd° München, www.buerosued.de
Bildrechte: © Getty Images, Yrr Geirs
Lektorat: Agentur Libelli
Satz: Monika Daimer, www.buch-macher.de

Printed in Germany
by Amazon Distribution GmbH, Leipzig

ISBN 978-1-477-822333

www.amazon.com/crossing

KAPITEL EINS

Annabelle Coakley hob ihr angebissenes Sandwich hoch, um für den Stapel Aktenmappen Platz zu machen, den ihre Assistentin Michaela im Arm hatte, und hielt sich das Telefon ans andere Ohr. »Mom, ich würde wirklich gerne mit dir reden, aber gerade jetzt im Moment stecke ich bis über beide Ohren in Arbeit.« Mike deutete auf ihre Armbanduhr und gab ihr durch Lippenbewegungen zu verstehen, dass sie in zwanzig Minuten im Gericht sein musste. Annabelle hielt einen Finger hoch. »Kann ich dich heute Abend zurückrufen?«

Durchs Telefon kam ein gedämpfter Laut des Bedauerns. »Heute Abend habe ich Tanzkurs, Liebes. Ich will dich jetzt auch gar nicht lange aufhalten. Ich habe nur angerufen, um dir zu sagen, dass ich heiraten werde.«

Annabelle, die gerade dabei war, ihrer Assistentin zunicken, erstarrte und presste sich den Telefonhörer fester ans Ohr. »Du wirst was?«

»Ich werde heiraten.«

Annabelles Kopf fühlte sich an, als würde er gleich platzen. »Warte mal, Mom.«

Sie hielt die Sprechmuschel zu und teilte Mike mit, welche Akten sie für den Gerichtstermin brauchen würde, ehe sie sie aus dem engen, übervollen Büro winkte. Sobald sich die Tür geschlossen hatte, nahm sie die Hand wieder vom Hörer und lachte. »In dem ganzen Chaos hier muss ich dich eben falsch verstanden haben. Ich dachte, du hättest gesagt«, sie lachte wieder, diesmal heftiger, »dass du *heiraten* willst.« Sie schüttelte den Kopf angesichts der absurden Vorstellung, ihre verwitwete Mutter könnte etwas so etwas Hirnverbranntes auch nur in Erwägung ziehen.

»Das stimmt aber, Liebes. Ich werde heiraten.«

Annabelle verging schlagartig das Lachen, und sie wurde ernst. Ihre Finger schlossen sich um den dolchförmigen Brieföffner auf ihrem Schreibtisch. »Wen? Melvin?«

»Er heißt Martin, Liebes. Martin Castleberry.«

»Der abgehalfterte Filmstar?«

Ihre Mutter seufzte bloß, was in Annabelle den dringenden Wunsch weckte, sie hätte ihre Geduld geerbt. »Für meine Generation ist er eine Legende.«

Annabelle stach mit dem Brieföffner in den Korkrahmen ihres Schreibtischkalenders. »Aber du kennst ihn doch erst … wie lange? Drei Wochen?«

»Acht.«

»Was grob geschätzt der Anzahl seiner Ehen entspricht.«

Wieder ein Seufzen. »Dies wird Martins sechste Ehe.«

»Sechs, acht – nach einer Weile kann man sich das Zählen sparen.«

»Bleib bitte freundlich, Liebes.«

Annabelle hätte schreien können, so frustriert war sie. »Mom, wie kannst du einen Mann heiraten, den du erst seit zwei Monaten kennst?«

»Martin und ich wussten schon nach zwei Stunden, dass wir füreinander bestimmt sind, Liebes.«

»Aber … aber …« Annabelle suchte nach einem stichhaltigen Einwand, bevor sie mit dem herausplatzte, was ihr am meisten am Herzen lag. »Aber Dad ist doch erst so kurze Zeit tot.«

Die Worte hallten in der Stille nach, die ihnen folgte, und obwohl Annabelle ihr Timing bedauerte, bereute sie ihre Ehrlichkeit nicht. Schließlich räusperte Belle sich leise. »Dein Vater ist seit über zwei Jahren tot, Annabelle, und ich bin einsam.«

Annabelles Herz zog sich schmerzhaft zusammen, und Schuldgefühle legten sich wie eine kratzige Wolldecke um ihre

Schultern. »Dann komm zu Besuch nach Detroit. Mach ein bisschen Urlaub.«

Ihre Mutter gab einen ablehnenden Laut von sich. »Als ich das letzte Mal bei dir war, hatte ich immer das Gefühl, dich zu stören. Du hast so viele Verpflichtungen.«

Annabelle erinnerte sich in der Tat an einen Tag, an dem sie einkaufen waren und ihr Telefon mindestens zwei Dutzend Mal geklingelt hatte. Sie schloss voller Schuldgefühle die Augen. »Dann werde ich eben häufiger nach Atlanta kommen.«

»Du weißt, dass ich mich immer freue, wenn du mich besuchst. Und ich hatte gehofft, dass du es einrichten könntest, bei der Hochzeit dabei zu sein.«

Annabelles Herz begann, schneller zu schlagen. »Ihr habt euch schon auf einen Termin geeinigt?«

»Nächsten Samstag«, flötete ihre Mutter fröhlich ins Telefon.

»Morgen in einer Woche?« Annabelle gab sich große Mühe, nicht panisch zu klingen. Martin Castleberry war mindestens fünfundsiebzig – gute zwanzig Jahre älter als ihre Mutter –, und seine romantischen Eskapaden waren deutlich legendärer als die Filmkarriere, von der ihre Mutter so schwärmte. Sie kannte den Mann nicht persönlich, aber sie erinnerte sich noch gut daran, wie er vor wenigen Jahren die Schlagzeilen der Klatschpresse beherrscht hatte, weil er ein Filmsternchen geheiratet hatte, das vierzig Jahre jünger war als er. Die Mai-Dezember-Beziehung war drei Monate lang Thema Nummer eins der Komiker der Late-Night-Shows gewesen – was auch ziemlich genau der Dauer dieser zum Scheitern verurteilten Ehe entsprach.

Der Mann war eine Witzfigur, und sie wäre beinahe in Ohnmacht gefallen, als ihre Mutter ihr gestanden hatte, dass sie mit ihm ausging. Obwohl ihre Mutter eine schöne Frau war, hatte sie der Gedanke beruhigt, dass Castleberry sich sicher bald einer deutlich Jüngeren zuwenden würde. Jetzt hätte sie sich in den Hintern treten können, dass sie die beginnende Romanze nicht schon im Keim erstickt hatte. Sie befeuchtete ihre Lippen. »Mom, lass uns heute Abend darüber reden, ja?«

»Kannst du es dir einrichten, zur Hochzeit zu kommen?«

Beim Gedanken, dabei zuzusehen, wie ihre gutherzige, naive, einsame Mutter gelobte, einen Playboy wie Martin Castleberry zu lieben und zu ehren, bekam Annabelle eine Gänsehaut. Belles gutes, treues Herz würde mit Füßen getreten werden, wenn er seine nächste Affäre begann, und sie hatte in den letzten zwei Jahren schon genug gelitten. Annabelle wollte ihr nicht noch mehr wehtun, also zwang sie sich zu einem fröhlichen Tonfall. »Ich werde auf jeden Fall dabei sein.«

»Ich möchte auch, dass du meine Brautjungfer bist.«

Annabelle verzog das Gesicht. »Natürlich.«

»Oh, danke, Liebes! Die Feier wird im engsten Kreis stattfinden, nur einige wenige Freunde. Martin hat vorgeschlagen, dass wir uns das Ehegelübde bei Kerzenschein geben.«

Annabelle verdrehte die Augen. »Wie … romantisch.«

»Ich weiß, dass du wahnsinnig viel zu tun hast, also nehme ich an, dass du erst am Tag der Hochzeit herfliegen wirst?«

Annabelle dachte an die ganzen Gerichtstermine, die in nächster Zeit anstanden. »Lass mich erst in meinen Kalender sehen, Mom. Ich melde mich dann nochmal.« Ein kurzer Blick auf die Uhr ließ sie aufspringen. »Und wo wir gerade davon reden, ich muss los. Ich ruf dich später an, okay? Ich hab dich lieb.«

Sie legte auf und lief durch den Raum. Ihr schwirrte der Kopf. Juni war ein beliebter Monat für Hochzeiten, aber niemand wusste besser als sie, dass es auch ein beliebter Monat für Scheidungen war. Vielleicht lag es an der ungewöhnlichen Hitze, die gerade herrschte, dass häusliche Streitereien an der Tagesordnung waren, aber es schien ihr, als wollten sich alle unglücklichen Frauen Detroits scheiden lassen und brauchten dazu die Hilfe ihres Büros. Bei den ganzen Fällen würde es ihr schwer fallen, ein Wochenende freizunehmen, wenn ihr ein voll bezahlter Urlaub im Paradies angeboten würde, geschweige denn, um der Eheschließung von Belle Coakley und Martin Castleberry beizuwohnen.

Sie schüttelte den Kopf und atmete einmal lang aus. Warum in aller Welt sollte jemand in diesem Zeitalter der Wegwerfbeziehungen überhaupt heiraten wollen?

Sie zerrte sich den Riemen ihrer übervollen Aktentasche über die Schulter, und ihr Blick fiel auf das Foto ihrer Eltern, das auf einem Regal stand. Mit zugeschnürter Kehle nahm sie den silbernen Bilderrahmen in die Hand und fuhr mit dem Finger über die lächelnden Gesichter. Wer hätte, als sie das Foto schoss, ahnen können, dass sie da zum letzten Mal zusammen sein würden?

Ihre Eltern hatten eine gute Ehe geführt, mit altmodischen Werten und einer traditionellen Rollenverteilung – in der heutigen Gesellschaft Relikte einer vergangenen Zeit. Belle war zu Hause geblieben, hatte gekocht, geputzt, sich um den Garten gekümmert und Annabelle großgezogen. Ihr Vater hatte lang und viel in einer kleinen Anwaltskanzlei in den Außenbezirken Atlantas gearbeitet und ihnen ein solides Mittelklasseleben ermöglicht, wobei er an Wochenenden fast immer noch die Zeit fand, zu ihren Schwimmturnieren in der High School zu kommen. Nachdem Annabelle ihren Abschluss am College gemacht hatte, hatte sich ihr Vater auf die Rente gefreut, war aber kurz davor von einem Herzinfarkt aus dem Leben gerissen worden. Später fragte sie sich, ob er geahnt hatte, dass ihn seine Gesundheit im Stich lassen würde, denn bei einem ihrer letzten Ausflüge musste sie ihm etwas Eigenartiges versprechen.

Anna, versprich mir, dass du dich um deine Mutter kümmerst, wenn mir etwas zustößt. Sie ist so verletzlich.

Natürlich, Dad. Du weißt, darum musst du mich nicht eigens bitten.

Als sie mit sechsundzwanzig Jahren ihren Vater verlor, hatte sie erlebt, was es hieß, wenn das Fundament eines Hauses wegbrach. Weil sie es ihrem Vater versprochen hatte, verzichtete sie auf ein Semester an der juristischen Fakultät der University of Michigan, um sich um seinen Nachlass zu kümmern. Sie erinnerte sich noch daran, gedacht zu haben, wie gut es war, dass das Haus ihrer Eltern so sehr an Wert gewonnen hatte – Bauunternehmer errichteten rund um das Grundstück hochwertige Neubauten, in einer Gegend, die einmal als ländlich gegolten hatte.

Sie hatte allerdings nicht geahnt, dass das beeindruckende Anwesen, das hinter dem Haus ihrer Mutter erbaut wurde, den lüsternen Martin Castleberry beherbergen würde.

Sie schluckte den Kloß in ihrer Kehle runter. Wie wenig sie doch die Bitte ihres Vaters geachtet hatte. Ihre seltenen Besuche und Anrufe hatten ihre Mutter in die Arme eines notorischen Playboys getrieben. Ihre Augen wurden schmal, als sie daran dachte, wie der silberhaarige, ewig sonnengebräunte Castleberry den Arm um die Schultern eines vollbusigen Pin-Up-Girls legte. Der Mann war nicht mal gut genug, auch nur im Schatten ihrer Mutter zu stehen. Ihr Blutdruck schoss in die Höhe.

Es klopfte kurz, ehe Michaela die Tür öffnete. »Annabelle, das Taxi wartet, und deine Immobilienmaklerin ist am Telefon. Alles in Ordnung?«

Sie atmete tief ein, sodass der lose Metallbügel ihres BHs sich schmerzhaft in ihre Rippen drückte. Was verriet die Tatsache, dass sie nicht mal Zeit hatte, sich neue Unterwäsche zu kaufen, über ihr Leben? »Mir geht's gut«, sagte sie mit überraschend fester Stimme, während sie den Bilderrahmen zurückstellte. »Tust du mir einen Gefallen, Mike?«

»Klar.«

»Sag alle meine Termine für nächste Woche ab.«

Die Augenbrauen ihrer Assistentin hoben sich. »Für die ganze Woche? Ein familiärer Notfall?«

Martin Castleberry würde den Namen ihrer Mutter – und ihren eigenen – nicht in den Dreck ziehen. Sie würde nach Atlanta fliegen und ihn als den leichtfertigen Abenteurer bloßstellen, der er war. Dann würde sie ihre Mutter zu sich nach Detroit holen. Sie reckte das Kinn. »Ja. Ich muss eine Hochzeit verhindern.«

* * *

Clay Castleberry zeigte mit dem Laserpointer auf die letzte und eindrucksvollste Kurve des Diagramms. »Wie Sie sehen können, hat der Risikokapitalfond von Munich-Tyre in den letzten acht

Jahren den Dow-Jones-Index um sechs bis neun Prozent übertroffen.« Er hielt einen Moment inne, damit der französische Dolmetscher Zeit zum Übersetzen hatte, und überprüfte genau, ob auch jede Betonung angemessen wiedergegeben wurde. »Meine Partner und ich sagen voraus …« Es klopfte zaghaft an der Tür. Er drehte sich um und schluckte ein paar heftige Worte herunter, als die Empfangsdame den Kopf in den schwach beleuchteten Tagungsraum steckte.

»Mr Castleberry, Mr Jacobson möchte Sie sprechen.«

»Sagen Sie ihm, dass ich in einer Besprechung bin. Er soll eine Nachricht hinterlassen.«

»Das habe ich, Sir, aber er meinte, es sei dringend.«

Alle Alarmglocken gingen los, als sein Verstand sich einen schrecklichen Grund nach dem anderen ausmalte, warum ein Freund seines Vaters ihn so dringend in Paris erreichen musste. »Entschuldigen Sie mich bitte«, murmelte er und verließ den Raum mit langen Schritten. Er musste blinzeln, um sich an das helle Licht im Empfangsraum zu gewöhnen. Sein Herzschlag dröhnte ihm in den Ohren, als er nach dem Telefon auf dem Tisch griff und den blinkenden Knopf drückte. »Was ist los, Jake?«

»Tut mir leid, dich zu stören, Clay, aber ich muss gleich in meinen Flieger nach Neuseeland. Ich bin eine Weile nicht erreichbar und wollte mit dir reden, ehe ich weg bin.«

»Geht es Dad gut?«

»Was? Oh, ja, Martin wird uns noch alle überleben, der alte Gauner.«

Clay ließ erleichtert die Schultern sinken, doch die Anspannung kehrte schlagartig zurück, als Jacobson den typischen lauten Pfiff hören ließ, der immer kam, ehe er ihm erzählte, welchen Unfug sein Vater nun wieder angestellt hatte. Er warf einen Blick zu dem Raum voller reicher, internationaler Investoren, die er mitten in der Präsentation hatte sitzenlassen, und massierte sich den Nasenrücken. »Was hat er diesmal angestellt?«

»Er will heiraten.«

Clay fluchte. »Nicht schon wieder.«

»Ich fürchte schon. Dein Vater scheint der Ehe eigenartig zugetan zu sein.«

In diesem Fall war der Apfel ziemlich weit vom Stamm gefallen. »Wer zum Teufel ist es diesmal? Und sag mir bitte, dass sie volljährig ist.«

»Sie heißt Belle Coakley. Er hat mir erzählt, sie wäre eine Nachbarin, sich aber vornehm in Schweigen gehüllt, als ich nach ihrem Alter gefragt hab. Ich dachte, vielleicht hättest du sie mal getroffen.«

Clay presste die Lippen aufeinander. »Nein, Dad hat sie bisher nicht erwähnt, und ich bin schon eine Weile nicht mehr dort gewesen.« Sein Vater und er kamen schon am Telefon nur mit Mühe miteinander klar, von Angesicht zu Angesicht war es noch schlimmer. Die dreißig Kilometer zwischen ihren Häusern in Atlanta hätten ebenso gut dreißigtausend sein können. »Ich wette, diese Coakley-Frau ist so ein naives Möchtegernstarlet, das von dem Scheck für das ausstehende Honorar für ›Streetwise‹ erfahren hat.«

Jake gab einen verständnisvollen Laut von sich. »Sie haben Martin bei dem Film komplett über den Tisch gezogen. Nach der ganzen Mühe, die du dir gemacht hast, dass er endlich das Geld bekommt, das ihm zusteht, sähe ich es nur ungern, wenn es direkt wieder zum Fenster rausgeworfen wird. Weshalb ich auch mein Versprechen breche, denn er hatte mich speziell gebeten, dir nichts von der Hochzeit zu sagen.«

»Hat er gedacht, ich würde es nicht erfahren?«

»Er will die Sache durchziehen, bevor du nach Atlanta zurückkommst. Morgen in einer Woche.«

Clay ließ den Kopf sinken und stöhnte. »Glaubst du, er wird langsam senil, Jake?«

»Leider nicht. Er ist im Vollbesitz seiner geistigen Kräfte.«

Eine traurige Feststellung, dachte Clay ironisch.

Durchs Telefon ertönte eine gedämpfte Lautsprecherdurchsage. »Mein Flieger startet gleich. Tut mir leid, dass ich dich mit diesen schlechten Nachrichten hängen lasse, aber …«

»Macht nichts, Jake, viel Spaß. Danke für den Anruf.«

»Hast du schon einen Plan?«

Clay dachte an das Geschäft, das ihm vermutlich durch die Lappen gehen würde, wenn er in die Staaten zurückkehrte, um sich um dieses neueste Fiasko seines Vaters zu kümmern, und sein Blutdruck stieg. »Sicher. Ich werde ihm klar machen, dass diese Coakley-Braut eine geldgierige Schlampe ist. Und«, er schlug mit der Hand auf den Tisch, »ich werde alles daran setzen, diese Hochzeit zu verhindern.«

KAPITEL ZWEI

»Ich bin angekommen, aber mein Gepäck nicht«, sagte Annabelle genervt in ihr Handy. Eines war sicher – sie konnte es endgültig nicht länger aufschieben, neue Unterwäsche zu kaufen.

Michaela stöhnte mitfühlend. »Hast du Wechselkleidung im Handgepäck dabei?«

»Dafür hab ich in meiner Laptoptasche keinen Platz.«

»Du hast deinen Laptop mitgenommen?« Ihre Freundin summte missbilligend. »Ich dachte, du wolltest Zeit mit deiner Mutter verbringen?«

»Ich hab ein paar Akten eingesteckt und meiner Maklerin versprochen, regelmäßig meine E-Mails zu checken. Wir müssen immer noch festlegen, wann wir den Kauf des Hauses abschließen.«

»Sie hat übrigens ein Bild und ein Gutachten zum Grundstück ins Büro geschickt. Ich bin schon ganz grün vor Neid. Wie kannst du dir so ein tolles Haus leisten?«

Trotz ihrer Freundschaft behielt Annabelle bestimmte Aspekte ihres Lebens lieber für sich. »Sagen wir mal, ich wähle meine Freunde und Investitionen mit Bedacht.«

»Ich fühle mich geschmeichelt. Hast du deine Mutter schon angerufen?«

»Nein.«

Ihre Freundin lachte. »Du hast vor, einfach so bei ihr aufzukreuzen?«

»Stell dir nur vor, wie glücklich sie sein wird, mich zu sehen.«

»Hast du Angst, dass sie durchbrennen, wenn deine Mutter weiß, dass du kommst?«

»Okay, ertappt. Aber wenn alles gut geht, bin ich in ein paar Tagen zurück, hoffentlich mit meiner Mutter im Schlepptau. Ich glaube, sie braucht nur einen Tapetenwechsel. Sie hat mir letzte Nacht erzählt, sie würde den Typen *lieben*. Ha! Kannst du dir das vorstellen?« Die Stille, die sich ausbreitete, ließ sie ahnen, was gleich kommen würde, und sie bereitete sich innerlich auf einen Vortrag vor.

»Bist du sicher, dass du weißt, was du tust?«

Sie atmete aus. »Ich bin mir sicher, dass meine Mutter gerade sehr verletzlich ist und kurz davor steht, einen großen Fehler zu begehen.«

Michaela räusperte sich. »Das ist vermutlich kein guter Zeitpunkt, darauf hinzuweisen, dass Mrs Coakley ihre Tochter, eine achtundzwanzigjährige, unverheiratete Scheidungsanwältin, nicht für eine Expertin für romantische Beziehungen halten wird.«

»Mike, ich bin mit mehr Männern ausgegangen als meine Mutter.«

»Wenn du das sagst.« Mike klang skeptisch. »Wie viele Anträge hast du schon bekommen?«

Annabelle runzelte die Stirn. »Du weißt, was ich von der Ehe halte.«

»Genau das meine ich. Wenn du deinen Zynismus nicht im Zaum hältst, könnte es schnell so wirken, als wolltest du sie bevormunden.«

»Ich muss auflegen.«

»Okay, ich versteh schon. Ich werde in Zukunft meine Meinung für mich behalten.«

Annabelle lachte. »Das bezweifle ich.«

»Stimmt. Aber ich wünsch dir viel Glück. Halt mich auf dem Laufenden.«

Annabelle legte auf, seufzte und sah zu den Anzeigetafeln über ihrem Kopf hoch. Mit seinen vielen Terminals und ständigen Durchsagen in allen Sprachen wirkte der Atlanta Hartsfield-

Jackson International Airport auf viele Besucher überwältigend, aber das geschäftige Treiben war ihr so vertraut, dass ihr ganz warm ums Herz wurde. Trotz der Aufgabe, die vor ihr lag, hatte sie eine Schwäche für Atlanta. Sie hatte immer gedacht, sie würde nach ihrem Jurastudium hierher zurückkommen, aber der Job, den das Familiengericht von Detroit ihr angeboten hatte, hatte ihr zugesagt – insbesondere die Tatsache, dass der Staat im Gegenzug zu einem Zweijahresvertrag ihren Studentenkredit zurückbezahlen wollte. Ein Jahr hatte sie schon geschafft, eines noch vor sich.

Am Anfang war sie von den bei Familienstreitigkeiten zu Tage tretenden Schattenseiten entsetzt gewesen, aber die gelegentlichen moralischen Siege waren den Kampf wert. Während sie sich um die Probleme anderer kümmerte, hatte sie an innerer Stärke gewonnen. Sie wies Michaelas Behauptung von sich, sie sei zynisch geworden, wenn es um Beziehungen ging – sie war nur realistisch. Statistiken logen nicht. Zum Glück hatte sie eine einfache Lösung für ihre Beziehungsprobleme gefunden: Sie hatte keine. Und sie fand jeden verdächtig, der eine führte.

Was ihre Mutter betraf, nun … Belle litt offenbar unter einer Midlifecrisis, ausgelöst durch den Auszug ihrer Tochter und den Verlust ihres Mannes.

Sie wandte sich in Richtung des öffentlichen Nahverkehrs, schwang sich die Laptoptasche über die Schulter und ging los. Um Geld zu sparen, wollte sie mit dem MARTA-Zug soweit nach Norden fahren, wie die Schienen seit ihrem letzten Besuch verlegt worden waren, und dann ein Taxi zu ihrem Elternhaus nehmen. Sie wollte den unerwarteten Geldsegen, der vor Kurzem über sie hereingebrochen war, für die Anzahlung auf ihr Haus und einen vernünftigen Gebrauchtwagen für ihre Mutter verwenden. Ansonsten hatte sie weiterhin nichts zu verschenken, und der kurzfristige Flug hatte eine ganz schöne Stange Geld gekostet. Sie hoffte, dass die Fluggesellschaft ihr Gepäck bald finden würde, weil sie sich keine neue Kleidung leisten konnte und die nächsten zwei Wochen nicht in ihrer Reisekleidung – bequemer Jeansoverall, rosa T-Shirt, Sandalen mit dicker Sohle – verbringen wollte.

Frühsommerliche Hitze schlug ihr entgegen, als sie aus dem Treppenhaus und auf den Bahnsteig trat. Ein paar dunkle Strähnen hatten sich aus der Haarspange gelöst, die sie gerne an ihren freien Tagen trug, und die gespaltenen Haarspitzen kitzelten ihre Nase. Sie strich sich das Haar hinter die Ohren und setzte eine Sonnenbrille mit gelben Gläsern auf, um sich vor dem grellen Licht zu schützen, das vom Asphalt reflektiert wurde. Sonnig und h-e-i-ß.

Sie lächelte. Willkommen in Atlanta.

Als der Zug am Bahnsteig zum Stillstand kam, mischte sie sich in die vorwärts drängende Menge und ließ sich auf einen harten, entgegen der Fahrtrichtung gewandten Platz fallen. Die Menschen verteilten sich so auf die Sitze, dass jeder so gut es ging seine Privatsphäre wahren konnte, die Türen glitten zu, und der Zug fuhr an. Unter den Passagieren war so ziemlich alles vertreten, was die Bevölkerung zu bieten hatte, von tätowierten Collegekindern über staunende Touristen bis hin zu stoischen Berufstätigen. Sie liebte es, die Leute zu beobachten und jeder Person eine Geschichte anzudichten, die zu ihrer Körpersprache passte.

Die kleine Brünette, die ihre wilden Kinder ignorierte, fragte sich, was aus ihrer Ehe geworden war. Das ältere Pärchen neben ihr besuchte die Enkelkinder. Und der Geschäftsmann mit dem versteinerten Gesichtsausdruck, der mit den Fingern auf seine teure Uhr trommelte, wäre lieber woanders – vielleicht bei seiner Geliebten?

Sie blinzelte. Nein, sein Gesicht wirkte zu verbissen, als dass er auch nur ansatzweise an etwas Romantisches denken konnte. Der olivfarbene Anzug und das weiße Hemd saßen ordnungsgemäß und faltenfrei, aber der Knoten der Krawatte hing lose, und die Schatten unter seinen dunklen Augen und an seinem Kiefer deuteten auf Jetlag hin. Er starrte nach links aus dem Plexiglasfenster, aber sie nahm an, dass er nichts von der vorbeirauschenden Landschaft wahrnahm. Der unrasierte Mann war nicht auf dem Weg zu einer Besprechung. Vielleicht zu einer Beerdigung? Ihre Fantasie begann Blüten zu treiben. Ja, er war auf dem Weg zu einer Beerdigung. Von jemandem, dem er nicht nahestand, obwohl er es sich wünschte.

Er drehte den Kopf und bemerkte, dass sie ihn anstarrte. Unter seinem eindringlichen Blick wurde sie sich prickelnd ihrer Weiblichkeit bewusst. Sie schluckte, schaffte es aber nicht, wegzuschauen. Der Teufel selbst hätte nicht faszinierender sein können. Seine große Nase, das markante Kinn und die dichten Augenbrauen fügten sich zu einem Gesicht, das einen Fotografen vermutlich weitergehen, einen Künstler aber innehalten lassen würde. Er war einen Kopf größer als die meisten Männer, und seine breiten Schultern ragten bis in den freien Nachbarsitz. Er kam ihr vertraut vor, obwohl sie sich sicher war, dass sie ihn noch nie zuvor gesehen hatte. Sie hätte ihn gefragt, aber der Mann trug seinen finsteren Gesichtsausdruck wie ein Warnschild: Ansprechen auf eigene Gefahr.

Sein Blick glitt über sie, ohne an ihrem Gesicht oder ihrer Kleidung hängen zu bleiben, bis er auf ihre Füße fiel. Sie widerstand dem Bedürfnis, die Zehen einzurollen und zu verstecken. Vor zwei Tagen hatte sie versucht, eine Beziehung zu einer vierzehnjährigen Zeugin aufzubauen, die sich in der Toilette eingeschlossen hatte, und hatte spontan eine Pediküre für sie beide vorgeschlagen, als sie den blauen Nagellack gesehen hatte, der aus dem Rucksack des Mädchens gerollt war. Ihre Taktik war aufgegangen, und da ihre üblichen konservativen Pumps das Ergebnis verbargen, hatte sie sich bisher noch nicht die Mühe gemacht, das Zeug zu entfernen.

Die Mundwinkel des Mannes zuckten nach unten, ehe er wieder geistesabwesend aus dem Fenster schaute. Schamesröte schoss ihr ins Gesicht. Sie war in Detroit schon von wirklich einschüchternden Richtern und Anwälten niedergestarrt worden, aber noch nie war sie mit einem so kurzen Blick so komplett abgetan worden. Was auch immer der Mann beruflich machte, er war entweder ein elender Versager oder phänomenal erfolgreich.

Oder viel eher: elendig erfolgreich.

Während der nächsten paar Stationen zwang sie sich, ihre Aufmerksamkeit etwas anderem zuzuwenden, war sich seiner Anwesenheit keine zwei Meter entfernt allerdings stets bewusst, sowohl, weil sie ihn aus dem Augenwinkel wahrnehmen konnte, als auch durch etwas, was sich am ehesten als aufeinandertreffende Energiefelder beschreiben ließ. Die Ausstrahlung des Mannes erschlug alles, was ihm in die Quere kam, verlangte Beachtung, selbst wenn er sich auf etwas völlig anderes konzentrierte. Entnervt und erhitzt starrte sie ein mit Graffiti beschmiertes Filmplakat an.

Als der Zug im Bankenviertel hielt, stand der Mann auf, nahm eine Reisetasche aus schwarzem Leder in die eine Hand und griff mit der anderen nach einer großen Aktentasche. Aus dem Augenwinkel sah sie, dass er alle anderen zuerst aussteigen ließ, ehe er den Zug verließ, aber sie erkannte seine kühle Höflichkeit als Teil eines Machtspiels. Sie hatte oft genug das Verhalten anderer Menschen studiert, um zu wissen, dass die einflussreichsten und autoritärsten unter ihnen Räume und Fahrstühle stets als Letzte verließen – was ihrer Meinung nach ein Versuch war, ihre Macht zu wahren, indem sie sich den Rücken freihielten. Er ging sicheren Schrittes und mit hoch erhobenem Kopf und nahm zwei Stufen auf einmal, als er im Treppenhaus verschwand.

Nachdem sich die Türen wieder geschlossen hatten, schien die Atmosphäre im Zug unter seiner Abwesenheit in sich zusammenzufallen, aber sie seufzte erleichtert auf. Einem Mann wie diesem würde sie nur ungern vor Gericht begegnen. *Oder im Schlafzimmer,* flüsterte ihr unnötig hyperaktiver Verstand.

Als sie die schwankende Fahrt in den Norden fortsetzten, verdrängte sie das Bild des Fremden aus ihrem Kopf und bemerkte sowohl subtile als auch drastische Veränderungen in der Gegend. Sich entwickelnde Stadtbezirke waren nur allzu leicht an den aufgeschütteten Hügeln orangeroten Sands zu erkennen, wo die Erde in Vorbereitung auf neue Häuser, Straßen und Einkaufszentren aufgegraben worden war. Die Innenstadt von Atlanta genau wie die sie umgebende Großstadtregion waren eine wirtschaftlich blühende Mischung aus Grau und Grün, Beton und Bäumen.

Als ihr der flüchtig abschätzende Blick einfiel, den der Mann ihr zugeworfen hatte, versuchte sie, ihr leichtes Make-up und die unordentliche Frisur mit Hilfe eines Spiegels kaum größer als eine Streichholzschachtel so gut wie möglich in Ordnung zu bringen, und überlegte, wie sie die Situation, die vor ihr lag, am besten angehen sollte. Sie machte sich schwere Vorwürfe wegen Belles plötzlicher Entscheidung zu heiraten. Wenn sie nach dem Tod ihres Vaters mehr Zeit mit ihrer Mutter verbracht hätte, wenn sie sie öfter besucht hätte, wenn sie sie ermutigt hätte, das alte, aufwändige Haus zu verkaufen, dann hätte Belle Martin Castleberry nie kennengelernt und wäre nie auf ihn hereingefallen. Und weil ihre Nachlässigkeit eindeutig zu dieser Situation beigetragen hatte, war es auch an ihr, ihrer Mutter klarzumachen, dass sie sich ins Verderben stürzte.

Sollte sie sich also mit ihrer Mutter zusammensetzen und ihr mit brutaler Ehrlichkeit erklären, was für ein Irrsinn es war, Martin Castleberry zu heiraten, oder würde ihr Einspruch ihre Mutter in ihrem Entschluss nur bestärken? Aber wenn Belles Verliebtheit, wie Annabelle vermutete, lediglich das Produkt ihrer Einsamkeit war, sollte sie vielleicht umgekehrte Psychologie anwenden und überschwängliche Freude vortäuschen, damit ihre Mutter Abstand gewann und die Situation noch einmal überdachte – was vermutlich allerdings nicht nur ihre schauspielerischen Fähigkeiten, sondern auch ihre geistige Gesundheit bis an die Grenze des Machbaren fordern würde.

Als der Zug schließlich das Ende der nördlichen Strecke erreichte, hatte sie sich für eine Strategie zurückhaltender Freude entschieden, zumindest bis sie ein besseres Gefühl für den emotionalen Zustand ihrer Mutter bekam. Sie stieg aus, verließ den Bahnhof und winkte ein Taxi an den Bordstein. In den wenigen Sekunden, die das Auto brauchte, um vor ihr anzuhalten, konnte sie beinahe spüren, wie Sommersprossen auf ihrer Nase erschienen. Hunderte Zitronen hatten im College die Auswirkungen der Schwimmwettbewerbe und Trainingseinheiten im Freien gemindert, aber ihre Haut blieb empfindlich. Sie rieb sich mit einem Knöchel über die Nase und seufzte. Sommersprossen trugen nicht gerade zu dem autoritären Auftreten bei, das sie für ihre Arbeit brauchte. Oder dabei, sich erwachsen zu fühlen, was ihr in der Nähe ihrer Mutter ohnehin immer schwer zu fallen schien.

Während der Taxifahrt übte sie ihre »Hi Mom, ich war gerade in der Nähe«-Begrüßung, aber als das Taxi vor dem vertrauten weißen Haus mit den roten Fensterläden anhielt, war sie zugegebenermaßen etwas nervös. Ihr Herz schlug heftig, als sie die Fahrt bezahlte, ausstieg und sich von den Erinnerungen einholen ließ. Stimmen, Gerüche und Bilder aus der Vergangenheit stiegen tröstlich in ihr auf. Sie war zu Hause.

Die Auffahrt lag verlassen vor ihr, aber ihre Mutter hatte ihr erzählt, sie hätte die Garage ausgeräumt und würde ihr Auto jetzt dort parken. Als sie den Fußweg hinaufging, drehte sie sich einmal im Kreis und nickte anerkennend beim Anblick des Bungalows, dessen Vorgarten problemlos das Cover eines Hochglanzmagazins hätte schmücken können. In den von Mulch bedeckten Beeten auf beiden Seiten der Treppe prangten die größten und schönsten Stauden, die Belle über die Jahre gesammelt hatte. Ein graues Vogelbad mit einer Fee auf dem Sockel stand rechts von ihr und bot einer Schmetterlingsschar Erfrischung. Der Vorplatz schien makellos, von einem Büschel Fingerhirse einmal abgesehen. Annabelle beugte sich vor, um das unschöne Kraut auszureißen, und war sich sicher, dass ihr Vater wohlwollend auf sie herablächelte.

Ich kümmere mich um sie, Daddy, genau wie ich es versprochen habe.

Als sie sich aufrichtete, fiel ihr Blick durch die Bäume auf ein dreistöckiges, korallenrotes, mit Stuck verziertes Haus, und sie runzelte die Stirn. Martin Castleberrys Anwesen, vermutete sie, wenn sie nach der Beschreibung ihrer Mutter ging. Der Mann hatte ihre Mutter vermutlich mit einem Fernglas beobachtet, bevor er sie das erste Mal zum Essen eingeladen hatte.

Sie erklomm die Steinstufen zu dem Haus, in dem sie aufgewachsen war, und bemerkte, dass noch immer derselbe Stein an derselben Ecke derselben Stufe lose war – gerade lose genug, dass sie ihn herausnehmen und eine Nachricht für ihre Freundin Lisa hinterlassen konnte, die in dem Haus nebenan gewohnt hatte. Aber als die Mädchen acht Jahre alt gewesen waren, war Lisa mit ihrer Familie nach Illinois gezogen, und Annabelle wusste nicht mehr, wie oft das Haus den Besitzer gewechselt hatte, wie es bei den meisten Grundstücken dieser abgelegenen Nachbarschaft der Fall war, während die Stadtentwickler immer näher rückten. Das Nebeneinander der Wohngegenden konnte man heute am ehesten mit *Südstaatenleben* trifft *Großstadtheim* beschreiben.

Sie klingelte und lächelte breit, bereit, die Arme zu öffnen und ihre Mutter zur Begrüßung zu umarmen. Eine Minute später verschwand das Lächeln, und sie klingelte noch einmal. Wo konnte ihre Mutter um zwei Uhr nachmittags sein? Als die Erkenntnis sie einen Augenblick später überkam, biss sie sich auf die Zunge. Wahrscheinlich bei ihrem Freund. Oder eher – ihrem *Verlobten.* Sie verzog das Gesicht. Sie hatte dieses altmodische Wort nie leiden können. *Verlobt.* Es klang so harmlos, aber es verschleierte die tiefere Bedeutung: eingeschränkt. Gebunden. Gefangen.

Sie hob den glänzenden Messingklopfer und schlug damit laut gegen die Tür. Schließlich holte sie einen Schlüsselbund aus der Tasche und öffnete die Tür. Vielleicht war ihre Mutter hinten im Garten, also ging sie durch das Wohnzimmer zur Küche. Auf dem Weg dorthin musterte sie mit kritischem Blick die frisch gestrichenen Wände. Wo waren die Fotos von ihrem Vater? In der Küche hielt sie inne und starrte auf den Tresen.

War das ein schmutziges Glas? Und – sie rieb sich die Augen – lagen auf der Untertasse etwa Krümel?

Nun, da hatte sie die Antwort: Eine unordentliche Person hatte offensichtlich ihre Mutter entführt und das Haus übernommen.

Sie ging zur gläsernen Schiebetür, öffnete sie und trat auf die Veranda, die ihr Vater vor ein paar Jahren gebaut hatte. »Mom?« Im Garten war niemand, aber sie blieb stehen und bewunderte die beiden Rosenbögen, die Belle seit ihrem letzten Besuch gepflanzt hatte, purpurne Damaszener-Rosen und Americana Red, falls die Lehrstunden ihrer Mutter hängen geblieben waren und sie sich nicht irrte. Ihre Mutter hatte einen grünen Daumen, und der malerische Garten spiegelte dieses Talent wider, von den seltenen Stauden bis hin zu den einjährigen Sommerblumen wie der gewöhnlichen Schwarzäugigen Susanne. Sie betrachtete die versetzt gepflanzten hüfthohen Büsche und winterharten Pflanzen am Übergang des Gartens in das Wäldchen dahinter und zog die Augenbrauen zusammen, als sie einen ausgetretenen Pfad entdeckte, der über den Rasen in Richtung des korallenroten Hauses führte.

Grundgütiger, sie hatten sich im wahrsten Sinne des Wortes einen Weg zueinander gebahnt.

Der hintere Teil des hoch aufragenden Gebäudes war von hier aus besser zu sehen, genau wie der Sichtschutzzaun, der, wie sie annahm, den Garten hinter dem Haus umgab. Zusätzlich zu der enormen Größe unterschied sich das Haus auch durch seine riesigen venezianischen Fenster sowie die Kupferornamente am Dach von den anderen in der Straße.

»Mom? Ich bin es«, rief sie vorsichtig, war aber beinahe erleichtert, als sie keine Antwort erhielt. Sie zog es vor, allein mit ihrer Mutter zu reden, bevor sie den berüchtigten Mr Castleberry kennenlernte.

Ihre Mutter würde vermutlich bald zurückkommen, also ging sie ins Haus zurück und ließ das Wasser in der Dusche im Badezimmer neben ihrem alten Zimmer laufen. Während es warm wurde, ging sie in das Bad ihrer Mutter und suchte einen Bademantel, aber statt Belles alten Baumwollkleidern und gesteppten Hausmänteln fand sie seidene Morgenröcke im Kimonoschnitt. Kurze Morgenröcke. Sie starrte die regenbogenbunte Sammlung an, entschied sich schließlich für das züchtigste Kleidungsstück, ein blaugrünes gewickeltes Etwas, das ihr bis auf die Oberschenkel reichte, und begab sich zur Dusche zurück.

Bei dem Gedanken, dass die Dessouskollektion ihrer Mutter umfangreicher war als ihre eigene, kniff sie die Augen zusammen und schrubbte sich den Kopf noch fester.

* * *

Clay schloss die Tür zu seinem Loft auf und gab das Passwort für die Alarmanlage ein. Der Geruch frischer Farbe stieg ihm in die Nase, und er stöhnte. Er hatte vergessen, dass er den Auftrag gegeben hatte, seine Wohnung neu zu streichen, solange er in Paris war. Zwei Trittleitern, mehrere 20-Liter-Eimer Farbe und meterlange Folien zierten den Flur.

Sein Rücken schmerzte vom langen Flug, und seine Augen fühlten sich trocken an. Er stellte seine Reisetasche und die Aktentasche auf den Boden, streckte sich und gähnte. Der Gedanke, eine Runde in seinem eigenen Bett zu schlafen, klang verführerisch, aber er widerstand der Versuchung und schälte sich stattdessen auf dem Weg zur Dusche aus dem Anzug. Unangenehme Aufgaben erledigte man besser so schnell wie möglich, schlafen konnte er später immer noch. Um wirklich wach zu werden, betrat er die gläserne Duschkabine, während das Wasser noch kalt war.

Er ächzte unter dem eisigen Wasserstrahl, verteilte Rasierschaum über sein Kinn und rasierte sich. Sein Vater hatte mit dem Aussehen eines Rebellen mit ewigem Zwei-Tage-Bart seinen Lebensunterhalt verdient, und da sie sich ohnehin schon ähnlich genug sahen, wollte er niemandem einen weiteren Grund geben, sie miteinander zu vergleichen. Sein verdammter Vater. Warum konnte er nicht wie andere Fünfundsiebzigjährige sein: im Garten werkeln, nach Enkelkindern jammern, jeden Morgen, bevor die Geschäfte aufmachten, zum Walking ins Einkaufszentrum gehen.

Er lächelte schief, während er sich die Brust einseifte. Sein Vater würde noch auf dem Sterbebett tanzen. Er hoffte nur, sein Leben würde nicht so skandalös enden, dass die Presse mit einer letzten saftigen Schlagzeile aufwarten konnte.

Erfrischt zog er sich seine legere Country-Club-Kleidung an. Jeans wären ihm nach den ganzen Tagen im Anzug eine willkommene Abwechslung gewesen, aber er wusste, dass sein Auftreten in besserer Kleidung eindrucksvoller war. Während er seine Schuhe auf Hochglanz polierte, rief er bei der automatischen Telefonauskunft an und nannte den Namen Belle Coakley. Nach einer maschinellen Pause wurde er mit der Adresse und Telefonnummer der Frau belohnt. Er rief bei seiner Bank an, um ihnen mitzuteilen, dass er zwanzigtausend Dollar abheben wollte. Er hatte den Geliebten seines Vaters nie mehr als zehntausend Dollar zahlen müssen, damit sie verschwanden, aber da die zukünftige Braut eine Nachbarin war, musste er vermutlich noch etwas für einen Sommerurlaub weit weg von Atlanta drauflegen.

Er förderte seine Autoschlüssel zutage und verließ die Wohnung durch die Tür zur Garage. Er hatte den Mercedes seit mehr als einem Monat nicht mehr gefahren. Von ein paar unregelmäßigen Abstechern zum Haus seines Vaters und der einen oder anderen Verabredung zum Abendessen abgesehen, ging er überall zu Fuß hin oder fuhr in seinem schwarzen, viertürigen Pick-up. Eigentlich eine Schande, dachte er, als er die Tür der silbernen Limousine öffnete, die ›ein so tolles Auto‹ war – wie seine letzte Verabredung mindestens fünfmal erklärt hatte, noch bevor sie das Restaurant erreicht hatten.

Auf dem Weg zum Haus der Coakley-Frau – Bargeld in der Hand – staunte er darüber, wie sehr sich der Prozess in den letzten Jahren eingespielt hatte: Er hob eine Geldsumme ab, besuchte die Person, der sein Vater verfallen war, hielt eine geschliffene Rede darüber, wie weise es doch war, das Geld zu nehmen und zu verschwinden, und fuhr mit seinem Vater schließlich für ein paar Tage zu einem spontanen Golf-, Tennis-, Ski- oder Segelausflug. Falls sich sein Vater und das Mädchen weigerten, die Beziehung zu beenden, stellte er einen Privatdetektiv ein, der die Leichen in ihrem Keller ausgrub, und überreichte seinem Vater die schädlichen Informationen, ehe sie heimkehrten. Martin war für gewöhnlich zunächst sauer, stimmte Clay aber irgendwann zu, dass die Beziehung nicht funktioniert hätte, und wandte sich frohen Mutes wieder seinem üblichen müßigen Leben zu.

Diese geldgierigen Frauen zu bezahlen widerstrebte Clay, aber er hatte die Einigungen nach den Scheidungen seines Vaters verhandelt und wusste, dass Eheverträge nicht wasserdicht waren, besonders da sein Vater dazu neigte, in Augenblicken hitziger Leidenschaft das Blaue vom Himmel herunter zu versprechen. Obwohl er die Kapitalanlagen seines Vaters verwaltete, waren dessen finanzielle Reserven unterdessen fast völlig erschöpft. Er konnte großzügig für seinen Vater sorgen, und der letzte Scheck aus dem langwierigen Gerichtsverfahren würde Martins Konto wieder auffüllen, aber Clay war entschlossen, diese undichte Stelle zu stopfen. Folglich schien es ihm das Beste, jedwede Eheschließung gleich zu umgehen.

Er fuhr langsamer, um die Straßenschilder lesen zu können. Bisher hatten Martins Freundinnen immer in eher heruntergekommenen Apartmentblocks gewohnt – und schlimmerem. Er war überrascht, als er entdeckte, dass diese Frau ein recht hübsches Haus in einem alteingesessenen Viertel besaß. Er fragte sich, ob das Haus ein Geschenk war oder vielleicht das Erbe vom letzten wohlhabenden Freund des Mädchens. Er war nicht gerne zynisch, aber er hatte herausgefunden, dass die meisten der Frauen, die sich an seinen gutgläubigen Vater ranmachten, auch vorher schon ältere Männer ausgenommen hatten.

Er hielt vor dem hübschen weißen Haus und grinste breit. Wie charmant. Ungerührt parkte er das Auto und ging den Fußweg hinauf. Er konnte die oberste Etage vom Haus seines Vaters – eigentlich *seinem* Haus, da er die Rechnungen beglich und Eigentümer war – durch die grünen Spitzen der Kiefern sehen. Räumliche Nähe war eine Variable, mit der er sich vorher noch nicht hatte auseinandersetzen müssen, aber ihm würde schon etwas einfallen. Er atmete die laue Luft tief ein und ging mit schweren Schritten die kurze Eingangstreppe hinauf. Mit jeder Stufe stieg die Wut auf die Frau weiter an. *Lass es bitte nicht wieder eine Stripperin sein.*

Er klingelte, trat einen Schritt zurück und bereitete sich auf den Anblick einer schrillen, jungen Frau vor. Blond und vollbusig, wie er den Geschmack seines Vaters kannte. Und nichts davon musste echt sein.

Nachdem er ein paar Minuten gewartet hatte, klingelte er noch einmal, ehe ihm einfiel, dass die Frau vermutlich am Pool seines Vaters faulenzte. Als er sich gerade zum Gehen wandte, erklang eine gedämpfte Frauenstimme von der anderen Seite der Tür.

»Kann ich Ihnen helfen?«

Sie klang jung – natürlich. »Ms Coakley, ich möchte mit Ihnen über Martin Castleberry sprechen.«

Sekunden vergingen, bevor sie antwortete: »Wer sind Sie?«

»Ich bin Clay Castleberry, sein Sohn.« Es kam ihm albern vor, mit der Tür zu sprechen, aber die Frau auf der anderen Seite teilte seine Vorbehalte offensichtlich nicht.

»Ich wusste nicht, dass er einen Sohn hat.«

Er biss sich auf die Innenseite der Wange. Er konnte das Echo in ihrem leeren Kopf förmlich hören. Wie konnte sein Vater nur diese Frau heiraten wollen und dabei die immerhin nicht ganz unwesentliche Tatsache unter den Tisch fallen lassen, dass er einen Sohn hatte? Natürlich konnte es sein, dass Martin ihr davon erzählt hatte, es ihr aber entfallen war. Wenn sie so wenig Verstand besaß, sollte es zumindest ein Kinderspiel sein, ihr das Geld anzubieten. »Ms Coakley, wir müssen uns über die Verlobung unterhalten.«

»Woher wissen Sie, dass ich hier bin?«

Er schüttelte den Kopf. Großartig – sie war einfältig *und* paranoid. Er suchte nach einer Antwort, die sie nicht erschrecken würde. »Mein Vater hat es mir gesagt.«

Der Griff drehte sich, und die Tür wurde aufgezogen. »Ich wusste es. Er beobachtet das Haus durch ein Fernglas, nicht wahr?«

Er blinzelte, und pure männliche Bewunderung schoss in einer Schockwelle durch seine Glieder. In einen kurzen, blaugrünen Morgenrock gehüllt und mit dunklem, nassem Haar, das ihr auf die Schultern fiel, war Belle Coakley eine wahre Augenweide. Helle, braun-grüne Augen, die von langen, dunklen Wimpern umrahmt wurden, funkelten ihn aus einem schmalen Gesicht an. Auf ihrem Nasenrücken tummelte sich eine überraschende Anzahl Sommersprossen. Sie kam ihm irgendwie vage bekannt vor, doch er konnte sich nicht vorstellen, wo er sie schon einmal getroffen haben könnte. Der Geschmack seines Vaters hatte sich eindeutig verbessert, aber sie war nicht viel älter als fünfundzwanzig. Eine einfältige, paranoide, *wütende* Fünfundzwanzigjährige.

»Etwa nicht?« Sie sah ihn finster an und trat einen Schritt vor.

Der Anblick ihres nackten Oberschenkels schien seinen Verstand zu vernebeln. »Entschuldigung?«

Ihre Augen wurden schmal. »Spielen sie keine Spiele mit mir, Mister.«

Seine eigene Wut kochte hoch, aber er wollte sie nicht noch weiter provozieren. »Von einem Fernglas weiß ich nichts.«

Sie verschränkte die Arme unter ihren Brüsten. »Also, Cliff, worüber wollten Sie mit mir reden?«

Hitze kroch ihm den Nacken hoch. »Clay.«

Ihre einzige Reaktion war das Heben einer Augenbraue.

Er musste in seinem Job Risikokapitalanleger davon überzeugen, in die Projekte seiner Klienten zu investieren, und hatte es im Interpretieren von Gesichtsausdrücken zur Meisterschaft gebracht, aber noch nie hatte die Bewegung eines Gesichtsmuskels ihn so verärgert. Er studierte ihre fest aufeinandergepressten Kiefer, und ihn beschlich die verhängnisvolle Ahnung, dass diese Frau den beiden Castleberry-Männern mehr Ärger bereiten konnte, als sie vertragen würden. Je früher er zur Sache kam, desto besser.

»Ms Coakley, ich will Ihnen ein Angebot machen.«

KAPITEL DREI

Annabelle musterte den imposanten Mann, der sie in der Bahn so wirkungsvoll ausgeblendet hatte. Sie drückte bei dem Gedanken, dass er sich nicht einmal an sie erinnerte, das Kreuz durch. Der Schuft. Kein Wunder, dass er ihr so vertraut vorgekommen war. Clay Castleberry sah seinem berühmten Vater durchaus ähnlich, und wenn sie seine ärgerliche Aussage bedachte, verhielt er sich auch wie er. »Ein Angebot?«

»Können wir das drinnen besprechen?«

Sie zögerte. Sein arrogantes Auftreten ließ jede Menge Alarmglocken losgehen, die bis in alle Ecken ihres Verstandes schrillten. Dennoch würde ihr alles, was sie über die Castleberrys in Erfahrung bringen konnte, als Munition nützen, wenn sie Belle ihre Argumente vortragen wollte. Wortlos winkte sie ihn mit einer ausholenden Bewegung ihres Arms ins Innere des Hauses und trat einen Schritt zurück, damit er hereinkommen konnte. Sie drückte sich mit dem Rücken gegen die Tür, um jeden Körperkontakt zu vermeiden, aber die intensive Ausstrahlung des Mannes streifte sie so spürbar, wie sein Arm es getan hätte, und löste Gefühle in ihr aus, die sie den eindeutig zu vielen Abenden zuschrieb, die sie in Gesellschaft ihrer Katze verbracht hatte.

Er hatte den Anzug gegen eine braungraue Hose und ein langärmeliges, helles Hemd getauscht, dessen teurer Schnitt ein passendes Preisschild vermuten ließ. Er war groß, wahrscheinlich einen Meter neunzig, hatte breite Schultern und Schenkel, die den Stoff der Hose spannten, wenn er sich bewegte. Sie fragte sich, welchen

Beruf er ausübte, dass ihm genug Zeit im Fitnessstudio blieb, um einen so fantastischen Körper zu erhalten. Sie legte den Kopf zur Seite und bemerkte das kurz geschnittene Haar, die gebräunte Haut und die selbstbewusste Haltung. Wenn sie so darüber nachdachte, *besaß* dieser Sohn aus reichem Hause vermutlich ein Fitnessstudio.

Sie folgte ihm die wenigen Schritte ins Wohnzimmer und zeigte auf die gelbe Sitzgarnitur im französischen Landhausstil. »Nehmen Sie doch Platz.«

Er ließ den Blick kurz durchs Zimmer schweifen, bevor er sich genau auf der Mitte des Teppichs zu ihr umdrehte. »Ich stehe lieber.«

Sie wartete auf der Türschwelle, ein paar Schritte von der Eingangstür entfernt, die sie offen gelassen hatte. Sollten doch Fliegen hereinkommen – eine Frau konnte nicht vorsichtig genug sein, wenn ein Castleberry in der Nähe war. »Wie Sie wollen.«

Er betrachtete sie von oben bis unten und löste ein Déjà-vu aus, das ihre Stimmung nicht gerade besserte. Sie hatte sich die Zeit genommen, in die Hausschuhe ihrer Mutter zu schlüpfen, über die sie im Flur gestolpert war. Die fellbesetzten Pantöffelchen sahen zugegebenermaßen etwas übertrieben aus, aber wenigstens verbargen sie ihre blauen Zehennägel. Sie machte zur Sicherheit einen zweiten Knoten in den Gürtel des Morgenrocks und reckte die Schultern. »Also, worum geht es, Mr Castleberry?«

Er schürzte die Lippen, als müsste er sich die Worte zurechtlegen, aber dann wurde sein Gesichtsausdruck hart. Er zog einen dicken, weißen Umschlag aus der vorderen Hosentasche und hielt ihn ihr hin.

Verwirrt nahm sie ihn entgegen. »Sind das irgendwelche Unterlagen?«

»Öffnen Sie ihn.«

Sein Tonfall gefiel ihr nicht, aber sie schob einen kurzen Nagel unter die Verschlussklappe. Beim Anblick der vielen Hundertdollarscheine schlug ihr Herz schneller, und sie hätte den Umschlag beinahe fallen gelassen. »Was ist das?«

»Zwanzigtausend Dollar. Sie gehören Ihnen, Ms Coakley, wenn Sie dieser Farce ein Ende setzen.« Er lächelte noch immer nicht.

Fassungslosigkeit lähmte ihren Verstand und schnürte ihr die Kehle zu.

Sein Gesicht nahm einen kurzen Augenblick lang einen sanfteren Ausdruck an. »Mein Vater ist ein lieber, leichtgläubiger alter Mann und ein leichtes Opfer für junge Frauen, die von seinem nostalgischen Ruhm *bezaubert* sind.« Er sprach leise und ruhig, als würde er mit einem Kind reden. »Aber glauben Sie mir, es wäre für alle Beteiligten das Beste, wenn Sie das Geld nehmen und für ein paar Wochen verschwinden würden.«

Sie schüttelte den Kopf, um endlich wieder klar denken zu können.

»Treffen Sie keine voreilige Entscheidung«, warnte er. »Ich tue Ihnen einen Gefallen. Was für ein Leben könnte eine junge Frau wie Sie schon an der Seite eines Fünfundsiebzigjähren führen?«

Sie starrte ihn wütend und ungläubig an. Dieser Mann konnte doch unmöglich glauben, dass sie ihre Mutter war? Sie warf einen Blick auf das Geld in ihrer Hand, dann auf Clay Castleberry. »Das ist nicht Ihr Ernst.«

Er sah sie durchdringend an. »Oh, doch.«

»Sie bieten mir zwanzigtausend Dollar.«

Er trat auf sie zu, kam ihr zu nahe, und sein Gesichtsausdruck schien sie zu verhöhnen. »Nicht genug, um Sie Ihre wahre Liebe vergessen zu lassen?« Seine Stimme verwandelte sich von Seide zu Sandpapier. Er stand so dicht vor ihr, dass sie spüren konnte, wie sein warmer Atem über ihre Haut strich. »Sparen Sie mir die Märchenstunde, Ms Coakley. Mein Vater ist der Romantiker – ich glaube nicht an Happy Ends.«

Der Mann gewährte ihr einen tiefen Einblick in die Familie, in die ihre Mutter einheiraten wollte, und bekräftigte ihren Entschluss, Belle um jeden Preis davor zu bewahren. Das Wissen, dass Clay Castleberry die Situation so vollkommen falsch verstanden hatte, ermutigte sie. Sie war im Vorteil.

Nach einer angemessenen Pause sagte sie: »Und was erwarten Sie im Gegenzug für die Bezahlung?« Sie zauberte sich ein zuckersüßes Lächeln auf die Lippen. Zum Glück verlangte ihr Job ein gewissen Maßes an schauspielerischem Talent.

Ein Hauch von Triumph zuckte um seine ernsten Mundwinkel. »Sie werden die Verlobung lösen und die Stadt für eine Weile verlassen.«

Er hielt inne, als wollte er ihr gestatten, sich seine Anweisungen einzuprägen, ehe er fortfuhr. Der Mann war offenbar daran gewöhnt, Befehle zu erteilen.

»Ich werde mit Martin zur Ablenkung in den Urlaub fahren. Bis er zurückkommt, haben Sie eine andere Telefonnummer und sind immun gegen seine Aufmerksamkeitsbekundungen. Haben wir uns verstanden?«

Ein ungewöhnlicher, böser Schalk überkam sie, und sie fuhr mit dem Daumen über die Geldscheine. »Und wenn ich mich weigere?«

Er beugte sich noch weiter vor und stützte eine Hand gegen die Wand neben ihrer Schulter. Mit einer halben Drehung hätte sie sich seiner über ihr aufragenden Gestalt entziehen können, aber sie blieb wie erstarrt, wo sie war. Ihr Atem ging flach, und sie war sich ihres beinahe nackten Zustandes bewusster denn je. Seine Augen waren nicht schwarz, wie sie angenommen hatte, sondern dunkelblau und von genug Fältchen umgeben, dass sie ihn auf Anfang bis Mitte dreißig schätzte. Seine Haut duftete nach Minze – Rasierschaum, entschied sie, da seine fest aufeinandergepressten Kiefer frisch rasiert aussahen.

»Wenn Sie sich weigern«, flüsterte er mit schmalem Mund, »dann werde ich Ihnen, sagen wir mal, *Schwierigkeiten* bereiten.«

Sie ging ihre Optionen durch und beschloss, dass es angemessen wäre, ihm ins Gesicht zu lachen. Ihr Mund zuckte.

»Fünfundzwanzigtausend«, sagte er leise und mit einer so sinnlichen Stimme, als machte er ihr das größte Kompliment. »Und keinen Cent mehr.«

Selbst als die Wut in ihr hochkochte, reagierte ihr verräterischer Körper auf seine Nähe. Sie befeuchtete sich die Lippen. Etwas in ihr trieb sie einfach dazu, diesen arroganten Mann zu provozieren. »Und was, wenn ich Ihnen sage, dass ich Ihrem Vater hingebungsvoll zugetan bin?«

* * *

Ein paar Sekunden lang verdrängte Panik alle anderen Gefühle in Clays Brust. Diese Frau bewies mehr Mumm als die anderen. Empfand sie wirklich etwas für Martin, oder war sie nur entschlossener? Er suchte in ihrem Gesicht nach Hinweisen, ob sie es ernst meinte, aber ihre faszinierenden Augen waren undurchdringlich. Ein paar Strähnen ihres walnussbraunen Haars waren schon getrocknet und umrahmten ein Gesicht, dessen Struktur ungewöhnlich elegant war. Ihre Haut war rein und klar, ihre Wangen gerötet, die Sommersprossen deutlich sichtbar. Der Duft von Babypuder stieg ihm in die Nase und erinnerte ihn daran, dass sie erst vor Kurzem geduscht hatte und vermutlich unter ihrem Morgenrock nackt war. Wie oft hatte sein Vater sie so – oder mit noch weniger bekleidet – gesehen?

Ein Anflug von Neid regte sich in ihm, aber Wut verscheuchte diese unangemessene Reaktion, als er sich eingestand, dass die Frau es genießen würde, wenn sie wüsste, dass sie bei *beiden* Castleberrys Gefühle auslöste. Während er sich bemühte, die Situation wieder unter Kontrolle zu bekommen, fiel sein Blick auf ihre vollen, roten Lippen. Einer plötzlichen Eingebung folgend, legte er ihr die Hand in den Nacken und zog ihren Mund auf seinen. Er hatte keinen Grund zu zögern – sein Instinkt hatte ihn noch nie getrogen.

Er hatte gerade genug Zeit, eine verführerische Zartheit und einen köstlichen Geschmack zu bemerken, bevor ihr klar wurde, dass er sie küsste. Sie atmete heftig ein, und ihr Körper versteifte sich, aber er hielt ihre Hände fest und folgte ihrem Mund, als sie ihre Schultern gegen die Wand drückte und versuchte, sich aus seinem Griff zu winden. Sie knurrte und biss die Zähne aufeinander, aber er drehte leicht den Kopf, um einen besseren Winkel zu bekommen, und hielt ihre Beine mit seinen fest, während er weiterhin sanften Druck auf ihre Lippen ausübte.

Schließlich ließ ihr Widerstand nach, und sie entspannte sich unter seinem erfahrenen Mund. Er küsste sie sanfter und lockte ihre Zunge, bis ihre Lippen sich bereitwillig unter seinen bewegten. Er hatte erreicht, was er wollte, aber er verlängerte den Kuss noch etwas, einfach weil er es konnte. Als er den Kopf hob und ihr gerötetes Gesicht, das zerzauste Haar und die geschwollenen Lippen sah, wuchs sein Verlangen noch. Der Morgenmantel hatte sich einen Spalt weit geöffnet, und er konnte einen Blick auf ihren Brustansatz erhaschen. Sein Körper reagierte, und beinahe hätte er sie noch einmal geküsst. Stattdessen lehnte er sich gegen sie, während ihre Finger noch immer miteinander verschlungen waren, und lächelte breit. »Meinem Vater hingebungsvoll zugetan, sagten Sie?«

Ihre Augen wurden schmal. »Sie sind verachtenswert.«

Einen Augenblick lang dachte er, sie würde ihm ins Gesicht spucken, und der Gedanke amüsierte ihn. Er lachte, als er sie frei ließ und einen Schritt zurücktrat. Das Geld war auf den Boden gefallen und lag dort ausgebreitet wie eine vergessene Zeitung. Sie drehte ihm den Rücken zu, um sich den Morgenrock zu richten, aber ihre Bewegungen waren ungelenk und ruckartig. Er sammelte das Geld auf und versuchte, nicht ihre schlanken Waden und Knöchel anzusehen, die durch diese albernen hohen Schuhen leicht angehoben wurden. Er klopfte den Stapel Geldscheine auf einer Mahagonianrichte gerade und beschloss, dass der spontane Kuss die zusätzlichen fünftausend Dollar wert gewesen war. Er tat seinem Vater eindeutig einen Gefallen, wenn er diese Frau loswurde. Wenn ihr umkämpfter Kuss einen Hinweis auf die Tiefe ihrer Leidenschaft gab, hatte er seinen Vater eindeutig vor einem Herzinfarkt noch während der Flitterwochen bewahrt.

»Dann sind wir uns also einig, Ms Coakley?«

Sie stand immer noch mit dem Rücken zu ihm. Ihre Schultern hoben und senkten sich, aber bei seinen Worten drehte sie sich um. Ihr Zorn füllte den ganzen Raum. »Nehmen Sie Ihr dreckiges Geld, und verschwinden Sie.«

Er hielt seinen Ärger im Zaum und rief sich sein Ziel ins Gedächtnis. »Es mag Ihnen im Moment noch Spaß machen, die Gastfreundschaft und Großzügigkeit meines Vaters auszunutzen«, sagte er geduldig, »aber Sie sollten sich über eins klar sein, Ms Coakley:

Das Haus, der Pool und all das andere Spielzeug, das Sie zweifellos so faszinierend finden, gehören mir. Ich habe auch die Hand auf der Geldbörse meines Vaters. Ich kenne Frauen Ihres Schlags, und eins kann ich Ihnen sagen: In dieser Familie haben Sie nichts zu suchen. Wir mögen keine Eindringlinge.«

Sie presste die Lippen aufeinander. »Wenn Sie nicht sofort verschwinden, rufe ich die Polizei.«

Er biss die Zähnen aufeinander und ging langsam auf sie zu, zählte dabei die Scheine. »Ich hatte gerade den Eindruck gewonnen, Sie wären klüger als die anderen. Habe ich mich geirrt?«

Sie griff nach dem Telefon, aber er war schneller, legte seine Hand auf ihre und hielt sie fest. Ihre Hand war klein, und sie trug keinen Ring. Ihre Haut schien zu glühen – oder war es seine eigene Hitze, die er spürte? Er hielt mit der anderen Hand das Geld hoch. »Wenn Sie nicht mitspielen, Ms Coakley, wird es Ihnen noch leid tun, dass wir uns je begegnet sind.«

Sie sah ihm in die Augen, und irgendwo zählte eine Uhr laut tickend die Sekunden. Er bemerkte, dass er den Atem anhielt. Grundgütiger, war sie schön.

»Es tut mir bereits jetzt leid, Ihnen begegnet zu sein, Mr Castleberry. Lassen Sie mich los.«

Ihre Brust hob und senkte sich rasch. Ihr verkrampfter Kiefer betonte die Wangenknochen und zwei kleine Grübchen. Obwohl es ihn danach verlangte, sie noch einmal zu küssen, erkannte er unbeirrbare Entschlossenheit, wenn er sie sah. Er ließ ihre Hand los. Plötzlich erschöpft stopfte er sich das Geld zurück in die Tasche und war versucht, seinen Vater dieses Mal in seinem Leichtsinn untergehen zu lassen. Martin hatte seit dem Tod von Clays Mutter keine vernünftige Entscheidung mehr getroffen, und er war es leid, immer hinter ihm aufzuräumen. Diese Frau würde ihm vermutlich noch jede Menge Ärger machen, und das konnte er wirklich nicht gebrauchen. Aber das tiefsitzende Gefühl, seinen Vater beschützen zu müssen, veranlasste ihn dazu, sie ein letztes Mal zu reizen.

»Ich werde Martin übrigens wissen lassen, wie *zugetan* Sie ihm sind.«

Er sah ihre Hand kommen, erlaubte ihr aber, ihn zu ohrfeigen. Er hatte nichts anderes von ihr erwartet. Langsam rieb er sich die brennende Wange.

»Annabelle?«

Als die Stimme einer anderen Frau erklang, drehte er sich zur Eingangstür. Eine Frau mittleren Alters stand mit überraschtem Gesichtsausdruck im Foyer. Ihr Blick huschte zwischen ihm und der Frau, die ihn geohrfeigt hatte, hin und her.

Ein paar Sekunden lang sagte keiner ein Wort, dann lachte die junge Frau im Morgenrock nervös. »Überraschung … Mom. Ich dachte, wir könnten etwas Zeit miteinander verbringen, bevor du … du weißt schon.« Ihre Umarmung wirkte ein wenig ungelenk, aber sie schienen froh darüber zu sein, sich zu sehen.

Seine Verwirrung verdoppelte sich, als sein Vater mit großen Augen und suchendem Blick hinter der älteren Frau hervortrat. »Clayton? Ich *wusste* doch, dass das dein Auto in der Einfahrt ist. Was machst du denn hier?«

Er suchte nach einer angemessen vagen Antwort, aber ihm schwirrte der Kopf. »Ich, äh, hab das Geschäft in Paris schneller abgeschlossen als gedacht.«

Martin Castleberry runzelte die Stirn. »Aber was machst du hier, in Belles Haus?« Er legte der älteren Frau eine Hand auf die Schulter, und Clay kam zum ersten Mal der schreckliche Verdacht, dass etwas nicht stimmte. Er warf der jüngeren Frau einen Blick zu, und ihr selbstgefälliger Gesichtsausdruck verstärkte das Gefühl. Sie reckte das Kinn und sah aus, als wollte sie sagen: »Wir warten.«

»Nun, ich … also vielmehr wir …«

»Ich weiß, es ist unglaublich«, warf die junge Frau ein, ohne den Blick von ihm zu lösen, »aber Clay und ich haben uns zufällig im Zug vom Flughafen getroffen, und er hat angeboten, mich herzufahren. Was für ein Zufall, nicht wahr?«

Er blinzelte, und plötzlich erinnerte er sich an eine schlanke Frau im Overall, die ihn im Zug angestarrt hatte. Er entfernte in Gedanken die gelb getönte Sonnenbrille, löste das zusammengebundene Haar und ersetzte die unförmige Kleidung durch den seidenen Morgenmantel. Er konnte ihre blaulackierten Fußnägel nicht sehen, aber es war dieselbe Frau. Verdammt, sie hatte irgendwie schon die ganze Zeit gewusst, wer er war.

Die ältere Frau warf einen besorgten Blick auf den kurzen Morgenrock und lächelte leicht schief. »Martin, das ist meine Tochter, Annabelle.«

Martin strahlte und reichte ihr die Hand. »Es ist mir ein Vergnügen. Belle hat mir schon so viel von Ihnen erzählt.« Er hob den Blick zu Clay, der wie gelähmt das drohende Unheil erwartete, das über ihn hereinbrechen würde. »Clay, ich möchte dir die wichtigste Frau in meinem Leben vorstellen.« Er drückte die Schulter der älteren Frau. »Das ist Belle Coakley, meine Verlobte.«

Clays Lippen bewegten sich, und er brachte zwischen zusammengebissenen Zähnen eine höfliche Floskel hervor. Sein Herz raste, und Hitze schoss ihm ins Gesicht. Annabelle Coakley sah so aus, als würde sie seine Folter immens genießen. Er spannte die Wangenmuskeln, auf denen er noch immer die Nachwirkungen ihrer Ohrfeige spürte. Er hatte die Tochter der Frau für die zukünftige Braut gehalten, und die kleine Betrügerin hatte ihn an der Nase herumgeführt. Was hatte sie in der Hinterhand? Wollte sie ihm noch mehr aus den Rippen leiern, als er angeboten hatte?

Belle klatschte in die Hände. »Oh, ist das nicht einfach wunderbar? Annabelle ist früher da, und Clayton ist nach Hause gekommen. Ihr beide könnt uns dabei helfen, die Hochzeitsfeier zu planen und«, in ihren Wangen bildeten sich Grübchen, als sie lächelte, »wir können uns alle besser kennenlernen.« Sie umarmte Annabelle noch einmal, was Clay einen großzügigen Blick auf ihre hellen Schenkel gewährte. Er wandte den Blick ab und schenkte seinem Vater ein verkniffenes Lächeln.

Martin ging auf ihn zu und klopfte ihm auf den Rücken. »Unsere Hochzeit sollte eine Überraschung sein, aber ich bin so froh, dass du hier bist.« Er senkte die Stimme zu einem Flüstern. »Sie ist die Richtige, Clay. Sieh sie dir nur an, ist sie nicht was ganz Besonderes?«

Clay starrte die beiden Frauen an, die Arm in Arm dastanden, aber er konnte seine Aufmerksamkeit nicht von der dunkelhaarigen Schönheit losreißen, die ihn so gekonnt an der Nase herumgeführt hatte. Annabelle erwiderte sein Starren mit mühsam verhohlenem Abscheu. »Oh ja, was ganz Besonderes.«

»Ist das ein Hundertdollarschein?«, fragte Belle, die sich bückte und einen Geldschein hochhob, der auf einer der Fliesen im Foyer lag.

Clays Magen verkrampfte sich, und das Geldbündel in seiner Tasche drückte schwer gegen seinen Schenkel.

»Oh, der gehört mir«, sagte Annabelle. »Ich hab ihn wohl verloren. Ich … hab ja keine Taschen.« Sie zeigte auf den Morgenrock, als würden ihre Worte irgendwie Sinn ergeben. »Übrigens«, sie grinste, »das Mittagessen geht auf mich.«

Clays Blick wanderte zur Decke. Wie großzügig von ihr.

»Großartig«, sagte Martin mit fröhlich dröhnender Stimme. »Wir sollten das Essen an den Pool bestellen. Ich kann mir keinen besseren Rahmen vorstellen, um einander näher kennenzulernen.« Sein Vater lächelte breit. »Ich bin so froh, dass ihr Kinder euch schon begegnet seid. Was für ein glücklicher Zufall, dass ihr euch getroffen habt! Das *muss* ein gutes Omen sein. Wir werden uns in Zukunft häufig sehen – an Feiertagen, vielleicht sogar zu Familienausflügen.«

Clays Blick verfinsterte sich.

»Denkt doch nur«, sagte Belle, deren übersprudelnde Fröhlichkeit zu der seines Vaters passte und die Annabelle fester an sich drückte, »keiner von uns muss mehr allein sein. Wir werden eine große, glückliche Familie.«

Aber ein Blick in Annabelle Coakleys schmale Augen und auf ihren vom Kuss geschwollenen Mund genügte, dass Clay sich ziemlich *un*glücklich fühlte.

KAPITEL VIER

»Mom«, sagte Annabelle, die einen grell pinkfarbenen, winzigen Bikini hochhielt. »Ich halte das für keine gute Idee.«

Belle schürzte die Lippen und nickte. »Du hast recht. Das Pink macht dich noch blasser. Versuch es mit dem grünen Badeanzug, Liebes.« Sie drehte sich wieder zum Frisierspiegel und fuhr sich über das Haar, dessen Grau seit Annabelles letztem Besuch von einem Farbton irgendwo zwischen Butter und Rama-Margarine ersetzt worden war.

Annabelle hängte den Bikini, den man mangels Stofffülle kaum als solchen bezeichnen konnte, zurück in den Schrank des Umkleidehäuschens der Castleberrys und atmete ein Mal tief durch. »Ich meinte, den Nachmittag mit den Castleberrys zu verbringen ist keine so gute Idee.« Ein Streifen hellblaues Wasser zwinkerte ihr durch die geschlossenen Fensterläden zu. Der ansonsten beruhigende Anblick wurmte sie ebenso wie die Vertrautheit, mit der ihre Mutter über das Anwesen dieses Mannes ging. Selbst der vornehme Komfort der Umkleideräume ärgerte sie. Ledermöbel, helle Prägetapeten, echte Bilder an den Wänden und Terrakottakacheln auf dem Boden – dieser Raum war hübscher als das Haus, über dessen Kauf sie sich so den Kopf zerbrach. »Wie wäre es, wenn du und ich zum Mittag nach Buckhead fahren würden?«

Enttäuschung blitzte in Belles blauen Augen auf. Ihre hellen Brauen waren in sanften Bögen geschwungen und Wunder über Wunder: Sie trug Eyeliner – noch dazu violetten. »Oh, aber Martin will dich so gerne besser kennenlernen, und ich weiß, dass du ihn mögen wirst. Wir können doch morgen in die Stadt fahren, dann haben wir den ganzen Tag nur für uns.« Sie stand auf und kam zu Annabelle herüber. Auch die Figur ihrer Mutter hatte sich dramatisch verändert – zweifellos das Ergebnis ihres neuen Kickboxtrainings.

Belle nahm ihre Hände, und Annabelle versuchte, beim Anblick des großen Diamantrings, den ihre Mutter am Finger trug, nicht das Gesicht zu verziehen. »Liebling, das könnte die einzige Gelegenheit für mich sein, Zeit mit Clayton zu verbringen, bevor er nach Paris zurückfliegt. Danach werden du und ich jede Minute der Woche vor der Hochzeit miteinander verbringen.« Sie betrachtete Annabelles Overall mit einem besorgten Lächeln. »Vielleicht können wir uns auch gleich nach neuer Kleidung für dich umsehen.«

Annabelle lächelte. Hier war die Mutter, an die sie sich erinnerte. »Hoffentlich findet die Fluggesellschaft bis morgen mein Gepäck.«

Belle befreite Annabelles Haar aus der Spange. »Er sieht ziemlich gut aus, nicht wahr?«

Sie runzelte die Stirn. »Wer?«

»Clayton.«

Annabelles Blick verfinsterte sich. »Ist mir nicht aufgefallen.« *Ich war zu sehr damit beschäftigt, sein Bestechungsgeld zu zählen und mich seiner Avancen zu erwehren.*

»Er erinnert mich an Martin in ›Streetwise‹.« Ihre Mutter blickte verträumt in die Ferne. »Martin sah so verwegen aus. Ich hab den Film bestimmt ein Dutzend Mal gesehen, als er rauskam.«

»War er in dem Film nicht ein untreuer Hochstapler?« *Okay, zugegeben, ich hab den Mann nicht gerade weggestoßen, aber ich habe den Kuss auch ganz bestimmt nicht genossen.*

»Er hat sich zum Schluss gebessert.« Belle seufzte. »Das Leben kann einen schon überraschen, nicht wahr? Stell dir nur vor: Ich heirate einen Filmstar.«

Es begann in Annabelles Schläfen zu pochen. Ihre Mutter schien beinahe trunken vor Freude. Gewiss, Martins Haus – oder eher das Haus seines Sohns, wenn Clay die Wahrheit sagte – war beeindruckend groß, aber ihre Mutter war bei all der Schmeichelei doch hoffentlich nicht blind geworden. »Hat der Herr Filmstar dich gebeten, einen Ehevertrag zu unterschreiben?«

Belles grell geschminkter Mund verzog sich. »Nein. Ich habe es angeboten, aber er hat abgelehnt.« Sie drehte sich um, stöberte durch die Handvoll bunter Badebekleidung im Schrank, zog einen glänzenden, grünen Einteiler heraus und hielt ihn Annabelle hin. »Probier den mal.«

»Mom«, sagte Annabelle vorsichtig, »was für ein Mann hat einen Schrank voller Badesachen für Frauen?«

Belle lachte nur. »Mach ihm keine Vorwürfe, Liebes. Er ist an eine Menge weiblicher Aufmerksamkeit gewöhnt.«

Sie starrte ihre Mutter an und befeuchtete sich die Lippen. »Ich verstehe. Und erwartest du, dass er dieses Verhalten auch nach der Hochzeit noch an den Tag legt?«

Ihre Mutter zuckte die Achseln. »Das geht mich nun wirklich nichts an.«

War das dieselbe Frau, die ihr ans Herz gelegt hatte, Billy Hardigan den Laufpass zu geben, weil er Jill Normandy etwas zum Valentinstag geschenkt hatte?

»Warum bist du so überrascht, Liebes? Er ist ein erwachsener Mann, und ich bin in meinem Alter etwas toleranter geworden.«

Annabelle schluckte schwer und hätte sich am liebsten die Finger in die Ohren gesteckt, um die Worte ihrer Mutter nicht hören zu müssen. »Mom, wir müssen uns unterhalten …«

»Ich bitte dich, Liebes.« Belle hob eine Hand. »Lass uns heute Nachmittag entspannt am Pool liegen, und heute Abend können wir uns unterhalten, okay?«

Ein Blick in ihre samtenen Augen und Annabelle gab nach. Ihre Mutter hatte sie in ihrem ganzen Leben noch nie um etwas gebeten. Außerdem freute sie sich nicht auf den Streit, in den das Gespräch ganz sicherlich münden würde. Sie wollte sich zudem nicht vorwerfen lassen, Martin keine Chance gegeben zu haben. Da sie sich vorgenommen hatte, sich in zurückhaltender Freude zu üben, nickte sie. »Nur für dich.«

Ihre Mutter lächelte strahlend und küsste sie auf die Wange. »Danke, Liebling. Ich mach uns Eistee, und wir treffen uns am Pool.«

Sie sah ihrer Mutter nach, als sie durch die Tür schlüpfte, und unterdrückte das kindische Bedürfnis, ihr nachzurennen und ihre Knie zu umklammern. Sie kämpfte gegen plötzliche Tränen der Panik an, ließ sich auf die cremeweiße Chaiselongue fallen und legte ihr Gesicht in die Hände. Zum ersten Mal erkannte sie, wie es für ihre Mutter gewesen sein musste, sich all die Jahre Sorgen um sie zu machen. Gab es etwas Schlimmeres, als jemandem, den man liebte, dabei zuzusehen, wie er einen großen Fehler beging? Sie hatte ihre Lektion gelernt, dachte sie reumütig: Jemanden gern zu haben führte unweigerlich zu Kummer.

Ein paar Augenblicke später atmete sie tief ein und hob den Kopf. Hier herumzusitzen und sich selbst zu bemitleiden, würde ihr auch nicht dabei helfen, das Versprechen einzulösen, das sie ihrem Vater gegeben hatte. Sie zog sich langsam aus und den grünen Badeanzug an, nachdem sie ihn genau betrachtet hatte. Während sie die Träger anpasste und den Stoff zurechtzupfte, erkannte sie, dass Martin offensichtlich daran gewöhnt war, vollbusige Frauen zu Besuch zu haben. Nachdem sie unzählige Stunden ihrer Jugend in vorschriftsmäßiger Schwimmkleidung verbracht hatte, die sie vollständig bedeckte, kam sie sich in dem hoch und tief ausgeschnittenen, strahlend smaragdgrünen Anzug, der eher fürs Posieren als fürs Schwimmen gedacht schien, nackt vor. Wie konnte ihre Mutter nur so über Martins Neigungen hinwegsehen? Glaubte sie wirklich, dass sich der Mann geändert hatte?

Ihre Gedanken rasten wie ein Hamster im Laufrad, wirbelten die Tatsachen herum, und sie hoffte, dass aus dem Chaos eine Lösung purzeln würde. Sie hatte nicht mit Clay Castleberrys Anwesenheit gerechnet, und auch wenn er darauf aus zu sein schien, die Hochzeit ihrer Eltern zu verhindern, verübelte sie ihm, dass er glaubte, sie oder ihre Mutter gehörten zu den Frauen, von denen man sich freikaufen konnte. Sie lächelte beinahe bei dem Gedanken, dass er sie verwechselt hatte, aber dann erinnerte sie sich an den aufdringlichen Kuss und wusste, dass der Scherz auf ihre Kosten ging. Kein Mann hatte bisher gewagt, sie so bezwingend zu küssen, und dass sie dermaßen dahingeschmolzen war, erschreckte sie. Der Playboy hatte sie einfach nur überrascht, sagte sie sich. Jetzt, wo sie wusste, mit was für einem Mann sie es zu tun hatte, würde sie auf der Hut sein.

Sie hatte ihrer Mutter noch nicht erzählt, dass er versucht hatte, sie mit Geld loszuwerden. Um ihrer Mutter diese Hochzeit auszureden, musste sie etwas gegen den älteren Castleberry in der Hand haben, nicht gegen den Sohn.

Den Sohn.

Sie schürzte verärgert die Lippen. Der Mann brachte sie aus dem Gleichgewicht, und ihr Instinkt sagte ihr, dass sie das Ereignis vorerst für sich behalten sollte, falls sie später etwas brauchte, was sie gegen ihn verwenden konnte. Nur wenige Minuten in seiner Gegenwart bestärkten sie in dem Glauben, dass die meisten Männer und Frauen in der heutigen Zeit fürs Dasein als Single gemacht waren – ganz besonders die Castleberry-Männer und die Coakley-Frauen. Ihrer Meinung nach war die Institution der Ehe zu einem Festmahl für alle die verkommen, die sich an Bestrafungen nicht sattessen konnten.

Sie zupfte am schmalen Stoffstreifen des Badeanzugs, der ihren Hintern bedeckte, und runzelte die Stirn. Sie würde es nicht zulassen, dass ihre Mutter von einem Süßholz raspelnden Schürzenjäger eingelullt wurde, und Clay Castleberrys Einmischung machte die Sache nur unnötig kompliziert. Sie knirschte frustriert mit den Zähnen. Wenn sie diesen schrecklichen Mann doch nur mit einem Fingerschnippen verschwinden lassen könnte.

Vorzugsweise zusammen mit der Erinnerung an den gestohlenen Kuss.

* * *

Clay fuhr mit den Fingern über die glatte, gestrichene Wand des Pools und machte eine Rollwende. Er stieß sich träge, aber kraftvoll ab und genoss das Rauschen des Wassers, das an seinen Ohren vorbeiströmte, und das Strecken seiner Schultermuskeln, als er zum seichteren Ende des Pools zurückschwamm. Er erreichte die gegenüberliegende Wand, wischte sich das Wasser aus den Augen und legte den Kopf zurück.

Der Himmel erstreckte sich strahlend blau über ihm. Am Nachmittag war die Temperatur auf fast dreißig Grad gestiegen, und eine südliche Brise fuhr durch die Nadeln der hoch aufragenden Kiefern, die ans Haus grenzten. Ein perfekter Tag … und ein perfektes Chaos.

Annabelle Coakley war hergekommen, um sicherzugehen, dass ihre Mutter so viel Geld wie möglich aus seinem Vater presste, und er hatte ihr in die Hände gespielt, als er ihr ein Angebot machte, kaum dass sie angekommen war. Das Einzige, was schlimmer war als eine geldgierige Frau, war eine geldgierige Frau, deren Tochter Scheidungsanwältin war.

Das Geräusch einer Glastür, die aufgeschoben wurde, erregte seine Aufmerksamkeit, und das Objekt seiner Verwirrung trat ins Freie, an den richtigen Stellen gerundet, mit langen Beine und nicht im geringsten ahnend, dass sie beobachtet wurde. Nachdem sie ihn so reingelegt hatte, fand er, er hatte das Recht, jeden Zentimeter ihrer schlanken Gestalt und die Art, wie sie sich bewegte, genau zu betrachten. Das dunkle Haar hing ihr dicht und glatt über die Schultern. Die Frau war eine echte Schönheit, wirkte aber ein wenig befangen. Sie zerrte in dem vergeblichen Versuch, mehr Haut zu bedecken, an den Beinöffnungen eines vage vertraut aussehenden Badeanzugs, wobei sie ihm einen kurzen, atemberaubenden Einblick auf privatere Stellen gab. Das Poolwasser war nicht kühl genug, die natürliche Reaktion seines Körpers zu unterdrücken.

Ihre Augen wurden von einer Brille mit gelben Gläsern geschützt, aber sie drehte ihr Gesicht in die Sonne. Sein Vater hatte ihm gesagt, dass sie jetzt in Michigan wohnte, also genoss sie vermutlich das warme Wetter. Sie hob die Arme und streckte sich, stellte sich auf Zehenspitzen und drückte das Kreuz durch. Ihre

Brüste standen aufrecht, ihr Bauch wölbte sich nach innen, und die Hügel und Täler ihres straffen Körpers traten deutlich hervor. Ungetrübte Bewunderung pulsierte durch seine Lenden. Zu einem anderen Zeitpunkt, an einem anderen Ort hätte er wohl mit dem Gedanken gespielt, sie zu verführen, aber diese Frau würde ihm mehr Schwierigkeiten bereiten als ein ganzes Dutzend der Start-Up-Unternehmen, die er auf die Beine gestellt hatte.

Sie drehte sich um und betrachtete die Veranda und den Garten – zweifelsohne um ihren Wert abzuschätzen. Als ihr Blick auf ihn fiel, wie er sich so still im Wasser entspannte, versteifte sie sich.

Er neigte grüßend den Kopf.

»Sie hätten mir sagen können, dass Sie da sind.« Der Vorwurf in ihrer Stimme wurde über das Wasser getragen.

»Interessant«, sagte er, als er zu ihr hochblinzelte. »Ich dachte, *Sie* wären der Gast. Mir gehört das Haus ja irgendwie.«

Sie trat an den Rand des Pools und verschränkte die Arme. »Das ist die seltsamste Entschuldigung, die ich je gehört habe.«

Er hob eine Augenbraue. »Entschuldigung?«

Ihr Lächeln war voller falscher Freundlichkeit. »Liegt Senilität in Ihrer Familie? Eine Entschuldigung dafür, dass Sie mich beleidigt haben und über mich hergefallen sind.«

Er hob die andere Augenbraue. »Sie sind noch nie geküsst worden?«

Verschiedene Gefühle zeigten sich in rascher Folge auf ihrem Gesicht, aber schließlich blickte sie wütend, was ihren Wangen eine attraktive Farbe verlieh. »Doch. Aber nicht gegen meinen Willen und mit brachialer Gewalt.«

»Brachiale Gewalt?« Er lachte. »Spielen Sie nicht die Unschuld, Frau Anwältin. Sie haben sich nicht gerade beeilt, das Missverständnis aufzuklären.«

Sie sah sich um, als wollte sie abschätzen, wie sie seine Leiche loswerden konnte, nachdem sie ihn ertränkt hatte, und starrte ihn dann finster an. »Bei Ihrem Temperament vermute ich, Sie arbeiten mit Maschinen.«

»Mit Risikokapitalanlegern.«

Um ihren Mund zuckte es. »Das ist ja quasi dasselbe. Haben Sie nichts weiter zu Ihrem Verhalten von vorhin zu sagen?«

Um sich nicht länger auf ihre Beine zu konzentrieren, die aus seinem Blickwinkel bis in den Himmel reichten, schloss er die Augen und legte den Kopf zurück. »Doch. Ihre Reaktion ist völlig übertrieben.«

Sie schwieg so lange, dass er versucht war, wieder zu ihr hin zu sehen, aber er tat es nicht. Er musste es auch gar nicht, ihre Silhouette hatte sich in seinen Verstand gebrannt. Schließlich antwortete sie.

»Mr Castleberry, befürchten Sie nicht, dass ich Ihrem Vater oder meiner Mutter etwas von Ihrem Bestechungsversuch erzählen könnte?«

Jetzt, da er nicht mehr von ihrem Anblick abgelenkt wurde, konnte er die Überbleibsel eines Südstaatenakzents in ihrer Stimme hören, als sie seinen Namen aussprach. Sie wollte also ganz formell bleiben, wie es aussah. Er lächelte mit noch immer geschlossenen Augen. »Ms Coakley, so wie ich meinen Vater kenne, *erwartet* er vermutlich, dass ich ihn vom Haken hole, und ich nehme an, dass Sie längst mit Ihrer Mutter gesprochen haben.« Er rollte die steifen Schultern und atmete scharf aus, als Schmerz durch seinen Nacken schoss – ein passendes Leiden in dieser Situation, wie er zugeben musste. »Ich versichere Ihnen, dass fünfundzwanzigtausend Dollar mein letztes Angebot sind.«

Ein lautes Klatschen, dann schwappte ihm eine Welle ins Gesicht. Er schluckte Chlorwasser, aber es gelang ihm, es aus seiner Lunge herauszuhalten. Als er wieder etwas erkennen konnte, sah er sie von sich wegschwimmen, die Kraulbewegungen perfekt, der Beinschlag geschmeidig, die Richtung pfeilgerade.

Als sie die andere Seite erreichte, tauchte sie auf und lehnte sich ihm direkt gegenüber zurück. Ihr Gesicht verriet, dass sie keinen Respekt vor ihm hatte. Sie hatte sich das dunkle Haar nach hinten gestrichen, und ihre klaren Züge traten deutlich hervor, die Augenbrauen dunkle Bögen über goldfarbenen Augen. Sie war herrlich anzusehen. Zehn Meter himmelblaues Wasser trennte sie, aber seine Sinne waren so entflammt, als schmiegte sie ihren Körper an seinen.

»Da Sie ein Risikokapitalgeber sind«, sagte sie gerade laut genug, dass er sie auch mit summenden Ohren verstehen konnte, »wissen Sie sicherlich auch, wo Sie Ihre fünfundzwanzigtausend Dollar *anlegen* können.«

Sein Kiefer spannte sich. Er verhandelte keine Millionengeschäfte, indem er seine Gefühle offen zeigte. Es war Zeit für eine neue Taktik. Er zeigte ihr sein charmantestes Lächeln. »Sie sind eine ausgezeichnete Schwimmerin.«

Sie zuckte die Achseln, und die Bewegung betonte ihre trainierten Oberarme. »Das Schwimmen bedeutete den Unterschied zwischen einem guten und einem hervorragenden College. Und es hilft mir, den Kopf frei zu bekommen – mir gefällt die Disziplin.«

Schlau, einfallsreich ... gefährlich. »Der Reaktion Ihrer Mutter nach zu urteilen, kommt Ihr Besuch unerwartet.« Vielleicht war sie hergekommen, um den künftigen Anteil der Coakleys am Vermögen seines Vaters zu sichern, ohne dass ihre Mutter etwas davon gewusst hatte. Vielleicht war ihre Mutter aber auch einfach nur eine gute Schauspielerin.

»Der Reaktion Ihres Vaters nach zu urteilen, gilt dasselbe wohl auch für Ihren Besuch.«

Das war im Grunde genommen keine Antwort, genau wie er es erwartet hatte. Er glitt von der Poolwand weg, ohne eine bestimmte Richtung einzuschlagen. »Ich sah mich genötigt, zurückzukommen. Mein Vater ist bekannt dafür, falsche Entscheidungen zu treffen.«

Sie bewegte ihre Arme vor und zurück und drehte sich träge im Kreis, aber ihre Stimme durchschnitt die Luft messerscharf. »Wie eigenartig. Meine Mutter trifft erst die falschen Entscheidungen, seit sie Ihren Vater kennt.«

»Soll ich Ihnen etwa glauben, dass Sie gegen die Hochzeit sind?«

»Sie können glauben, was Sie wollen, Mr Castleberry.«

Er warf ihr über die Schulter einen Blick zu. »Antworten Sie vor Gericht auch so ausweichend?«

Ihr kleines, spitzes Kinn hob sich ein wenig. »Ja, ich bin gegen die Hochzeit. Meine Mutter ist eine anständige, gutgläubige Frau, und ich möchte nicht, dass man sie ausnutzt.«

Sie war mittlerweile so nah, dass er die hellen Sommersprossen auf ihrer Nase erkennen und ihre zarten Ohren sehen konnte. Er suchte in ihrem Gesicht nach einem Anzeichen dafür, dass sie ein falsches Spiel mit ihm trieb. Stellte sie ihm wieder eine Falle? »Mein Vater ist ebenfalls gutgläubig, und ich möchte nicht, dass man *ihn* ausnutzt.«

Sie lachte kurz trocken auf, bevor sie näher schwamm und sich vorbeugte. »Ihr Vater ist derjenige, der den Ruf hat, von einer Ehe in die nächste zu stolpern. Schürzenjäger ist quasi ein Synonym für den Namen Castleberry.«

Ihre Worte brannten sich bis in seinen Magen. *Casanova Castleberry.* Er hatte den Spitznamen immer gehasst, den die Klatschblätter seinem Vater gegeben hatten. Während die gesamte hämisch kichernde Welt Wetten darauf abgeschlossen hatte, wie lange die derzeitige Beziehung seines Vaters wohl halten würde, hatte sich das Personal um Clay gekümmert. Er hatte seinen Vater nur selten zu Gesicht bekommen. Es ärgerte ihn, wie beiläufig sie etwas erwähnte, was seine Kindheit so sehr geprägt hatte.

»Ich weiß fast nichts über Sie«, sagte er leise. »Die Coakley-Frauen könnten sehr wohl den Ruf haben, sich an wohlhabende Männer ranzumachen.«

Ihr Hohn wirkte überzeugend. »Mein Vater war nicht gerade wohlhabend, Mr Castleberry.«

»Aber auch nicht arm.«

Sie sah ihn finster an. »Wir konnten gut leben.«

Sie schwammen nur noch wenige Zentimeter voneinander entfernt im Wasser. Ihre Beine waren lang und schlank, der blaue Nagellack helle, schwirrende Farbkleckse. »Vielleicht will Ihre Mutter jetzt mehr als nur ein Auskommen haben.«

In ihrem Blick loderte etwas auf. »Meine Mutter ist die selbstloseste Person, die ich kenne.«

»Wirklich? Mir ist aufgefallen, dass sie sich für ihren Verlobungsring einen ziemlich großen Stein ausgesucht hat.«

Sie umkreisten einander wassertretend wie wachsame Tiere. »Sie hat sich diesen grässlichen Ring nicht ausgesucht. Ihr Vater hat ihn ihr geschenkt.«

»Sie hat ihn nicht abgelehnt.« Wenn nicht die finanzielle Zukunft seines Vaters auf dem Spiel gestanden hätte, hätte er ihr Geplänkel genossen.

»Meine Mutter ist viel zu nett. Warum sonst sollte sie sich mit einem Mann zufrieden geben, der Badeanzüge für seine Wasserhäschen bereithält.«

Er wollte über den entrüsteten Ausdruck auf ihrem Gesicht lachen, aber er war verwirrt. »Wovon reden Sie?«

»Dieses unförmige Kleidungsstück«, sagte sie, als sie an dem Träger des grünen Badeanzugs zupfte, den sie trug. »Aus dem Schrank im Umkleidehaus Ihres Vaters. Wer weiß, wer das Ding zuletzt getragen hat.«

Ein Lächeln umspielte seine Lippen, als er erkannte, was die Quelle ihres Zorns war.

»Ist mir die Pointe entgangen?«, verlangte sie zu wissen.

»Valerie.«

»Was?«

»Ich glaube, Valerie hat diesen, äh, *unförmigen* Anzug zuletzt getragen.«

Sie sah ihn triumphierend an. »Zweifelsohne eines der Mädchen Ihres Vaters – mit Betonung auf ›Mädchen‹.«

Er hörte, wie die Glastür aufgeschoben wurde, als er den Kopf schüttelte und grinste. »Nein. Eines von meinen, mit besonders viel«, er nickte zum Oberteil des Badeanzugs, das ihr zu groß war, »sagen wir mal: ›viel‹?«

Sie presste die Lippen aufeinander und sah zu dem Anzug hinab, als wollte sie ihn sich an Ort und Stelle vom Leib reißen.

»Nur zu, es würde mich nicht stören«, flüsterte er, als könnte er ihre Gedanken lesen. Wassertropfen hingen wie Kristalle in ihren Wimpern. Er zeigte mit dem Kopf auf ihre Eltern, die Tabletts mit

Essen brachten. »Aber es könnte den falschen Eindruck vermitteln.«

Sie stotterte seinem Rücken eine zornige Antwort hinterher, als er an den Rand schwamm und sich aus dem Wasser zog. Zum Glück hing sein Handtuch über einem Stuhl in der Nähe, sodass er die Auswirkung, die sie auf seinen Körper hatte, verstecken konnte. Er hatte schon zu lange keine Frau mehr gehabt. Vielleicht sollte er Valerie anrufen. Es konnte natürlich sein, dass die Blondine mittlerweile verlobt oder verheiratet war. Er erinnerte sich, dass er sie im vergangenen Frühling für eine Woche hierher eingeladen hatte, als sein Vater Urlaub machte und er aufs Haus aufpasste, aber er hatte nicht gewusst, dass sie ihre Badekleidung dagelassen hatte. Und er erinnerte sich nicht daran, dass sie in dem grünen Anzug je so attraktiv ausgesehen hatte wie Annabelle Coakley.

Er begrüßte Martin und Belle und nahm ein Glas ungesüßten Eistee entgegen. Aus dem Augenwinkel beobachtete er, wie die junge Frau im Pool mit unfehlbarer Präzision ihre Runden drehte. Jeder geschmeidige Tritt betonte ihre schlanken Oberschenkel und wohlgeformten Hüften. Ihre Haare trieben hinter ihr wie eine dunkle, seidene Flagge.

Belle unterhielt sich hinter ihm mit seinem Vater. Als sie Annabelles Namen erwähnte, wurde er hellhörig.

»... so stolz auf sie ... sie kauft sich ein Haus ... ich kann mir nicht vorstellen, wie sie trotz ihrer Studentenkredite und dem schrecklichen Gehalt vom Staat dreißigtausend Dollar ansparen konnte ... vielleicht teilt sie sich die Kosten mit Mike ...«

Clay warf einen Blick auf die Frau, die wie eine Meerjungfrau durchs Wasser glitt. Ihre geschmeidigen Bewegungen riefen Gedanken an Positionen hervor, die deutlich mehr Gelenkigkeit erforderten. Er biss die Zähne zusammen, als seine Körpermitte mit erneutem Verlangen auf sie reagieren wollte.

Annabelle Coakley hatte also Geheimnisse? Er wusste, dass das Theater einer besorgten Tochter zu gut gewesen war, um wahr zu sein. Sie hatte etwas vor. Er entschuldigte sich und ging ins Haus, wo er sein Handy griff und eine Nummer aus dem Gedächtnis wählte.

Während das Telefon klingelte, konnte er das vage Gefühl, dass er sich dieses Mal irrte, nicht ganz einordnen. Aber er vertraute immer seinen Instinkten, und in diesem Moment sagten sie ihm, dass die junge Miss Coakley die gefährlichste Frau war, der er seit Langem begegnet war.

Und wer zum Henker war Mike?

Als die Person am anderen Ende abnahm, sprach Clay leise in den Hörer: »Henry, hier spricht Clayton Castleberry. Ich brauche Informationen, das Nötigste reicht fürs Erste. Der Name lautet: Belle Coakley.« Er buchstabierte den Namen der Verlobten seines Vaters, nannte ihre Adresse und schätzte ihr Alter. »Ich hab noch einen Namen für dich, Henry, aber hier brauche ich Details und Überwachung. Bereit? A-N-N-A…«

KAPITEL FÜNF

»Wie läuft's?«, fragte Michaela.

Annabelle sah durch das überfüllte Atrium des edlen Einkaufszentrums zu ihrer Mutter hinüber, die auf sie wartete. Belle wirkte klein und zart und verletzlich. Wie sehr sie sie doch liebte. Sie schluckte und sprach ins Handy: »Nicht so gut, Mike.«

»Deine Mutter hat deinen Rat nicht angenommen?«

»Ich, äh, hatte noch keine Zeit, mit ihr über die Hochzeit zu reden. Als ich ankam, war sie nicht zu Hause, und als sie zurückkam, war Melvin bei ihr.«

»Ich dachte, er heißt Martin.«

»Meinetwegen. Sie wollte jedenfalls den Nachmittag an seinem Pool verbringen, damit sie seinen Sohn kennenlernen konnte …«

»Heeeeey, sein Sohn?«

Annabelle runzelte die Stirn. »Kein Grund, so aufgeregt zu klingen, Mike. Er ist durch und durch ein Castleberry – ungehobelt, arrogant, aufdringlich …«

»Wie alt?«

»Keine Ahnung, Mitte dreißig, schätze ich.«

»Gutaussehend?«

»Nein.« Sie zögerte, als sie an Clays blaue Augen dachte. »Also … vielleicht, auf eine düstere und intensive Art, aber das ist seit ›Sturmhöhe‹ nicht mehr angesagt.«

»Wie heißt er? Ist er reich? Single?«

Sie seufzte. »Clayton Castleberry, wahrscheinlich, und ist mir völlig egal.«

»Also, wenn du jetzt schon mal da bist, Annabelle, dann könntest du doch auch gleich …«

»Mike!«

»'Tschuldigung. Was wolltest du sagen?«

»Nachdem ich also den Nachmittag am Pool damit verbracht habe, Mutter und Melvin …«

»*Martin.*«

»… dabei zu beobachten, wie sie sich anhimmeln«, sie rieb sich über die von der Sonne verbrannte Nase, auf der noch mehr Sommersprossen aufgetaucht waren, »sind sie und ich nach Hause gegangen, um uns in aller Ruhe miteinander unterhalten zu können.«

»Und?«

»Und sie hat am Pool drei Gläser Wein getrunken, also ist sie eingeschlafen, bevor sie überhaupt ihren Pyjama anhatte. *Meine* Mutter – die Frau, die dachte, mit Sherry zu kochen wäre schon unanständig.«

»Was hast du also den ganzen Abend lang gemacht?«, fragte Mike freundlich stichelnd.

»Ich hab an meinem Laptop gearbeitet«, antwortete sie schnippisch. Eigentlich hatte sie mit den Händen auf der Tastatur dagesessen und Clay Castleberry, wo auch immer er gerade war, für die Art, wie er sie behandelt hatte, hasserfüllte Gedanken geschickt. Der Mann brachte sie aus dem Gleichgewicht, und sie hatte das Gefühl, ihm gegenüber immer das letzte Wort haben zu müssen. »Jedenfalls wollen Mutter und ich jetzt zusammen Mittag essen, und ich hoffe, ich kann sie zur Vernunft bringen.«

»Geh nicht zu hart mit ihr ins Gericht, Annabelle.«

»Eines Tages wird sie mir dafür danken.«

»Grundgütiger, du klingst ja schon selbst wie eine Mutter.«

»Sei still. Wie läuft's im Büro?«

»Gut. Deine Maklerin hat angerufen. Ihre E-Mail ist kaputt.«

Annabelle lächelte über die Formulierung. Mike war eine fähige Anwaltsgehilfin, aber mit Computern kannte sie sich nicht gerade aus. »Weiß sie schon, wann sie den Kauf des Hauses abschließen will?«

»Donnerstag, wenn du wieder da bist. Und sie will ein Formular faxen. Die Bank will wissen, woher deine Anzahlung stammt. Sie brauchen es für ihre Unterlagen.«

Annabelles Blick verfinsterte sich, und sie biss sich auf die Unterlippe. »Okay, äh, in Ordnung. Kannst du das Formular scannen und mir mailen?«

»*Ich* soll das machen?«

»Mike, früher oder später musst du mit dem Rest der Welt mitgehen.«

»Später reicht mir.«

»Ich erwarte eine Nachricht *und* den Anhang. Lass dir von Mitch in der IT-Abteilung zeigen, wie man den Scanner benutzt. Er ist sowieso in dich verschossen.«

»Oh, großartig. Du bekommst den gutaussehenden, reichen, alleinstehenden Sohn einer Berühmtheit, und ich bekomme Mitch und sein Kugelschreiberetui für die Brusttasche.«

»Ich bekomme keinen …« Annabelle hielt inne. Sie weigerte sich, sich zu einer Antwort hinreißen zu lassen, die missverstanden werden könnte, obwohl ihr Blutdruck gerade in die Höhe schoss. »Wie läuft es sonst so im Büro?«

»Ruhig. Ich hab die Zeit genutzt, um mich nach Wohnungen umzusehen. Meine Miete ist gerade um die Hälfte hochgesetzt worden, und ich hab dreißig Tage, um mir eine neue zu suchen.«

»Meine Wohnung ist bald frei.«

»Ja, aber sie liegt zu weit von der Uni entfernt. Übrigens, ich hab deine Post geholt und Shoakies Katzenklo gereinigt.«

»Hat die kleine Prinzessin sich blicken lassen?«

»Sie hat mich vom Bücherregal aus angefaucht. Ich habe mich sehr geehrt gefühlt.«

Annabelle lachte. »Danke, dass du nach ihr gesehen hast. Ich muss los.«

»Versuch, nett zum jungen Mr Castleberry zu sein, und lass dich bloß nicht in deinem Overall sehen.«

Annabelle sah an ihrem einzigen Outfit herunter und runzelte die Stirn. »Tschüss, Mike.« Nachdem sie aufgelegt hatte, bahnte sie sich ihren Weg zurück zu ihrer Mutter. Belle, die einen modischen weißen Hosenanzug trug, lächelte breit. »Unser Tisch ist fertig, Liebes.«

Die Empfangsdame des kleinen Bistros beäugte Annabelles Overall, führte sie aber zu einem winzigen Tisch mit gelber Decke und frischen Blumen. Die Speisekarten für das Mittagsmenü waren per Hand auf dickes, grünliches mit Samen und Blättern durchsetztes Papier gedruckt.

»Dieses ist eins von Martins und meinen Lieblingsrestaurants«, schwärmte ihre Mutter.

»Alle Wege führen zu Martin«, murmelte Annabelle leise.

»Hmm?«

»Ich hab gefragt, was du und Martin üblicherweise bestellt.«

Ihre Mutter rasselte eine Liste erlesener Speisen herunter. Annabelle starrte sie an und versuchte, ihr zuzuhören, aber ihre Gedanken schweiften immer wieder ab, und sie erinnerte sich an die Zeiten, als ihre Mutter ihr gegenüber am abgenutzten Esstisch der Familie saß und Rezepte durchging, um ein Festmahl für den Vierten Juli oder Thanksgiving zu zaubern. Das Leben der vollendeten Hausfrau und Matriarchin Belle Coakley drehte sich um ihren Ehemann, ihre Tochter und ihre Nachbarschaft. Soweit sie wusste, hatte ihre Mutter noch nie einen Fuß in dieses Einkaufszentrum gesetzt. Sie hatte die Atmosphäre als zu teuer und vornehm empfunden und bevorzugte die Discountläden und Ausverkäufe in der Vorstadt.

Jetzt trug sie teures Make-up und Designerjeans – *Jeans*, um Himmels willen – und wirkte unglaublich glücklich. Ein plötzlicher Schmerz traf Annabelle ins Herz. Wenn all der Glanz, den Martin Castleberry ihr bieten konnte, ihre Mutter glücklich machte, war Belle dann mit ihrem Leben an der Seite ihres Vaters unglücklich gewesen?

»Annabelle?«

Sie musste blinzeln, ehe das Gesicht ihrer Mutter scharf wurde.

»Geht es dir gut, Liebes?«

»Es … es ging mir nie besser.«

»Ist in deinem Büro alles in Ordnung?«

»Hm? Oh, ja. Mike hat gemeint, es wäre ziemlich ruhig. Sie passt für mich auch auf Shoakie auf.«

»Das ist nett von ihr.« Ihre Mutter hob in einer übertriebenen Geste die Schultern. »Ich verstehe nicht, warum so schöne Frauen wie ihr noch nicht von einem Ehemann weggeschnappt worden seid.«

»Mom …«

»Und wo wir gerade davon reden, ich hab etwas für dich, Liebes.«

Ihre Mutter kramte in ihrer riesigen, schwarzen Umhängetasche, und Anabelle befürchtete schon, sie würde einen ein Meter achtzig großen Buchhalter rausziehen. Stattdessen holte Belle eine schwarze, samtene Ringschatulle mit silberner Schleife hervor und reichte sie ihr.

»Was ist das?«

»Mach es auf.«

Verdutzt öffnete Annabelle die Schleife und hob den Deckel. Ein vertrauter kleiner, eckiger Diamant in einer weißgoldenen Fassung funkelte sie an, und ihre Kehle schnürte sich zusammen. »Dein Verlobungsring?«

Belle nickte. »Ich will, dass du ihn bekommst, und ich weiß, dass dein Vater mir zustimmen würde.«

Annabelle blinzelte hastig und schüttelte den Kopf. »Aber Daddy hat den Ring dir gegeben …«

Ihre Mutter unterbrach sie. »Er sollte sowieso eines Tages dir gehören, und so kannst du ihn noch viele Jahre lang tragen. Guck mal, ob er passt.«

Mit zitternden Händen steckte Annabelle ihn sich auf den linken Ringfinger. Sie fühlte sich geehrt, dass sie das Symbol des Eheversprechens ihrer Eltern tragen durfte, aber es beunruhigte sie auch zu sehen, dass er die Hand ihrer Mutter verließ. »Er ist ein bisschen zu groß«, murmelte sie. Sie konnte ihn ganz leicht drehen.

»Wir lassen ihn ändern.« Ihre Mutter nickte beifällig. »Er sieht an deinen schlanken Fingern wirklich gut aus. Und es ist noch genug Platz für andere Ringe«, fügte sie mit einem Augenzwinkern hinzu.

Annabelle schluckte, aber der Klumpen blieb in ihrem Hals. »Danke.«

Ihre Mutter griff nach ihrer Hand. »Gern geschehen.«

Sie starrte die Hand ihrer Mutter an, und eine Frage, die ihr gestern in den Sinn gekommen war, ließ sich nicht länger zurückhalten. »Wo ist dein …?« Röte schoss ihr ins Gesicht, und die Worte erstarben auf ihren Lippen, als ihr bewusst wurde, dass sie die Antwort vermutlich gar nicht hören wollte.

»Mein Ehering?«, beendete Belle den Satz. »Ich habe ihn abgenommen.« Sie zog ihren neuen Verlobungsring zum Knöchel und zeigte ihr die Kerbe, die der Ring, den sie mehr als dreißig Jahre getragen hatte, hinterlassen hatte. Ein warmes Lächeln spielte um ihren Mund. »Aber er wird mir immer nah sein.«

Schmerzen schossen durch Annabelles Brust und hinterließen eine breite, raue Furche. Der Protest lag ihr schon auf der Zunge. *Nein, trenn dich nicht von Daddys Dingen … vergiss dein Leben mit ihm nicht … vergiss nicht, wer du bist.* Stattdessen starrte sie diese fremd gewordene, elegante Version ihrer Mutter an und fragte sich, wie viel sie noch von ihr verlieren würde, bevor das alles hier vorbei war.

Eine Kellnerin brachte ihnen frisch gepressten Orangensaft an den Tisch, nahm ihre Bestellung entgegen und unterbrach so den bittersüßen Moment. Während ihre Mutter eine komplizierte Bestellung aufgab – sie zählte, wie viel Gramm Fett sie zu sich nahm –, nahm Annabelle den Ring ab und verstaute die Schatulle in ihrer Tasche.

»Also«, sagte sie gezwungen fröhlich, als sie wieder allein waren, und hob ihr Glas. »Was steht für den Rest des Tages auf dem Plan?«

»Ich hatte gehofft, dass du mir dabei helfen würdest, das Hochzeitskleid auszusuchen.«

Annabelle schluckte heftig, und die Säure der Zitrusfrucht brannte ihr im Hals. »Ein Hochzeitskleid?«

»Und natürlich auch dein Kleid. Ich hatte an eine Mutter-Tochter-Kombination gedacht, weißt du, wie damals, als du noch klein warst.«

Annabelle ergriff die Gelegenheit, wischte sich den Mund ab und sagte vorsichtig: »Mom, glaubst du nicht, dass du diese Hochzeit ein wenig überstürzt angehst?«

Im Gesicht ihrer Mutter bildeten sich Grübchen, als sie lächelte. »Vermutlich, aber das heißt nicht, dass es ein Fehler ist.«

»Du hast mir mal gesagt, dass nur wenige gute Entscheidungen übereilt getroffen werden. Warum hast du es so eilig zu heiraten?«

Belle errötete und senkte den Blick auf ihre verschränkten Arme. »Warum wollen die meisten Pärchen schnell heiraten?«

Sie deutete den Gesichtsausdruck ihrer Mutter und umklammerte die Tischkante. »Oh mein Gott, du bist schwanger.« Ihre Mutter war Mitte fünfzig, aber hatte nicht vor Kurzem erst eine Sechzigjährige ein Kind zur Welt gebracht? Ihr schwirrte der Kopf beim Gedanken an die medizinischen Folgen, und an ihrem Haaransatz brach Schweiß aus.

Belle lachte auf. »Nein, Liebes, ich bin nicht schwanger.« Sie beugte sich ein wenig vor und senkte die Stimme. »Zu meiner Zeit haben ein Mann und eine Frau geheiratet, damit sie miteinander intim werden konnten.«

In diesem Moment wünschte Annabelle sich nicht nur, dass sie das Thema nie angesprochen hätte, sondern auch, dass sie nie nach Atlanta gekommen wäre. Sie war so entsetzt, dass ihr die Zunge am Gaumen zu kleben schien. »Du willst Melvin Castleberry heiraten, damit du mit ihm *schlafen* kannst?«

»Er heißt ›Martin‹, Liebes, und ich will ihn heiraten, weil ich verrückt nach ihm bin.« Ihre Mutter fügte nach kurzem Zögern hinzu: »Und, ja, ich muss zugeben, dass es langsam anstrengend wird, ihm körperlich widerstehen zu müssen.«

Annabelle stützte die Ellbogen auf den Tisch und drückte die Finger gegen ihre Schläfen. Ihr scharfer Verstand ging die Optionen durch und erkannte zwei: Sie könnte in der Hoffnung, dass sie so über ihn hinwegkam, ihrer Mutter zureden, ihre moralischen Bedenken über Bord zu werfen und auch ohne Trauschein mit diesem Playboy ins Bett zu gehen. Oder sie könnte daneben stehen und zusehen, wie ihre Mutter ihn aus den völlig falschen Gründen heiratete. Eijeijei, was für eine Wahl.

»Ich wollte dich nicht in Verlegenheit bringen«, murmelte ihre Mutter. »Ich habe angenommen, dass du keine Jungfrau mehr bist, nach all den Collegeorgien und so.«

Sie blinzelte ihre Mutter durch die Finger hindurch an. »Mom, wovon zum Henker redest du?«

»Sex, Liebes.«

»Ich weiß, aber ich hab nie …« Sie runzelte fassungslos die Stirn. »Hier geht es nicht um *mein* Sexleben!«

Die drei Frauen am Tisch neben ihnen warfen ihnen neugierige Blicke zu. Annabelle blickte finster zurück, bis sie sich mit geheucheltem Interesse wieder ihren Speisekarten widmeten, dann atmete sie tief ein. Wo war sie stehen geblieben? Oh, ja – die unmögliche Entscheidung. Sie nahm einen weiteren Schluck von ihrem Saft und setzte etwas ruhiger an: »Mom, ich bewundere deine, äh, Enthaltsamkeit, aber du stimmst mir doch gewiss zu, wenn ich sage, dass körperliche Anziehung kein besonders guter Grund für eine Hochzeit ist.«

Belle nickte. »Eine gute Ehe kann nicht auf Sex begründet sein, aber eine gute Ehe *ohne* Sex gibt es nicht.«

Ich fass es nicht, dass wir dieses Gespräch führen. Ich fass es nicht, dass wir dieses Gespräch führen. Annabelle griff in ihre Tasche und zog eine zusammengefaltete Zeitung hervor. Sie räusperte sich und glättete die Knickstellen auf dem Tisch. »Hast du vor ein paar Monaten diesen Artikel im Unterhaltungsteil von *America's News* gesehen?«

Belle runzelte die Stirn. »Nein.«

Annabelle schob die Zeitung über den Tisch. Die Schlagzeile lautete: »Plötzlicher Geldsegen für Casanova Castleberry«, und den Artikel umrahmten Bilder von Martin Castleberry und einem seiner ehemaligen Filmsternchen.

Ihre Mutter winkte ab. »Das Studio, für das Martin Filme gedreht hat, hat endlich zugestimmt, ihm das Geld auszubezahlen, das er verdient hat, und die Zeitungen machen eine große Sache daraus. Ehrlich gesagt sollten sie lieber diese Produzenten anprangern, die versucht haben, ihn übers Ohr zu hauen.«

Annabelle presste die Lippen aufeinander. Schließlich sagte sie: »Die einzige Person, die in diesem Artikel angeprangert wird, ist Martin Castleberry. Die Reporterin hat die Einigung mit der Produktionsfirma in zehn Worten abgehandelt und in zehn Absätzen seinen Hang zu jungen Frauen geschildert.«

»Martin hat sich geändert.«

»Die Katze lässt das Mausen nicht, Mom.«

»Er liebt mich«, beharrte Belle.

Annabelle ergriff die Hand ihrer Mutter. »Ich möchte nicht, dass du verletzt wirst. Vielleicht liebt Martin dich im Moment. Aber sobald eure junge Romanze schal wird, wird er nach … neuen Abenteuern suchen. So sind Männer wie Martin und Clay Castleberry.«

Ihre Mutter neigte den Kopf zur Seite. »Clay? Was hat Clayton damit zu tun?«

Wärme kroch ihr den Nacken hinauf, und sie wandte das Gesicht vom scharfsichtigen Blick ihrer Mutter ab. »Nichts. Außer dass man leicht erkennen kann, wie er auf dieselben Abwege wie sein Vater gerät.«

»Bist du noch immer über den Badeanzug wütend?« Belle lächelte. »Ich hab dir doch gesagt, dass Clay an weibliche Gesellschaft gewöhnt ist.«

»Ich dachte, du meintest Melvin.«

»*Martin,* Liebes. Und vielleicht war er früher einmal ziemlich unstet, aber jetzt ist mein Martin ein Eine-Frau-Mann. Clay hingegen ist ein sehr begehrter Junggeselle.«

Annabelle sträubte sich, denn sein Name rief die Erinnerung an ihr herausforderndes Geplänkel wach. »Junggeselle, ja. Aber ›begehrt‹ würde bedeuten, dass diese Person für andere begehrenswert ist.« Sie schluckte. Hatte sie etwa ›begehrenswert‹ gesagt? »Und begehrenswert ist kein Wort, dass ich mit Clay … ich meine Clayton … Castleberry in Verbindung bringe.«

Ihre Mutter hob eine Augenbraue, aber ehe sie etwas sagen konnte, tippte Annabelle mit dem Finger auf den Artikel. »Wechsel nicht das Thema. Ich möchte nicht in ein paar Monaten in der Zeitung lesen, dass du als …«, sie las im Artikel nach, »als eine von ›Castleberrys Verflossenen‹ aufgelistet wirst.«

Ihre Mutter wirkte aufreizend ungerührt. »Wirklich, Annabelle, ich weiß deine Besorgnis zu schätzen, aber es gibt keinen Grund dafür.«

»*Keinen Grund?*«

Ein Mann, der am Tisch hinter ihrer Mutter saß, drehte sich um, als sie laut wurde. Ihre Mutter warf ihr einen missbilligenden Blick zu.

Annabelle blies die Wangen auf und atmete aus. »Es tut mir leid, Mom, aber ich bin bei dieser Hochzeit objektiver als du, und ich mache mir Sorgen, weil ich dich liebe.«

Belle drückte ihre Hand. »Du brauchst ein Hobby, Liebes.«

Der Schock ließ Annabelle verstummen, und sie starrte ihre Mutter einfach nur an. Als sie sich wieder erholt hatte, hatte sie Mühe, ihr Temperament zu zügeln. »Was?«

»Ein Hobby. Du weißt schon – Linedance, Fotografie, Origami – etwas, womit du dich beschäftigen kannst.«

Annabelle hob die Augenbrauen und sagte: »Mein Siebzig-Stunden-die-Woche-Job beschäftigt mich ganz gut.«

»Ich meinte etwas, was Spaß macht. Hast du einen Mann?«

»Wenn du einen festen Freund meinst …«

»Verschwende deine Zeit nicht mit Freunden, Liebes, du brauchst einen Mann, einen Partner, der deiner würdig ist.«

»Mom, ich habe weder Zeit noch Lust …«

»Ah, hier kommt unser Essen«, rief Belle. Der Kellner stellte die Teller auf den Tisch, und Annabelle starrte unglücklich auf ihre mit Pekannüssen bestreuten belgischen Waffeln. Ihre Mutter nahm einen Bissen von ihrer Obstquiche und schloss anerkennend die Augen. Als Annabelle sich nicht rührte, warf ihre Mutter einen Blick auf die Uhr. »Ich will dich nicht hetzen, Liebes, aber ich weiß, dass du noch ein paar Dinge einkaufen musst, und wir werden um zwei im Brautmodengeschäft erwartet.«

Verzweifelt und erschöpft nickte Annabelle nur, in unangemessener Weise verstört von den Worten ihrer Mutter. Ein Mann? Sie unterdrückte das Bild von Clay Castleberrys spöttischem Gesicht, das plötzlich vor ihrem inneren Auge auftauchte. Ihr Hunger, entschied sie, machte sie ganz benommen. Sie würde etwas essen und später noch mal versuchen, ihre Mutter zur Vernunft zu bringen.

Sie seufzte. »Würdest du mir bitte den Sirup reichen?«

* * *

»Dad, was weißt du eigentlich über diese Coakley-Frau?« Clay joggte etwas langsamer, damit seinem Vater in der Morgenhitze nicht die Puste ausging, während sie sich unterhielten. Allerdings beeindruckte ihn Martins körperliche Verfassung immer wieder aufs Neue.

Martin hob eine silbergraue Augenbraue. »Was willst du damit sagen, Clay?«

»Komm schon, Dad, das kennen wir doch alles schon. Erzähl mir nicht, dir wäre nicht bereits in den Sinn gekommen, dass sie es auf das Geld aus der Abfindung abgesehen haben könnte.«

»Genau das werde ich dir erzählen, denn daran habe ich keine Sekunde lang gedacht.«

»Ich schon.«

Martin schnaubte verächtlich. »Offensichtlich. Mein Sohn, du bist zu jung, um schon so zynisch zu sein.«

Clay biss sich auf die Innenseite der Wange. »Und du bist zu alt, um so naiv zu sein.«

Sein Vater joggte ein paar Schritte weiter, ehe er erwiderte: »In Belle Coakleys Kopf gibt es keinen einzigen manipulativen Gedanken.«

Mühsam unterdrückte Clay das Bedürfnis, die Abwesenheit anderer Gedanken im Kopf der Frau anzumerken. Sie schien eigentlich ganz nett zu sein, aber das traf anfangs auf die meisten von ihnen zu. Außerdem machte er sich jetzt weniger Sorgen um

Belle Coakley als um ihre Gehilfin. »Was ist mit den manipulativen Gedanken im Kopf ihrer Tochter?«

Sein Vater warf ihm einen Blick von der Seite zu. »Annabelle? Sie scheint eine nette junge Frau zu sein. Attraktiv, findest du nicht auch?«

Clay stolperte, fing sich aber wieder. »Erzähl mir nicht, dass du beschlossen hast, die Mutter gegen die Tochter einzutauschen.« Jedes Mal, wenn er daran dachte, wie er Annabelle für die Verlobte seines Vaters gehalten hatte, überkam ihn leichte Verlegenheit.

Martin lachte und verlangsamte seine Schritte lange genug, um ihm auf den Rücken zu klopfen. »Natürlich nicht. Belle ist die Frau für mich. Ich hatte eher an dich gedacht, Sohn. Ich dachte, ich hätte ein gewisses Knistern zwischen euch beiden bemerkt.«

Clay entrang sich ein trockenes Lachen, und er lief unwillkürlich schneller. »Das Knistern stammte von ihrer spitzen Zunge. Ich traue ihr nicht.«

»Dieser kleinen Frau? Wovor soll man da Angst haben?«

Clay runzelte die Stirn. »Ich sagte, ich *traue* ihr nicht.«

»Das ist dasselbe, wenn es um eine Frau geht. Also eine, die man mag.«

Clay geriet wieder aus dem Takt – diese blöden neuen Laufschuhe. »Dein Sehvermögen lässt dich allmählich im Stich, Dad. Ich kann diese Frau nicht leiden.«

»Meine Sehkraft liegt immer noch bei hundert Prozent.« Martin lachte wieder. »Es scheint, als wäre ich mit perfekter körperlicher Gesundheit gestraft.«

Es ist deine geistige Gesundheit, die mir Sorgen macht.

»Sie kommt ganz nach Belle«, fuhr sein Vater fort. »Ein echter Hingucker.«

Primadonna.

»Und zurückhaltend.«

Hochnäsig.

»Und sie ist Anwältin, also muss sie intelligent sein.«

Oder intrigant. »Dad, hast du einen Ehevertrag zur Sprache gebracht?«

»Nur zu deiner Information: Belle hat es angeboten, aber ich habe abgelehnt.«

»Dad …«

»Clay«, unterbrach sein Vater ihn. »Ich möchte mit Belle alt werden, aber ich werde unsere Verbindung nicht dem Untergang weihen, indem ich ihr Ende zur Sprache bringe, bevor wir uns überhaupt das Eheversprechen gegeben haben.«

Sie erreichten das Ende der Laufbahn und wurden langsamer. Clay tat so, als würde er nachgeben und nickte versöhnlich, aber die Worte seines Vaters beseitigten den letzten Zweifel, den er an seiner Aufgabe gehabt haben mochte: Wenn Martin nicht einmal auf einen Ehevertrag bestehen würde, dann hatte er keine andere Wahl, als die Hochzeit zu verhindern.

Sein Vater stützte die Hände in die Hüften und schnappte nach Luft. »Belle und ich freuen uns so, dass ihr Kinder mit uns vor dem Altar stehen werdet.« Sein Blick wurde plötzlich weicher. »Clay, ich kann dir gar nicht sagen, was es mir bedeutet, dass du deine Reise vorzeitig abgebrochen hast, um für die Hochzeit herzukommen.«

Clays Beschützerinstinkt meldete sich, aber ihm folgten sofort Schuldgefühle, die sich hartnäckiger hielten als die Zweifel. »Kein Problem, Dad.« Er konzentrierte all seine negativen Emotionen auf die Coakley-Frauen und ganz besonders auf Annabelle. Seit seiner Kindheit waren Frauen die Quelle aller Probleme für die Castleberry-Familie gewesen. Verführerinnen. Verschwenderinnen. Störenfriede. Wer brauchte sie schon? Er zeigte mit dem Kopf auf die Bahn. »Ich denke, ich lauf noch eine Runde.«

»Wie du willst. Bis nachher. Und denk dran: Man erwartet uns um zwei zur Anzuganprobe.«

Clay wollte absagen, aber solange die Pläne für den Tag nichts mit den Coakley-Frauen zu tun hatten, würde er seinem Vater den Gefallen tun. »Um zwei. In Ordnung.« Er begann seine letzte Runde, entschlossen, die lästigen Gedanken an eine ganz bestimmte langbeinige, schlagfertige Brünette hinter sich zu lassen.

KAPITEL SECHS

Annabelle erschauderte. Hochzeitsboutiquen bereiteten ihr einfach Unbehagen. Die Vorstellung von einem Laden, dessen einziger Zweck darin bestand, dafür zu sorgen, dass eine Frau an ihrem Hochzeitstag gut aussah, zerrte an ihren Nerven. Ganz besonders, weil zu viele ihrer Klientinnen die teuren Kleider später verpfändeten, um die Scheidung bezahlen zu können.

Aus dem Augenwinkel fiel ihr ein ärmelloses, weißes Kreppkleid auf, das bis zum Boden reichte und in einem Glaskasten stand, der in etwa so groß war wie eine Telefonzelle. Sie hielt inne, um die klaren Linien zu betrachten, und schürzte in widerstrebender Bewunderung die Lippen.

Andererseits, sollte sie *jemals* durch ein *abwegiges* Wunder auch nur daran *denken,* es zu *wagen, eines Tages* in einer *weit entfernten* Zukunft vor den Altar zu treten, dann wäre dieses Kleid gar nicht mal so schlecht.

»Gefällt dir das pinkfarbene, Liebes?«

Sie drehte sich schuldbewusst um und nahm das Kleid in Augenschein, das ihre Mutter ausgesucht hatte. Die Farbe war ein bisschen grell, aber wie bei den siebenundzwanzig Kleidern davor lächelte Annabelle nur und nickte. »Es ist wunderschön.«

Belles Augenbrauen zogen sich zusammen. »Sie sind alle wunderschön, fürchte ich. Ich kann mich einfach nicht entscheiden.«

Erschöpft seufzte Annabelle: »Es spielt wirklich keine Rolle …« Sie unterbrach sich, als sie den verletzten Ausdruck auf dem Gesicht ihrer Mutter sah, und suchte nach den richtigen Worten. »Es spielt keine Rolle, welches du aussuchst, denn du wirst in jedem von ihnen toll aussehen.«

Belle strahlte und drehte sich um, als die Verkäuferin mit neuen Kleidern auf dem Arm auftauchte. Annabelle wurde unruhig. Sie wollte ihre Mutter nicht ermutigen, irgendetwas zu tun, was ihre Entscheidung zu heiraten noch weiter zementieren würde.

Ihr kam eine Unterhaltung mit einer ihrer Klientinnen in den Sinn, einer Frau, die nur wenige Wochen nach der Hochzeit die Scheidung eingereicht hatte. Sie erklärte Annabelle, sie hätte wenige Tage vor der Hochzeit herausgefunden, dass ihr Verlobter sie betrogen hätte. Als Annabelle sie fragte, warum sie die Hochzeit nicht einfach abgesagt hatte, zuckte sie die Achseln und antwortete: »Mein Kleid hatte eine drei Meter lange Schleppe.«

Um dem engen Gefühl im Hals zu entkommen, das ihr die Luft abzuschnüren drohte, wandte sie sich von den in Spitze gekleideten Schaufensterpuppen ab und schlenderte zu den Regalen mit den Dessous, obwohl sie sich dabei innerlich wand. Sie hatte Shorts gekauft und konnte sich aus dem Schrank ihrer Mutter Oberteile leihen, aber sie brauchte noch immer Unterwäsche. Und wie es das Glück nun mal wollte, war der eine BH, dem der Umweg der Fluglinie erspart geblieben war – der, den sie getragen hatte –, genau der mit dem kaputten Bügel. Das verdammte Ding hatte sogar die Metalldetektoren auf dem Flughafen von Detroit ausgelöst.

Sie betastete einen weißen BH aus Baumwolle, der ihr reichen würde, zuckte aber zusammen, als sie das Preisschild sah. *Autsch.* Sie war so daran gewöhnt, jeden Cent zweimal umzudrehen, dass sie vermutete, sie würde bei ihren Einkäufen auch dann noch auf den Preis achten, wenn sie jemals einen saftigen Gehaltsscheck bekommen würde. Sie kaute auf der Unterlippe und ging zu den herabgesetzten Auslagen, die weniger teure, aber dafür buntere Waren anboten.

Ein Blick zurück über die Schulter versicherte ihr, dass Belle noch mindestens dreißig Minuten beschäftigt sein würde, also begann sie die Suche nach etwas, was zumindest ansatzweise unaufdringlich wirkte. Der erste BH, den sie hochnahm, hatte die richtige Größe, aber die roten Punkte auf schwarzem Stoff waren ein bisschen zu viel. Dasselbe galt für den nächsten, der aus hauchdünnem, gelbem Stoff bestand, der mit Silber durchwirkt war. Ihr Blick fiel auf einen angemessen langweiligen, beigefarbenen BH, aber die Körbchen hätte höchstens ihr ganzer Kopf ausgefüllt. Ihre Hand blieb über einem braun-schwarzen BH mit Leopardenmuster schweben. Nicht schlecht. Der Preis war vernünftig, der BH selbst dunkel und verhüllte alles Nötige, aber er war ein wenig … abenteuerlich. Nicht, dass ihn je jemand zu Gesicht bekommen würde, es sei denn, dieser jemand überfiel am Mittwochabend Sudsy Sams Waschsalon, wenn sie ihre Feinwäsche wusch.

Annabelle lächelte breit. Wenn der Kauf verbotener Unterwäsche eine Frau aufmuntern konnte, dann musste ihr Leben schon ganz schön öde sein. Sie zuckte die Achseln. Öde war bequem, und es passte zu ihr.

Auf der anderen Seite des Regals fand sie eine passende Unterhose – ein hochgeschnittener Slip, der vielleicht sogar im Gerichtssaal bestehen konnte, ohne in den langen Stunden auf harten Stühlen an Stellen zu rutschen, wo er nicht hingehörte. Sie drehte sich zu einem dreiseitigen bodentiefen Spiegel und hielt die Unterwäscheteile vor ihren Overall. Das Haar war ihr aus der Spange gerutscht, und der lange Pony, den sie rauswachsen lassen wollte, hing ihr lose ins Gesicht. Tatsächlich sah es gar nicht mal so schlecht aus, was bedeutete, dass es ihr nie gelingen würde, diese Frisur wieder hinzubekommen, nicht einmal mit einem Dutzend Werkzeuge und zwei Dosen Haarspray. Sie schürzte die Lippen, ein Plastikbügel unter dem Kinn, einer über dem Nabel. Der Stoff war durchsichtiger, als sie gedacht hätte, aber ihr gefielen die besonderen Details …

Eine Bewegung im Glasfenster links von ihr lenkte sie ab. Sie blinzelte und trat einen Schritt näher. Martin Castleberry stand nur wenige Schritte von ihr entfernt auf der anderen Seite eines gläsernen Raumteilers und unterhielt sich mit … nein, *umarmte* eine äußerst junge, äußerst attraktive Frau. Ungläubig drückte

Annabelle die Nase gegen das Glas. Der Laden nebenan war eine schicke Männerboutique, und Martins kurvige Begleitung schien ihm Krawatten auszusuchen, was offenbar von ihr verlangte, ihn überall zu berühren. Annabelle kochte vor Wut. Sie hatte ihn auf frischer Tat ertappt, diesen Casanova.

Schlagartig verwandelte sich ihre Wut in Triumph: *Sie hatte ihn auf frischer Tat ertappt.* Jetzt musste sie nur noch ihre Mutter nach nebenan zerren, um Zeugin seines abscheulichen Verhaltens zu werden, und diese Hochzeitsfarce hätte ein Ende.

Sie machte auf dem Absatz kehrt und rannte zu den Umkleidekabinen, wo Belle sich nicht zwischen einem hellgelben Anzug und einem korallenroten, halblangen Kleid entscheiden konnte.

»Mom«, sagte sie mit honigsüßer Stimme. »Du errätst nie, wer hier ist.«

»Wer denn, Liebes?«

»Melvin.«

Die Brauen ihrer Mutter zogen sich zusammen.

»Ich meine Martin.«

Belles Miene hellte sich auf. »Wirklich? Wie wundervoll! Wo ist er?«

»Gleich nebenan, bei einem Herrenausstatter. Wir sollten rübergehen und Hallo sagen.« Annabelle klemmte sich die Unterwäsche unter den Arm, nahm ihrer Mutter das Kleid aus den Händen und reichte es der Verkäuferin.

Ihre plötzliche Begeisterung schien ihre Mutter zu verwirren, aber sie folgte ihr bereitwillig, als sie sie am Ellbogen packte.

»Martin sucht sich wohl etwas Neues aus«, vermutete Belle. Sie warf einen besorgten Blick auf die abgelegten Kleider.

»So kann man es auch nennen«, murmelte Annabelle, als sie sie vor sich herschob.

Als sie sich ihren Weg an Regalen voller Abendkleider, Gesellschaftsanzüge und raffinierter Tücher vorbeibahnten, schlug ihr Herz in bittersüßer Vorfreude schneller. Es würde ihre Mutter zunächst verletzen, aber sie würde bald erkennen, dass sie ohne Martin Castleberry besser dran war. Was für ein Glück, dass sie über ihn gestolpert waren, als er gerade sein wahres Gesicht zeigte. Zumindest musste Annabelle sich nicht zum Buhmann machen, indem sie wenig angenehme Dinge über ihn sagte. Von dem Gedanken beflügelt beschleunigte sie ihre Schritte, während sie ihre Mutter über den hellen Marmorboden führte.

Sie verließen das Brautmodengeschäft, und Annabelle zerrte ihre Mutter förmlich in den Herrenausstatter. Zum Glück waren Martin und seine junge Freundin noch da. Die Frau legte ihm gerade eine Krawatte mit grünen und marineblauen Streifen um den Hals und band sie mit langen, manikürten Fingern. Sie lächelte breit und legte den Kopf in den Nacken. Ihr langes, hellblondes Haar floss bis zu ihrer außergewöhnlich schmalen Taille. Und Martin, der ewige Unterhaltungskünstler, schien über die hässliche Krawatte hocherfreut. Annabelle heftete ihren Blick auf sein Gesicht, um den höchst befriedigenden Ausdruck nicht zu verpassen, wenn er ihre Mutter erblickte.

Keine Sekunde später sah er über die Schulter der Blondine, und ein breites Grinsen erhellte sein Gesicht. »Belle! Was für eine reizende Überraschung.«

»Hallo, Liebling.« Ihre Mutter lächelte, als machte es ihr nichts aus, dass sich eine andere Frau förmlich um ihren Auserkorenen wickelte. Er trat an der jungen Frau vorbei und küsste Belle kurz auf den Mund.

Annabelle reichte er zur Begrüßung die Hand, als wäre alles völlig in Ordnung. Sie erkannte, warum der Mann für einen Oscar nominiert worden war. »Martin«, sagte sie mit Unschuldsmiene, »willst du uns nicht deine Freundin vorstellen?«

Wie erwartet legte er die Stirn in geheuchelter Verwirrung in Falten. »Meine Freundin?« Er folgte Annabelles Blick zu der jungen Frau, die sie neugierig beobachtete. »Oh, meine *Freundin.*« Er winkte die Frau zu sich. Panik überkam Annabelle, als sie das Verkäuferinnenschild an der Frau entdeckte. »Das ist Suzanne Jacobson. Suzannes Vater ist ein langjähriger Freund und Assistent von mir. Ich stand im Wartezimmer des Krankenhauses, als diese junge Frau zur Welt kam. Suzanne, darf ich dir meine Verlobte vorstellen: Belle Coakley. Und ihre Tochter, Annabelle.«

Die Frau zeigte ihnen ein strahlendes Lächeln. Annabelle hatte noch nie so viele Zähne in einem Mund gesehen. »Freut mich, Sie kennenzulernen«, sprudelte es aus ihr heraus. »Ich habe Martin geholfen, ein paar Krawatten auszusuchen, solange wir auf Clay warten.« Die Frau betonte den zweiten Namen mit sehnsüchtiger Vertrautheit.

Frustriert, weil ihr Plan nicht aufgegangen war, und doppelt verärgert, hier eine der zahlreichen Bewunderinnen von Clayton Castleberry vor sich zu haben, warf Annabelle einen vernichtenden Blick auf ein Sockenregal und murmelte: »Wenn ich den Namen ›Clay‹ noch einmal höre …«

»Vorsicht«, ertönte eine männliche Stimme dicht neben ihr, »meine Ohren glühen schon.«

Sie wirbelte herum, nicht ganz überrascht, Clayton Castleberry zu sehen, der immer in den unpassendsten Momenten aufzutauchen schien. Als sie ihn in der dunklen Jeans, dem weißen gerippten T-Shirt und den abgetragenen Tennisschuhen sah, konnte sie sich gut vorstellen, wie Martin ausgesehen haben musste, als er noch Filme gedreht hatte. Clayton Castleberry war ein eindrucksvoller Mann, und diese Erkenntnis wurmte sie nur umso mehr.

Der Grund für ihre Aufregung betrachtete sie von oben bis unten und hob eine Braue. »Bezahlt man Anwälten in Detroit nicht genug, dass sie sich vernünftige Kleidung leisten können?«

Sie lief hochrot an. »Die Fluglinie hat mein Gepäck verschlampt«, sagte sie durch zusammengebissene Zähne hindurch. Sie kam sich neben der glitzernden, gut frisierten Suzanne wie eine Vagabundin vor, zudem diese zu ihnen herüberstolzierte und sich neben sie stellte, wie um den Vergleich noch hervorzuheben.

»Hallo, Darling«, begrüßte sie Clay gedehnt. Sie schob ihre wohl gerundete Hüfte vor, die in einen roten Rock gewissermaßen vakuumverpackt worden war.

Clays Blick folgte der Bewegung. »Hallo, Suzanne. Lange nicht gesehen.«

»Das ist allein deine Schuld«, erwiderte sie mit seidiger Stimme.

»Ich war beschäftigt.«

»Sag bloß, du heiratest auch«, sagte sie. Sie klang beleidigt und warf Annabelle einen argwöhnischen Blick zu.

»Nein!«, antworteten sie gleichzeitig.

Clay fügte lachend und mit gelassener Stimme hinzu: »Ich bin nur hier, um Dad bei der Auswahl eines Anzugs zu helfen.«

»Und ich bin nur hier, um Mutter dabei zu helfen, ein Kleid auszusuchen«, sagte Annabelle. Sie hasste das Gefühl, sich erklären zu müssen, und warf einen finsteren Blick zu dem Pärchen hinüber, das ein paar Schritte weiter ganz ineinander versunken schien. Belle richtete Martins grässliche Krawatte, und er überschüttete ihre Hände mit Küssen. *Würg.*

»Annabelle, Liebes«, sagte ihre Mutter. »Ich möchte Martin das pinkfarbene Kleid zeigen.«

Martin lächelte charmant. »Du kannst bei Clay bleiben, Annabelle, und ihm sagen, was du von dem Jackett hältst, das ich ausgesucht habe. Die Krawatte kommt mit auf die Rechnung, Suzanne. Wir sind in ein paar Minuten zurück.«

Sie warteten nicht einmal ihre Antwort ab, ehe sie Arm in Arm aus dem Laden spazierten. Annabelle knirschte mit den Zähnen und bedauerte die Wendung, die dieser Tag genommen hatte. Sie war so nah dran gewesen.

»Sie sollten Ihr Temperament im Zaum halten«, tadelte Clay sie.

Sie warf ihm einen finsteren Blick zu. »Seien. Sie. Still.«

Suzanne sah von ihr zu ihm und erklärte: »Ich hole das Jackett, das Martin ausgesucht hat.« Sie huschte davon.

»Mir müssen Sie nichts vormachen«, sagte Clay mit verschränkten Armen.

»Wovon reden Sie?«, fragte sie, während sie sich nach einer Sitzgelegenheit umsah.

»Ich bin nicht davon überzeugt, dass Sie so viel gegen die Hochzeit haben, wie Sie vorgeben.«

Ihre Füße brachten sie noch um, und ihr Kopf fühlte sich auch nicht besser an. Sie sah wieder zu ihm hin und trat mit schmalen

Augen einen Schritt näher. »Mr Castleberry, muss ich Sie daran erinnern, dass Sie sich in den ersten Minuten, in denen wir uns kennengelernt haben, Ihr eigenes Grab geschaufelt haben?« Mit jedem Wort kam sie ein Stück näher und wurde immer wütender. »Sie sind der arroganteste Mann, den zu treffen ich je das Missvergnügen hatte. Es ist mir völlig egal, ob Sie mein Verhalten ›überzeugend‹ finden, denn *Sie* haben bei keinem Aspekt meines Lebens Mitspracherecht.« Sie tippte ihm mit dem Finger auf die Brust und zuckte zusammen, als sie stahlharte Muskeln spürte. »Verstanden?«

»Entschuldigen Sie«, sagte Suzanne, die wieder aufgetaucht war. Ihre Stimme klang jetzt ganz anders, und sie beäugte Annabelle mit beunruhigender Selbstgefälligkeit. Eine Frau, die Annabelle als die Verkäuferin erkannte, die ihrer Mutter geholfen hatte, stand neben der Blonden.

»Ja?«, sagte Annabelle, ohne sich die Mühe zu geben, ihre Ungeduld zu verbergen.

»Ich fürchte, ich muss Sie darum bitten, mir zu folgen«, sagte Suzanne. Ein Wachmann mit finsterem Gesichtsausdruck trat zu ihnen und baute sich breitbeinig vor ihr auf.

»Gibt es ein Problem?«, fragte Annabelle.

»Das Problem«, sagte Suzanne, indem sie jede Silbe übertrieben betonte, »besteht darin, dass man Sie dabei beobachtet hat, wie Sie etwas aus dem Brautgeschäft gestohlen haben.« Sie zeigte auf die andere Verkäuferin, die kurz nickte.

Annabelle wusste, dass ihr die Kinnlade runtergefallen war, denn sie konnte die kühle Luft auf der Zunge schmecken. »*Was?*«

»Zeigen Sie mal, was Sie da unter dem Arm verstecken«, sagte der Wachmann, der den Moment offenbar genoss.

»Verstecken?« Wut stieg ihr in die Kehle und raubte ihr die Stimme. Diese hochnäsigen Leute waren neurotisch und paranoid. Sie warf die Arme übertrieben weit in die Luft, um ihnen zu beweisen, dass sie logen.

Und beobachtete, wie der braun-schwarze Leopardendruck-BH und die passende, hochgeschnittene Unterhose auf den Marmorboden fielen.

Wäre in diesem Augenblick der Teufel aufgetaucht und hätte ihr Unsichtbarkeit im Tausch für ihre Seele angeboten, Annabelle hätte es in Betracht gezogen. Schamesröte schoss ihr ins Gesicht, während ihre Gedanken rasten und sie sich ausmalte, wie eine Anklage wegen Ladendiebstahls ihre Karriere beeinflussen würde. Stand nicht in ihrem Arbeitsvertrag, dass die Pflicht des Staates, ihre Kredite zu bezahlen, erlöschen würde, sollte sie für ein Verbrechen verurteilt werden? Ohne gutes Arbeitszeugnis dürfte es ihr schwerfallen, eine anständige Arbeit zu finden. Ohne Arbeit konnte sie sich nie ein Haus leisten. Aus Panik sprudelten abwehrende Worte aus ihrem Mund: »D-die gehören m-mir nicht.«

Suzanne schnaubte, bückte sich und sammelte die Kleidungsstücke vom Boden. Sie hielt die Unterwäsche hoch und studierte das orangefarbene Rabattschild verächtlich. »Der BH scheint Ihre Größe zu haben.«

Blusen mit hohem Kragen verbargen im Gericht den Ausschlag, den sie bekam, wenn sie sich aufregte, aber sie nahm an, ihr gelbes T-Shirt bot ihr heute keinen solchen Schutz. »Ich m-meine, ich hab in den Dessous gestöbert und sie g-genommen … ich meine, ich hab überlegt, die Unterwäsche zu k-kaufen … dann hab ich Melvin, äh, Martin im anderen Laden gesehen und hab vergessen …« Sie verstummte und gestikulierte hilflos. »Ich … hab vergessen, dass ich sie noch in der Hand hatte.«

Ihre Erklärung klang selbst in ihren eigenen derzeit glühend heißen Ohren schwach. Auf unerklärliche Weise wanderte ihr Blick zu Clay, und sie hoffte, ihr Gesichtsausdruck erschien nicht so verletzlich, wie sie sich fühlte. Von all den Leuten, vor denen sie sich zur Närrin machen konnte, war er der Letzte, den sie sich dafür ausgesucht hätte. Er erwiderte ihren Blick. Sie erwartete Selbstgefälligkeit, aber seine schmalen, dunklen Augen durchbohrten sie mit … Wut? Es war ihm peinlich, mit ihr in Verbindung gebracht zu werden. Er dachte ohnehin schon das Schlimmste von ihr, er wäre wahrscheinlich froh, wenn man sie ins Gefängnis warf.

Obwohl sie wusste, dass er ihr und ihrer Mutter nicht freundlich gesinnt war, war er doch im Moment der Einzige, den sie sich als Verbündeten vorstellen konnte, und sie brachte es nicht fertig, den Blick abzuwenden. Er sah sie so unverwandt an, als wären sie mit einem Kabel verbunden. Sie spürte, wie sich ihr Körper seinem entgegenneigen wollte, jedes Haar, jeder Nerv, jeder Muskel, aber sie spannte sich und blieb wie angewurzelt stehen. Plötzlich änderte sich der Ausdruck in seinen Augen, wurde so sanft, dass ihr der Atem stockte.

Ein paar Sekunden lang verschwand alles um sie herum, und die Stimmen verhallten zu einem entfernten Summen. Sein Kiefer entspannte sich, und sie staunte darüber, wie viel jünger und weniger einschüchternd er wirkte. Dennoch kroch ihr so etwas wie Furcht ins Herz – ein Gefühl, das viel bedrohlicher war als der Weg in den Knast. Denn sie erkannte, dass sie einen Blick auf ein bei ihm vollkommen unvermutetes Mitgefühl erhaschte, und durch diese Erfahrung fühlte sie sich seltsam privilegiert. Ganz gleich, was er für sie empfand, sie *wusste*, dass dieser Mann nicht zulassen würde, dass ihr etwas widerfuhr, und ihr wurde warm ums Herz.

Er brach den Blickkontakt als Erster ab, und endlich konnte sie wieder atmen. Er legte dem Wachmann die Hand auf den Arm. »Ich glaube, dass wir diese Angelegenheit zur Zufriedenheit aller klären können. Ms Coakley stammt aus Atlanta und ist eine anerkannte Anwältin in Detroit. Sie war gerade mit ihrer Mutter einkaufen, die eine gute Freundin meines Vaters Martin Castleberry ist.«

Warum war ihr nie aufgefallen, wie gut seine Stimme klang? Er nahm Suzanne die Kleidungsstücke aus der Hand und hielt sie mit ausgestrecktem Arm vor sich. Der knappe Stoff wirkte in seinen großen Händen völlig fehl am Platz. Annabelle schluckte. Wie konnte eine so harmlose Handlung so intim wirken? Hatte sie sich verändert? Oder er? Oder etwas anderes? Ihre Wangen glühten vor Scham über das Dilemma, aber auch weil sie Clayton Castleberry plötzlich so anders wahrnahm.

Ojemine. Wie schnell das eigene Leben doch den Bach runtergehen konnte.

* * *

Clay starrte die seidene Unterwäsche an, die von seinen Fingerspitzen baumelte. Es überraschte ihn etwas, dass Annabelles Dessous-Geschmack eher auf der *wilden* Seite angesiedelt war. Es kostete ihn wenig Mühe, sich vorzustellen, wie der hauchdünne BH und die Unterhose sich an ihren schlanken Körper schmiegten, ihr Haar um sie herum ausgebreitet …

Er schüttelte innerlich den Kopf. Als Suzanne ihr vorgeworfen hatte, sie hätte gestohlen, hatte er sich in dem Glauben bestärkt gefühlt, sie hätte einen zwielichtigen Charakter, aber das Gefühl war sehr schnell verpufft. Im einen Moment freute er sich darauf, Martin mitzuteilen, dass zumindest eine der Coakley-Frauen eine Kleptomanin war, im nächsten schaute Annabelle ihn aus ihren großen goldbraunen Augen an und brachte ihn völlig aus dem Konzept. Gleichzeitig kam ihm offenbar die Fähigkeit zu rationalem Denken abhanden, denn als der Wachmann auftauchte und Passanten innehielten und sie anstarrten, meldete sich der Beschützerinstinkt wieder und veranlasste ihn dazu, etwas zu sagen. Er wollte glauben, dass die Frau zu klug war, um Unterwäsche zu stehlen, aber konnte er sich noch auf seine Instinkte verlassen? Aller Augen waren auf ihn gerichtet, als erwarteten sie … was eigentlich?

Er räusperte sich und fuhr fort, zwang sich dazu, das Richtige zu sagen. »Und wenn Ms Coakley sagt, sie hätte vergessen, dass sie diese Artikel noch in der Hand hielt, als sie den Laden verließ, dann ist es auch genau so gewesen.« Sein Blick traf wieder auf ihren, und sie schien sich mit hochrotem Gesicht innerlich zu winden. Er unterdrückte ein Lächeln und reichte die Kleidungsstücke der Verkäuferin aus dem Brautmodengeschäft, bevor er eine schwarze Kreditkarte aus seiner Brieftasche zog. »Stellen Sie sie mir bitte in Rechnung.«

»Ich werde das selbst bezahl …«, setzte Annabelle an, hielt aber inne, als er ihr einen warnenden Blick zuwarf, und presste die Lippen aufeinander. Immerhin wusste sie, wann sie besser schwieg. Zumindest manchmal.

Die ältere Frau warf einen Blick auf die Kreditkarte und lächelte mit neuem Respekt. »Ja, Mr Castleberry, sofort.«

Der Ärger über die Wankelmütigkeit der Menschen wich der Befriedigung, die ihn bei dem Gedanken überkam, dass er mit seinem Namen und seinem Geld die Gelegenheit hatte, Annabelle vom hohen Ross zu holen. Sie wirkte tatsächlich ein wenig kleinlaut, als sie ihn aus ihren goldfarbenen Augen vorsichtig und ein wenig argwöhnisch betrachtete, als ob sie versuchte, seine Motive für ihre Rettung zu ergründen. Er rang unterdessen mit derselben Frage.

Ihr Gesichtsausdruck fesselte ihn und zauberte ihm Bilder in den Kopf, in denen sie unter ihm lag, die Augen strahlend vor Vorfreude. Aber der Nervenkitzel, der ihn beim Gedanken daran überkam, Annabelle in sein Bett zu locken, wurde bald von der ernüchternden Mahnung gedämpft, dass die größten Gefahren des Lebens meist in verführerischer Verpackung daherkamen. Die Frau war sehr wahrscheinlich eine kleine Diebin, die es auf das Bankkonto der Castleberrys abgesehen hatte, und hatte es trotzdem irgendwie geschafft, sein Mitgefühl zu wecken. Er half ihr nur, um die Oberhand zu behalten, und um den Namen seines Vaters aus diesem ganzen Schlamassel herauszuhalten.

Er spannte den Kiefer und wehrte sich gegen die irritierenden Reaktionen, die Annabelle Coakley mit einem Aufschlag ihrer kindlich langen Wimpern hervorrief. Er hatte die körperlichen Züge seines Vaters geerbt, aber er besaß *nicht* dieselbe Schwäche, wenn es um ein hübsches Gesicht ging.

Als hätte sie seine Gedanken gelesen, murmelte sie: »Danke«, noch während sie rasch blinzelte. Er runzelte die Stirn und betrachtete ihr überzeugend blasses Gesicht, während er über einen plötzlichen Knoten der Angst in seiner Brust rieb.

Er war nicht wie sein Vater. Ganz und gar nicht.

* * *

»Ich glaub es nicht«, sagte Michaela. »Ich glaub es einfach nicht.«

»Mike, ich habe die Unterwäsche nicht *gestohlen.*«

»Vergiss das Stehlen, ich kann nicht glauben, dass du unanständige Unterwäsche *gekauft* hast.«

Annabelle ließ sich in die Polster der Couch zurücksinken und seufzte. »Sie war herabgesetzt.«

»Und Clayton Castleberry ist zu deiner Rettung geeilt. Oh, wie romantisch!«

Sie angelte sich ein hart gewordenes Geleebonbon aus der Schale auf dem Beistelltisch und warf es sich in den Mund. »Daran war absolut nichts romantisch. Er hat nur versucht, den werten Namen seines Vaters aus einem Skandal herauszuhalten. Und er wollte sich an meinem Unglück weiden.«

»Aber man muss den Typen einfach dafür lieben, dass er sich um alles gekümmert hat.«

Annabelle runzelte verärgert die Stirn. »Das tue ich ganz sicher nicht.«

»He, schalt mal schnell zur Late-Night-Show auf EBC.«

»Warum?«

»Ich höre nicht, was sie sagen, aber hinter dem Komiker hängt ein Bild von Martin Castleberry.«

»Großartig.« Annabelle nahm die Fernbedienung, schaltete auf den Kanal und beugte sich vor.

»Ja«, übertönte der Komiker das Gelächter des Publikums. »Martin Castleberry soll zum *sechsten* Mal vor den Altar treten.« Der Mann johlte. »Ist er nicht hundertdreißig Jahre alt? Ich krieg keine Verabredung, und der Mann hat eine Verlobte nach der anderen.« Das Publikum kicherte, während sich Annabelles Magen zusammenzog. »Das bestätigt nur das alte Sprichwort: Auf jeden Topf passt ein Deckel. Oder in Martins Fall: *sechs* Deckel.« Wieder ertönte Gelächter.

»Natürlich«, fuhr der Komiker mit den Händen in den Taschen fort, »folgt die Hochzeit seiner Einigung mit einer Filmgesellschaft auf dem Fuße. Was für ein Zufall! Ich will ja nicht behaupten, dass die Frau nach Gold schürft, aber ich habe gehört, sie trägt eine Spitzhacke und reitet auf einem Maultier.« Er wechselte kopfschüttelnd das Thema.

»Nimm dir das nicht zu Herzen«, sagte Michaela. »Es kam vermutlich nichts in den Nachrichten. Er war nicht mal lustig, dieser Idiot. Und die Sendung kennt eh keiner, also hat es vermutlich auch niemand gesehen.«

»*Wir* haben es gesehen.«

»Die arme Belle.«

»Mom wird zur Witzfigur, wenn sie diesen Mann heiratet. Es ist nur eine Frage der Zeit, bis überall im Fernsehen Bilder von ihr auftauchen«, murmelte Annabelle, während sie die Lautstärke runterdrehte.

»Wie kommen denn die Pläne für die große Hochzeit voran?«

Annabelle stöhnte auf. »Ich hab ihr geholfen, die Gästeliste auf Hundert herunterzukürzen.«

»Wow.«

»Sie wollen Samstag an Martins Pool heiraten.«

»Das ist in vier Tagen.«

»Erinnere mich bloß nicht daran. Morgen bestellt sie die Torte und das Essen, und Martins Pressesprecher hat einen Fototermin arrangiert.« Sie steckte sich noch ein Geleebonbon in den Mund. »Dieses Monstrum ist bald nicht mehr aufzuhalten.«

»Was ist mit den Kleidern?«

»Sie hat sie heute ausgesucht, während man mich mit Handschellen bedrohte.«

»Klingt nach Spaß! Welche Farbe?«

Annabelle rollte mit den Augen – Mike war so ein Mädchen. »Pink.«

Wie vorherzusehen war, jubelte Michaela. »Oh, das klingt fantastisch.«

Sie konnte es sich nicht erklären, aber plötzlich kam ihr das wunderbar schlichte, weiße Kleid in den Sinn, das in dem Glaskasten gehangen hatte. Sie schüttelte den Kopf. »Mike, ich glaube, du vergisst, dass es unser Ziel ist, die Hochzeit *zu verhindern.*«

»Aber es wäre ein toller Probelauf.«

»Wofür? Einen Nervenzusammenbruch?«

Ihre Freundin lachte. »Für deine eigene Hochzeit, Dummerchen.«

Annabelle hob die Augenbrauen. »Weißt du etwas, was ich nicht weiß?«

»Nein, aber wenn deiner Mutter eine stürmische Romanze widerfahren kann, dann kann das dir auch passieren.«

Sie schnaubte. »Mike, falls ich je heiraten sollte – was ich nicht tun werde –, dann hoffe ich, dass ich so viel Verstand besitze – was ich tue –, nicht mit einem Mann vor den Altar zu treten, den ich kaum kenne.«

»Aber hast du denn nie jemanden getroffen und gleich das Gefühl gehabt, du würdest ihn kennen?«

Statt sofort zu antworten, suchte Annabelle nach einem grünen Geleebonbon. »Das passiert nur in Filmen. In Schwarz-Weiß-Filmen. Und überhaupt: Nur weil du das Gefühl hast, du würdest jemanden kennen, heißt das noch lange nicht, dass du ihn auch magst.«

Mike seufzte. »Vielleicht. Aber eine Frau darf ja wohl noch träumen.«

»Diese Frau muss sich bis morgen einen Plan zurechtlegen. Kleider zu kaufen ist schlimm genug, aber ich werde nicht zulassen, dass sie beim Caterer Geld hinterlegt.«

»Bezahlt Martin nicht alles?«

»Sie wollte nicht, dass er das Kleid kauft, und ich habe darauf bestanden, meins selbst zu bezahlen.« Annabelle rutschte in ihrem Sitz herum, so sehr missfiel ihr die Erinnerung daran. »Das Haus, in dem er lebt, gehört seinem Sohn. Ich habe langsam den Eindruck, dass dieser Castleberry meine Mutter wegen *ihres* Geld heiratet.«

»Ich dachte, er hätte gerade erst in einem großen Gerichtsverfahren Geld zugesprochen bekommen.«

»Kann sein, aber wer weiß, wie viele Rechnungen dieser Mann zu begleichen oder wie viele schlechte Angewohnheiten er zu finanzieren hat?«

»Aber hattest du nicht gesagt, er hätte ihr einen riesigen Diamanten als Verlobungsring geschenkt?«

Annabelle dachte an den bescheidenen, schönen Ring, den ihre Mutter ihr gegeben hatte und der in seiner Schatulle in der Schublade ihrer Kommode lag, und ihr Herz zog sich zusammen. »Es ist ein hässlicher Klunker, und er hat ihn vermutlich auf Kredit gekauft.« Sie schnipste mit den Fingern. »Oder er ist nicht echt!«

»Kannst du das herausfinden?«

»Ich müsste ihn zu einem Juwelier bringen.«

»Glaubst du, es würde Belle etwas ausmachen, wenn er nicht echt ist?«

»Wahrscheinlich nicht, wenn er es ihr gesagt hat.«

»Aber wenn er unecht ist und er es ihr *nicht* gesagt hat …«

»Dann wüsste sie, dass sie ihm nicht trauen kann!«, rief Annabelle triumphierend. »Mike, du bist ein Genie.« Sie aß einen weiteren Geleebonbon.

»Krieg ich eine Gehaltserhöhung?«

»Klar, sobald *ich* eine bekomme.«

»Ruf mich morgen an und erzähl mir, wie es gelaufen ist. Und sag Mr Clayton Castleberry, dass es in unserem Haus eine nette, ungebundene, *einsame* Frau gibt, die ganz dringend einen Helden braucht, falls er mal nach Detroit kommt.«

Annabelle kämpfte gegen ein entnervtes Lächeln. »Mike, zum letzten Mal: Ich hab kein Interesse an dem Typen.«

»Ich hab von *mir* gesprochen, Boss.«

»Oh … genau.«

KAPITEL SIEBEN

Clay rieb sich die Augen, die im hellen Morgenlicht, das durch die Vorhänge fiel, brannten. Es störte ihn nicht, wenn er nicht viel Schlaf bekam – ihm genügten fünf Stunden die Nacht –, aber es störte ihn durchaus, wegen einer kleinen, sommersprossigen Frau nicht schlafen zu können. Annabelle Coakley frustrierte ihn mit ihrer streitlustigen, unabhängigen Art über alle Maßen. Sie hatte ihm schon mehr Kopfschmerzen bereitet und ihn mehr Kraft als angemessen gekostet. Nachdem er letzte Nacht zugesehen hatte, wie dieser Idiot von einem Komiker Martin als schlechten Witz benutzte, hatte er, während er in den frühen Morgenstunden die Deckenhalterung der Lampe anstarrte, beschlossen, dass er genug Zeit in Atlanta verschwendet hatte. Vielleicht hatte er die Coakley-Frauen voreilig verurteilt … vielleicht sollte er zulassen, dass Martin das Risiko einging … vielleicht hatten die drei einander verdient.

Das frühe Morgenlicht spiegelte sich auf seiner Platinuhr wider, und er lächelte. Er könnte heute Nachmittag im Flugzeug nach Paris sitzen. Paris, wo sich die Frauen wie Frauen kleideten – statt in abgetragenen Overalls herumzulaufen – und nicht dafür lebten, die Männer in ihrer Umgebung in den Wahnsinn zu treiben. Und weil sein Vater mit der neuen Ehe beschäftigt sein würde, könnte er darüber nachdenken, den Vertrag für seine Wohnung in Paris zu verlängern.

Jetzt deutlich besserer Laune schwang er die Beine aus dem Bett und streckte sich, vertrieb die letzten Reste des wenigen Schlafes, den er schließlich noch hatte finden können, aus den Gliedern.

Er würde ein paar letzte Dinge erledigen und könnte schon morgen früh frische Croissants genießen. Er holte sein Handy und gab Henrys Nummer ein. Der Privatdetektiv ernährte sich intravenös von schwarzem Kaffee und schien nachtaktiv zu sein. Er antwortete bereits nach dem ersten Klingeln.

»Henry, ich bin's, Clay Castleberry. Was hast du über die Coakley-Frauen rausgefunden?«

»Ich wünsch dir auch einen guten Morgen«, antwortete Henry. Im Hintergrund raschelte Papier.

Clay stellte sich ans offene Fenster, zog die Vorhänge auf und sah zum Coakley-Haus hinüber. In welchem Zimmer wohnte sie? Schlief sie noch in einem zerwühlten Bett?

Henry hustete und räusperte sich schließlich lautstark. »Über die ältere Dame hab ich nicht viel herausgefunden. Sie ist sechsundfünfzig, war etwas mehr als dreißig Jahre mit einem unbedeutenden Anwalt verheiratet, hat nie außerhalb des Hauses gearbeitet und nach dem Tod des Ehemannes keine weitere Beziehung gehabt, soweit ich das in Erfahrung bringen konnte. Geht zur Kirche, hilft in der Bibliothek aus und hat keine offenkundigen Laster, außer du zählst Bingo im Gartenverein dazu.« Er lachte und schlürfte etwas, vermutlich Gourmet-Kaffee.

Clay suchte nach einem Anzeichen von Leben hinter den Fenstern und war erstaunt, als er erkannte, dass sein Herz bei dem Gedanken, einen verbotenen Blick auf sie erhaschen zu können, schneller schlug. Angewidert von sich selbst wollte er sich wegdrehen, als ihn eine Bewegung hinter einem Fenster des kleineren Hauses innehalten ließ. Die Vorhänge teilten sich, und Annabelle erschien. Sie schob mit den Armen die Fensterläden auf, um Sonnenlicht ins Zimmer zu lassen. Verrückt, wie sehr sich seine Brust zusammenzog.

»Was ist mit der Jüngeren?«, fragte er Henry. Warum konnte er ihren Namen nicht sagen?

»Annabelle?«

»Ja.« Er war sich auf die Entfernung nicht sicher, aber er glaubte, das Weiß ihrer Zähne aufblitzen sehen zu können. Sie lächelte – Wunder über Wunder.

»Da habe ich noch nicht so viel herausgefunden, aber ich konnte ihrer Mutter und ihr gestern die meiste Zeit folgen. Sie haben in der Lenox Mall zu Mittag gegessen, und sie hat ihrer Mutter dabei einen Artikel aus *America's News* gezeigt. Sie haben sich gestritten. Die junge Dame ist laut geworden und meinte, sie würde sich wegen irgendetwas Sorgen machen. Ich hab den Artikel gefunden: Der Beitrag wurde vor ein paar Monaten veröffentlicht, und es ging um die Abfindung, die dein Vater bei dem Gerichtsverfahrung bekommen hatte. Willst du eine Kopie davon?«

Clay war so verblüfft, dass er zu keinem Wort fähig war. Nebenan schob Annabelle das Fenster auf, stützte sich auf die Ellbogen und lehnte sich hinaus. Sie hatte sich wohl Sorgen gemacht, dass ihre Mutter keinen Anteil von dem Geld aus der Abfindung erhalten würde. Sein anfänglicher Argwohn ihr gegenüber war doch gerechtfertigt gewesen. Warum fühlte er sich dann von ihr verraten?

»Nach dem Frühstück sind die Frauen Einkaufen gegangen, haben sich aber die Sachen vorwiegend nur angesehen. Sie haben sogar Pelzmäntel anprobiert – im Sommer, glaubst du's?«

Sie trug einen gelben Schlafanzug. Ihre nackten Arme schimmerten, und das Haar fiel ihr vom Schlaf zerzaust auf die Schultern. »Was noch?«, fragte Clay mit schwerer Zunge.

»Dann haben sie sich mit dir und deinem Vater getroffen. Es war übrigens nett von dir, ihr aus dem Schlamassel mit dem Ladendiebstahl zu helfen.«

Nicht nett – dumm. Wie *dumm* von ihm, ihr aus dem Schlamassel mit dem Ladendiebstahl zu helfen. »Du warst da?«

»Ja, ich hab Manschettenknöpfe anprobiert.«

Beeindruckend. Natürlich war er so sehr von Fräulein Unschuldsmiene abgelenkt gewesen, dass er es nicht einmal bemerkt hätte, wenn der Präsident höchstpersönlich in den Laden gekommen wäre, um eine Krawatte zu kaufen. »Was haben sie gemacht, nachdem wir uns getrennt haben?«

»Sie haben zwei Autohändler besucht und sich Luxuslimousinen vorführen lassen. Klingt, als würden sie damit rechnen, demnächst zu Geld zu kommen.«

In Clays Kehle bildete sich ein Kloß, als sie die Arme streckte und ihr Gesicht nach oben richtete. Kein Wunder, dass sie so glücklich war. Sie und ihre Mutter waren kurz davor, ein kleines Vermögen zu machen. Um zu vermeiden, entdeckt zu werden, zog er die Vorhänge zu, schaffte es, Henry zu danken, und bat ihn, ihn zurückzurufen, wenn er mehr über die jüngere Ms Coakley in Erfahrung gebracht hatte. Nachdem er aufgelegt hatte, wischte er sich den dünnen Schweißfilm von der Stirn und spähte durch den schmalen Spalt in den Vorhängen.

Das Fenster stand noch immer offen, aber Annabelle war verschwunden. Dünne, weiße Stoffbahnen flatterten über den Fenstersims und wehten in der Sommerbrise. Er schluckte den bitteren Geschmack in seiner Kehle herunter und versuchte, das Bild ihrer spöttischen, goldfarbenen Augen zu vertreiben. In den vergangenen Stunden hatte er sich sogar eingebildet, er würde sich in sie …

Nein. Nicht verlieben. Vergucken, vielleicht, denn er dachte, er hätte in ihren Augen etwas gesehen, was ihn ansprach.

Vielleicht hatte er mehr von den Schwächen seines Vaters geerbt, als er zugeben wollte.

Er fluchte und schlug das Fenster zu.

* * *

»Annabelle, was ist gestern zwischen dir und Clay vorgefallen?«

Annabelle stopfte die hauchdünne Unterwäsche mit dem Leopardenmuster zurück in die Schublade, drehte sich um und lehnte sich gegen die Kommode.

Im Türrahmen von Annabelles altem Kinderzimmer stand ihre Mutter. Sie trug einen seidenen Morgenrock und hatte zwei Tassen Tee in den Händen.

Annabelle setzte einen vollkommen ahnungslosen Gesichtsausdruck auf. »Vorgefallen?« Ihre Stimme klang ein wenig zu hoch.

»Ja, Liebes. Zwischen dir und Clay.«

»Gestern?«

Belle nickte geduldig, während sie ihr eine dampfende Tasse reichte.

Annabelle zögerte ihre Antwort hinaus, indem sie erst auf die milchige Flüssigkeit pustete und dann einen Schluck nahm. Sie hatte einen Teil der Nacht wachgelegen und überlegt, was Clay bewogen haben könnte, ihr aus der peinlichen Lage im Einkaufszentrum zu helfen. Den *größten* Teil der Nacht hatte sie hingegen wachgelegen und über ihre beginnende Zuneigung zu diesem verwirrenden Mann nachgedacht. Sie verfluchte Mike, die mit ihrem albernen Gerede diese lächerlichen Fantasien ausgelöst hatte.

»Annabelle?«

Sie sah schuldbewusst auf und wusste, dass ihre Mutter längst die Ringe unter ihren Augen entdeckt hatte, aber waren ihre plötzlichen, beunruhigenden Gefühle für Clay ebenso offensichtlich? »Ich bin mir nicht sicher, was du meinst, Mom.«

»Ich habe bemerkt, dass ihr beide euch gestritten habt, und ehrlich gesagt bin ich enttäuscht, dass du dir nicht mehr Mühe gibst, mit Clay auszukommen.«

Annabelle verschluckte sich an ihrem Tee und verbrannte sich die Zunge. Sie und Clay hatten kaum zwei Worte gewechselt, als er das Jackett anpassen ließ. Sie hatte sich eine Ecke gesucht, aus der sie ihn und die eifrige Suzanne beobachten konnte, und versucht, das Unbehagen zu ignorieren, das sie jedes Mal überkam, wenn die Hände der Blonden in seinem Nacken, auf dem Revers und auf seiner Taille ruhten. Sie hatte aber etwas durchaus Erstaunliches entdeckt: Wenn Clay lächelte, hatte der unvertraute Ausdruck eine merkwürdige Wirkung auf ihren Puls. Und ihm schien das Lächeln bei seiner langjährigen Bekannten leichtzufallen. Offenbar hob er sich seine Geringschätzung nur für sie und ihre Mutter auf.

Statt zu verschwinden, wuchs ihre Scham über den Ladendiebstahl nur noch, als sie sich einen peinlichen Moment nach dem anderen ins Gedächtnis rief. Er hatte ihre *Unterwäsche* gesehen, um Himmels willen. Obwohl sie sich gewappnet hatte, dass er selbstgefällig von dem Vorfall berichten würde, sobald sich ihre Eltern wieder zu ihnen gesellten, hatte er es nicht erwähnt. Er hatte sich höflich zu den pinkfarbenen Kleidern geäußert, die Belle ausgesucht hatte, seinen Vater daran erinnert, dass sie noch einen Termin in der Innenstadt hatten, und war gegangen, ohne sie noch einmal anzusehen.

Sie trat ans Fenster, das sie geöffnet hatte, und zuckte leichthin die Achseln. »Falls du es noch nicht bemerkt hast: Clay ist nicht so nett wie sein Vater. Ich kann den Mann nicht dazu zwingen, mich zu mögen.«

»Aber du könntest freundlicher zu den beiden Männern sein, die immerhin bald schon zu unserer Familie gehören werden«, tadelte Belle.

Annabelle sah über die Baumwipfel zum korallenroten Haus hinüber und fühlte sich seltsam zu dem jungen Mann hingezogen, der dort vorübergehend wohnte. Hatte er seit gestern auch nur einen flüchtigen Gedanken an sie verschwendet? Sie beschloss, das beunruhigende Thema zu wechseln, und drehte sich mit einem Lächeln um. »Mom, ich hab dich nie gefragt, wie Melvin dir den Antrag gemacht hat.«

»Er heißt Martin, Liebes.« Belle setzte sich auf die Bettkante, und bei ihrem Lächeln bildeten sich Grübchen. »Er ist mit mir zu meinem Lieblingsitaliener gefahren. Sie servieren zum Kaffee unfassbar leckere, in Silberfolie eingewickelte Vanille-Minz-Bonbons.« Ein verträumter Ausdruck schlich sich auf ihr Gesicht, und sie seufzte. »Das Essen war so romantisch, und als der Kellner die Bonbons gebracht hat, steckte mein Verlobungsring auf einem davon.«

»Das *ist* romantisch«, murmelte Annabelle widerwillig. Sie fragte sich, aus welchem Film er die Idee geklaut haben mochte. »Der Diamant an deinem Ring ist riesig«, sagte sie, als sie sich neben Belle setzte und die Hand ihrer Mutter nahm, um ihn genauer in Augenschein nehmen zu können. Unter dem weichen Licht über ihnen reflektierte der ovale Stein ein breites Spektrum an Farben. Mit neckendem Unterton fragte sie: »Bist du sicher, dass er echt ist?«

Belles melodisches Lachen klang fröhlich durchs Zimmer. »Natürlich ist er echt, Liebes.«

»Hat er ihn bei einem Juwelier in der Nähe gekauft?«

Ihre Mutter sah sie verwirrt an. »Das habe ich nicht gefragt. Warum?«

»Weil, ich …« Sie sah sich im Zimmer um, und ihr Blick fiel auf die Schublade. Ihr kam eine Idee. »Ich dachte, wir könnten Daddys Verlobungsring zu einem Juwelier bringen, um die Größe anzupassen.«

Belle lächelte zustimmend. »Das ist eine wunderbare Idee. Ich kenne einen Juwelier, der eine meiner Goldketten repariert hat. Er liegt nur drei Kilometer vom Caterer entfernt.«

»Gut, denn es sieht so aus, als wäre ein Teil der Fassung am Ring lose, den Martin dir gegeben hat.«

Sie zeigte auf die Stelle und Belle blinzelte.

»Wirklich? Ich kann ohne meine Brille nichts erkennen. Oje, ich möchte den Stein auf keinen Fall verlieren.«

»Ich fahr dich zum Caterer und bring die Ringe zum Juwelier. Danach fahren wir zum Autohändler zurück und sehen uns noch mal die grüne Limousine an.«

Belle winkte ab. »Liebes, ich lasse nicht zu, dass du mir ein neues Auto kaufst.«

»Mom, das Auto ist nicht neu, und du kannst nicht länger Dads alten Wagen fahren, wenn ständig die Warnleuchte für den Motor angeht. Warum hast du mir nichts davon erzählt?«

»Weil ich wusste, dass du dir deswegen Sorgen machen würdest. Außerdem brauchst du das Geld doch für dein neues Haus … oder etwa nicht?«

Annabelle hörte die Neugierde in der Stimme ihrer Mutter, aber sie ignorierte sie. Sie würde sich vermutlich nur noch mehr Sorgen machen, wenn sie erfuhr, woher das Geld kam. Sie tätschelte ihrer Mutter das Knie. »Ich bestehe darauf, dir ein vernünftiges Auto zu kaufen. Mir bleibt noch genug für meine Anzahlung.« Ihr schwoll vor Stolz die Brust, sie verhielt sich ganz im Sinne ihres Vaters. Zur Hölle mit Martin Castleberry – sie konnte sich um ihre Mutter kümmern.

»Wo wir gerade von deinem neuen Haus sprechen: Du brauchst bestimmt Möbel.«

Belles Stimme und Gesichtsausdruck wirkten so unschuldig, dass bei Annabelle sofort die Alarmglocken losgingen. »Die Schlafzimmereinrichtung, die ich für meine Wohnung gekauft hatte, ist noch in guter Verfassung, aber ich dachte, ich lass meine Couch neu aufpolstern.«

»Ich gebe dir meine.«

»Deine Couch?«

»Meine Möbel.«

Sie starrte ihre Mutter ein paar Sekunden lang an, dann lachte sie. »Mom, das ist lächerlich. Du kannst mir nicht deine Möbel geben – du brauchst sie doch selber.« Sobald die Worte ihren Mund verlassen hatten, erkannte sie, worauf ihre Mutter hinaus wollte.

»Ich werde das Haus verkaufen, Liebes.«

Annabelles Herz sank. »Was?«

»Martin und ich brauchen keine zwei Häuser, also ist es sinnvoll, dieses zu verkaufen.«

Nachdem sie zitternd Luft geholt hatte, berührte Annabelle ihre Mutter am Arm. »Mom, du kannst das Haus nicht verkaufen. Außerdem gehört Martin das Haus nicht, in dem er lebt, sondern Clay. Du willst dich doch nicht *diesem* Mann ausliefern, oder?«

»Martin kauft es ihm wieder ab.«

Annabelle schürzte die Lippen, als sie eine plötzliche Erkenntnis traf. »Mit dem Erlös aus *diesem* Haus?«

»Es ist nur gerecht, dass ich mich daran beteilige«, beharrte Belle, »denn Martin möchte meinen Namen auf der Besitzurkunde eintragen lassen.«

»Wie großzügig von ihm«, sagte Annabelle trocken. »Mom, er nutzt dich aus!«

»Unsinn.«

Panik ließ ihren Magen zusammenkrampfen, und sie konnte nicht länger sitzen bleiben. »Ich denke, du und ich sollten nach Detroit zurückkehren. Sofort.«

»Was?« Belle stand lachend auf. »Ich heirate am Samstag.«

»Mom, darüber müssen wir noch reden.«

Belle hob mahnend den Finger. »Ich weiß, dass das ein ziemlicher Schock war, und es tut mir leid, aber du wirst meine Meinung nicht ändern. Wir sollten uns anziehen – die Maklerin ist in ein paar Minuten hier.« Die hochhackigen Hausschuhe ihrer Mutter klackten über den Holzboden, als sie das Zimmer verließ.

Annabelle schwirrte der Kopf, als sie ihrer Mutter nachschaute. Sie wollte schreien, aber fand ihre Stimme nicht, und ihre Glieder fühlten sich taub an. Sie hatte sich in ihrem ganzen Leben noch nie so hilflos gefühlt, denn sie war sich sicher, dass Martin Castleberry ihre Mutter nur wegen des wenigen Geldes heiratete, das ihre Eltern in ihrer gemeinsamen Zeit angespart hatten. Was sollte sie tun? Über den Flur drangen das Rauschen der Dusche und das dumpfe Klicken einer Glastür, die geschlossen wurde, an ihr Ohr. Sie trank den Tee aus und zuckte zusammen, als die Flüssigkeit über ihre verbrannte Zunge lief. Gab es so etwas wie liebevolle Strenge für Eltern?

An der Tür klingelte es, und ihr Puls begann zu rasen. Die Maklerin war nicht nur zu früh da, ihre Mutter war auch noch unabkömmlich, also musste sie die Gastgeberin mimen. Aber als sie sich einen Morgenmantel überzog, kam ihr eine Idee, die sie aufmunterte. *Ihre Mutter war unabkömmlich.* Sie eilte zur Tür und setzte ein Lächeln für die Frau auf, die auf der Türschwelle stand. »Hallo. Sie sind bestimmt vom Immobilienmakler.«

»Ja, ich bin Brenda Morra. Sind Sie Mrs Coakley?«

»Ich bin ihre Tochter. Meine Mutter ist gerade beschäftigt.«

Die Frau machte einen langen Hals, um an Annabelle vorbeisehen zu können. »Das ist ein ganz reizendes Haus.«

»Danke. Könnten Sie nächste Woche wiederkommen?«

Das Lächeln der Maklerin verschwand. »Ich hatte den Eindruck, Mrs Coakley verbringt ihre Flitterwochen nicht in der Stadt und wird erst in ein paar Wochen zurückkommen.«

»Nicht, wenn ich es verhindern kann«, murmelte Annabelle.

»Wie bitte?«

»Es sieht so aus, als würden sich ihre Pläne ändern«, sagte sie mit dem überzeugendsten Lächeln, das sie zustande brachte.

Hinter ihr erstarb das Geräusch, das die Dusche ihrer Mutter verursacht hatte. »Eine von uns meldet sich bald bei Ihnen«, fügte Annabelle hinzu, als sie einen Schritt zurücktrat. »Danke, dass Sie vorbeigekommen sind.«

»Aber …«

»Wir werden Sie anrufen«, versicherte sie der Frau. Sie winkte, als sie die Tür schloss. Dann lehnte sie sich dagegen und pustete sich ihren zu langen Pony aus dem Gesicht.

»Annabelle, Liebes, war jemand an der Tür?«, rief ihre Mutter aus dem Bad.

»Die Maklerin«, antwortete sie. Sie wählte ihre Worte mit Bedacht, als sie über den Flur ging. »Sie, äh, hat den Termin verschoben.«

Belle streckte den Kopf aus dem Bad. Ihr helles Haar tropfte, und ihr Gesicht wirkte besorgt. »Auf wann?«

»Ich wusste nicht, wann du Zeit hast, also hab ich gesagt, dass wir uns melden.«

»Du hättest mich fragen sollen, solange sie da war, Liebes.«

Annabelle kreuzte die Finger hinter ihrem Rücken. »Sie hatte es eilig.«

Belle verschwand wieder im Bad. »Erinnere mich daran, dass ich sie anrufe, wenn wir wieder da sind.«

Sie sah zur Decke und murmelte: »Das war knapp.«

»Oh«, hallte die Stimme ihrer Mutter aus dem Bad, »ich hab vergessen zu erwähnen, dass Martin und Clay uns heute Abend zum Essen ausführen.«

»Zum Essen?« Annabelles Herz schlug schneller. »Warum?«

Belle lachte laut. »Weil wir essen müssen, Liebes, und es gibt Schlimmeres, als in der Gesellschaft zweier attraktiver Männer zu speisen.«

Annabelle stöhnte und ließ sich gegen die Wand im Flur sinken, erschöpft bevor der Tag überhaupt begonnen hatte. Im Moment erschien ihr ihr Siebzig-Stunden-die-Woche-Job wie das Nirwana.

»Annabelle.« Der Kopf ihrer Mutter tauchte wieder im Türrahmen auf. »Es würde mir wirklich viel bedeuten, wenn du versuchen könntest, dich mit Clay anzufreunden.« Sie verschwand wieder im Bad, und ihre Stimme schwebte gedämpft in den Flur. »Aber glaub mir, nachdem ich Zeit mit dem Mann verbracht habe, kann ich deinen Widerwillen verstehen. Er ist nicht gerade umgänglich.«

Annabelle verzog den Mund und betrachtete sich im Spiegel auf der anderen Seite des Gangs. »Immerhin hat er eine wichtige Geschäftsverhandlung in Paris abgebrochen, um für die Hochzeit herzukommen.«

»Ja, schon. Aber er ist so *arrogant*, meine Güte.«

Sie musste sich wirklich mal die Haare schneiden lassen. »Ich weiß, aber wenigstens hat er Dinge erreicht, die dieses Verhalten rechtfertigen.«

»Ich finde, er ist sehr intensiv.«

Annabelle zuckte die Achseln. »Hat in ›Sturmhöhe‹ auch funktioniert.«

»Und wo ich so darüber nachdenke: Er ist nicht mal ansatzweise so gutaussehend wie Martin in dem Alter.«

Annabelle schürzte die Lippen und beugte sich zum Spiegel. Wie lange war es her, dass sie sich die Augenbrauen gezupft hatte? »Er sieht eigentlich gar nicht so schlecht aus, wenn er lächelt.«

»Ha! Und wann tut er das je?«

Annabelle dachte mit einem kleinen Lächeln an ihre hitzigen Wortwechsel. »Er hat einen subtilen Sinn für Humor. Man muss ihn näher kennen, schätze ich.« Dann richtete sie sich auf. »Nicht, dass ich das tue. Ihn kennen, meine ich.«

»Du hast vermutlich recht, Liebes. Heute Abend werden wir beide versuchen, aufgeschlossener zu sein, ja?«

Der Föhn dröhnte, und Annabelle ging mit schlurfendem Schritt durch den Flur. Nachdem sie sich den Zeh gestoßen hatte, hüpfte sie in ihr Zimmer und landete auf dem Bett, verärgerter als je zuvor. Ihre Haut fühlte sich seltsam an, als ob sie sich mit etwas angesteckt hätte – was auch erklären würde, warum sie sich insgesamt so seltsam distanziert fühlte. Sie wollte einfach nur die Augen schließen und wünschte sich, dass alles wieder so wäre, wie vor letztem Freitag, als ihre Mutter ihr von der Hochzeit erzählt hatte.

Und als ob sie nicht schon genug Sorgen hätte, musste sie jetzt einen Abend damit verbringen, Clay auf der anderen Tischseite anzustarren. Sie rollte sich auf den Rücken und stöhnte.

Was zum Henker sollte sie nur anziehen?

KAPITEL ACHT

»Wir können die Größe des Rings ändern, während Sie warten, Ma'am«, sagte der Mann mit einem zuvorkommenden Nicken.

Da sie wusste, dass ihre Mutter sich mindestens eine Stunde mit dem Caterer unterhalten würde, nickte Annabelle. »In Ordnung.«

Der Mann winkte eine junge Frau zu sich und gab ihr den Ring und die entsprechenden Anweisungen, ehe er sich mit einem breiten Lächeln wieder Annabelle zuwandte. »Darf ich Ihnen vielleicht ein paar unserer neueren Stücke zeigen, während Sie warten?«

Sie war zu nervös, um den Ring ihrer Mutter einfach herauszuholen und zu fragen, ob er echt war, also nickte sie und erlaubte dem Mann, ihr eine Reihe Tennisarmbänder zu zeigen. Um ihn bei Laune zu halten, legte sie sogar ein paar an, obwohl das Einzige, was sie irgendwie interessant fand, ein einfacher Silberarmreif mit Greifendesign war. Nach einigen Minuten sah sie sich im Laden um, ob sie auch niemand belauschte, und war erleichtert, dass es nur einen einzigen weiteren Kunden gab, einen Mann, der auf der anderen Seite des Vorführraumes Uhren anprobierte.

Annabelle dankte dem Verkäufer, dass er ihr die Armbänder gezeigt hatte, und räusperte sich. »Sir, ich, äh, habe mich gefragt, ob Sie mir sagen könnten, wie viel ein Schmuckstück wert ist.«

Er nickte. »Wir lassen Schmuck auch schätzen, aber es würde mindestens achtundvierzig Stunden dauern, um ein Gutachten für die Versicherung zu erstellen.«

Ihr Nacken glühte, als sie nach der Ringschatulle kramte. Schließlich zog sie sie aus ihrer Handtasche. »Eigentlich möchte ich nur, dass Sie mir sagen, ob der Stein in diesem Ring so wertvoll ist, wie … äh …«

»Wie man Ihnen gesagt hat?«, fragte er mit einem Augenzwinkern.

Sie hustete verlegen und nickte.

Er holte eine Uhrmacherlupe aus der Tasche. »Dann sehen wir uns das gute Stück doch mal an.«

Sie kaute auf ihrer Unterlippe, während der Mann den Ring begutachtete und leise summte. Nach einer Minute senkte er mit undurchdringlichem Gesichtsausdruck das Augenglas. »Ein Geschenk?«

Sie nickte wieder.

Der Mann lächelte leicht und gab ihr den Ring zurück. »Miss, der Stein ist nicht nur echt, nach meiner kurzen Untersuchung kann ich sagen, dass er sogar von ungewöhnlich guter Qualität ist.«

Ihre Mundwinkel senkten sich unwillkürlich, und der Mann wirkte überrascht. »Nicht das Ergebnis, auf das sie gehofft hatten, Ma'am?«

»Nein«, murmelte sie, aber dann fügte sie hastig hinzu: »Ich meine, doch.« Sie zwang sich zu einem fröhlichen Gesichtsausdruck. »Natürlich.« Verdammt. Der einzige Grund, warum sie sich auf das Abendessen mit den Castleberrys gefreut hatte, war, dass sie den Ring für unecht erklären konnte und damit die Lügenmärchen von Castleberry Senior entlarvt würden, mit denen er ihre Mutter umgarnt hatte.

»Ah, hier ist Ihr anderer Ring, Ma'am, mit neuer Größe und frischem Glanz.« Er reichte ihr den Verlobungsring, den ihr Vater ihrer Mutter gegeben hatte. Ein Kloß bildete sich in ihrer Kehle, als sie sich den Ring überstreifte. *Anna, versprich mir, dass du dich um deine Mutter kümmerst, wenn mir etwas zustößt.*

»Ich versuche es, Dad«, flüsterte sie. Sie dankte dem Mann und bezahlte die Änderung. Niedergeschlagen ging sie zum Ausgang, abgelenkt von dem unvertrauten Gewicht des Rings an ihrer linken Hand. Sie war plötzlich traurig, dass sie seine Größe geändert hatte, damit er ihr passte, wo er doch an den Finger ihrer Mutter gehörte. Was jetzt? Ihre Mutter würde in wenigen Tagen Melvin Castleberry heiraten, und es schien, als gäbe es nicht mehr viel, was sie dagegen unternehmen konnte. Na ja, falls der Caterer sich wie immer verhielt, hatte er Belle vermutlich schon so gereizt, dass sie sich die ganze Sache doch noch mal überlegte. Dennoch sollte sie schnellstmöglich zu ihrer Mutter zurückkehren, um sicherzugehen, dass sie es nicht übertrieb.

Hochzeiten – bäh!

Der heftige Sommerregen, der draußen angefangen hatte zu fallen, machte das Ganze nur noch schlimmer. Ohne Schirm musste sie ihre Tasche über sich halten und zum blauen Buick ihrer Mutter joggen. Sie ließ zweimal die Schlüssel fallen, ehe sie sich den Weg ins Auto ertastete. Mit tropfnassem Haar saß sie hinter dem riesigen Lenkrad und zitterte ein paar Sekunden lang, bevor sie den Motor anließ. Das Beste an Belles Auto war seine Größe, dank derer die anderen Autofahrer ihr auswichen – ein Phänomen in Atlanta.

Aber sie kam nicht weiter als bis zum anderen Ende des Einkaufszentrums, bis die Warnleuchte aufblinkte und der Motor ausging. Sie drehte den Schlüssel, und der Motor heulte auf, ließ sich aber nicht mehr starten, auch nicht beim zweiten oder dritten Versuch. Sie schlug mit beiden Händen auf das Lenkrad und ließ den blöden Tränen freien Lauf, gegen die sie, wie es schien, schon seit Tagen ankämpfte. Belles hartnäckige Entschlossenheit zu heiraten machte Annabelle reizbar, und die schlaflosen Nächte, die sie damit verbrachte, über ihre verwirrenden Begegnungen mit Clay nachzudenken, halfen auch nicht gerade. Und jetzt das.

Sie ließ den Kopf aufs Lenkrad sinken und weinte.

* * *

Clay war auf dem Rückweg von seiner Wohnung, wo er die Malerarbeiten überprüft hatte, als sein Handy klingelte. Er nahm es in die Hand und sah Henrys Namen auf dem Bildschirm. Als er den Knopf drückte, wappnete er sich gegen weitere schlechte Nachrichten. »Ja, Henry, was gibt es?«

»Es geht um die junge Frau«, sagte der Privatdetektiv. »Sie hat Probleme mit dem Auto, und es regnet wie verrückt. Nenn mich altmodisch, aber ich glaube, ich sollte ihr helfen oder so.«

Clay erinnerte sich an den Ausdruck in ihren goldbraunen Augen, als sie im Laden dachte, man würde sie festnehmen, und konnte mit Henrys Instinkten mitfühlen, aber er wollte nicht, dass der Mann aufflog. »Wo ist sie?«

»Sie steht vor dem Sherell Shopping Center auf der Buice Road.«

Clay sah sich um, um sich zu orientieren. »Ich bin selbst in der Gegend. Ich fahre gerade in den Regen. Ich sag einfach, ich war zufällig in der Nähe.«

»Sie sitzt in einem blauen Buick vor dem Juweliergeschäft.«

»Juwelier?«

»Ja, sie hat einen Verlobungsring für sich anpassen lassen ...«

Sein Blick verfinsterte sich. War Annabelle mit diesem Mike verlobt, von dem ihre Mutter gesprochen hatte? »Bist du dir sicher?«

»Ja, ich hab alles gehört. Und sie hatte den Ring, den dein Dad ihrer Mutter gegeben hatte, dabei. Der Juwelier sollte ihr sagen, wie viel er wert ist.«

Clays Herz rutschte eine Etage tiefer. Er hatte die Rechnung für den Ring gesehen, und das Ding war ein hübsches Sümmchen wert. »Wirklich?«

»Ich hab nicht gehört, was sie gesagt hat, aber sie schien enttäuscht von dem, was der Mann ihr erzählt hat.«

Sein Herz sank noch tiefer. Ein hübsches Sümmchen, aber offenbar nicht so viel, wie sie erwartet hatte. »Danke, Henry. Übrigens, Dad und ich gehen heute Abend mit ihnen essen, du kannst die Überwachung also für heute abbrechen. Versuch stattdessen, mehr über das Privatleben der Tochter in Michigan herauszufinden – Beziehungen mit Männern, sowas in der Richtung.« Er brauchte die Information, um seinen Vater zu schützen.

Nicht, um seine eigene Neugier zu befriedigen.

»Kein Problem, Clay.«

Er legte auf und zog die Augenbrauen zusammen. Annabelle konnte den Ring nicht ohne die Erlaubnis ihrer Mutter genommen haben, also steckte Belle auch in der Sache mit drin. Hatten sie vor, den Ring zu verpfänden? Oder diente er ihnen als Messlatte, um das Vermögen seines Vaters einzuschätzen? Er erinnerte sich an ihren verängstigten Gesichtsausdruck im Laden und schnaubte. Ein Mutter-Tochter-Team, das dem Vater und dem Sohn Honig ums Maul strich. Kein Wunder, dass er Annabelle gegenüber Gefühle entwickelte – sie hatte es vermutlich so geplant, diese Intrigantin. Je mehr er darüber nachdachte, wie sie sich ihren Weg in sein Unterbewusstsein geschlichen hatte, desto wütender wurde er. Er tröstete sich mit dem Gedanken, dass er ihrer Verführung nur erlegen war, weil sie ein Profi war.

Ein paar Minuten später kam das Einkaufszentrum in Sicht. Das außer Gefecht gesetzte Auto war nicht schwer zu finden, wenn man den sich stauenden Verkehr bedachte, der um es herumnavigieren musste. Manche Fahrer hupten die Frau hinter dem Steuer ungeduldig an, die wohl das Schlimmste des Sommerunwetters abwartete. Trotz seines festen Entschlusses empfand er plötzlich Mitleid mit ihr. Er würde ganz bestimmt nicht wollen, dass seine Schwester – wenn er eine hätte – so in der Klemme steckte.

Während er darauf wartete, losfahren zu können, sprang sie plötzlich aus dem Auto und rannte durch den Regen unter einer überdachten Durchfahrt durch zu einer Bank, wo sie sich wie ein dunkler, nasser Collie schüttelte. Er hasste diesen Beschützerinstinkt, der sich bei ihrem tropfnassen Anblick in seiner Brust regte. Dennoch fuhr er in die Durchfahrt, ließ das Fenster runter und zwang sich, überrascht zu klingen. »Annabelle?«

* * *

Annabelle zuckte zusammen, als sie Clays Stimme erkannte, und drehte sich langsam um. Er war es tatsächlich, in seiner herrlichen, luxuriösen Limousine, gutaussehend, grinsend … und trocken.

»Hallo«, sagte sie so gelassen, wie sie konnte, während sie sich den langen, nassen Pony aus dem Gesicht schob. Die Baumwollshorts und das dünne T-Shirt klebten ihr am Leib.

»Probleme mit dem Auto?«

»Ja.«

Er sah sie ein paar Sekunden lang an, dann winkte er sie mit dem Kopf ins Auto. »Steig ein.«

Zwischen Verzweiflung und Dankbarkeit hin und her gerissen eilte sie vorne um das Auto herum und schlüpfte auf den Beifahrersitz. Die Tür schloss sich mit einem Geräusch wie bei einem Vakuumverschluss. Ihre nasse Haut machte auf dem grauen Ledersitz quietschende Geräusche, und ihre Brust hob und senkte sich hektisch, als sie sich von der kurzen Anstrengung erholte. Sie kam sich pudelnass vor. Clay hingegen wirkte gelassen und in Jeans und einem marineblauen Polohemd schrecklich attraktiv. Ihn wiederzusehen tröstete und wurmte sie auf eine Weise, die sie sich nicht erklären konnte. Also nahm sie an, dass sie nicht froh war, ihn zu sehen, sondern einfach nur erleichtert, dass sie nicht darauf warten musste, dass der Abschleppwagen sie mitnahm.

»Danke«, murmelte sie, während sie sich das Haar glatt strich. »Hattest du hier was zu erledigen?«

»Ich, äh, musste etwas einzahlen«, sagte er, als er auf die Bank zeigte.

»Neunzehntausendneunhundert Dollar?«, fragte sie honigsüß.

Er runzelte die Stirn. »Du bist völlig durchnässt.«

Als ihr klar wurde, dass ihr tropfnasser Körper vermutlich nicht gerade gut für die Innenausstattung war, sagte sie: »Tut mir leid um den Sitz.«

Er schüttelte den Kopf, um ihre Sorge zu vertreiben, und beugte sich vor. Den Bruchteil einer Sekunde lang hielt sie den Atem an. Er würde sie wieder küssen. Ihr Mund zuckte erwartungsvoll.

»Ich hab normalerweise ein Golfhandtuch hier drin«, sagte er, als er das Handschuhfach öffnete. »Ah.« Er holte ein schmales, weißes Stück Stoff heraus und gab es ihr.

Ihre Verlegenheit verlangsamte ihre Reflexe.

Er schüttelte das Handtuch. »Es ist sauber.«

Mit einem schmalen Lächeln nahm sie es und trocknete sich die Arme ab.

»Was ist mit dem Auto deiner Mutter?«

»Die Warnleuchte für den Motor ist in letzter Zeit immer wieder angegangen. Diesmal hat sie aufgeleuchtet, und der Motor ist abgesoffen.«

»Das klingt nicht gerade sicher.«

»Nein, aber Mom bekommt bald ein neues Auto.« Sie würde Belle morgen zum Autohändler bringen, um den Gebrauchtwagen zu holen, ob es ihr nun gefiel oder nicht.

Er fuhr in den Regen und setzte sein Auto Nase an Nase vor den Buick. »Falls nur die Batterie Starthilfe braucht«, beantwortete er ihren verwirrten Gesichtsausdruck.

»Ich glaube nicht, dass es an der Batterie liegt«, sagte sie. »Der Motor springt nicht an.«

»Ist der Tank vielleicht leer?« In seiner Stimme lag ein Anflug amüsierten Chauvinismus', der sie ärgerte.

»Nein, der Tank ist nicht leer«, versicherte sie ihm in übertrieben weiblichem Singsang.

»Ich werf einen kurzen Blick unter die Haube. Es sei denn, du willst, dass ich dich zuerst nach Hause bringe.«

Sie hob eine Augenbraue. »Wow, ein Risikokapitalgeber *und* ein Mechaniker.«

Er lachte plötzlich aus vollem Hals, was sie überraschte. Ein gewisses inneres Vergnügen durchströmte sie, dass sie einem so zurückhaltenden Mann ein Lachen entlocken konnte. Sie wollte es gleich noch einmal hören.

Er hielt ihr eine Hand hin, sodass sie die überraschende Anzahl an Schwielen sehen konnte. Die hatte er ganz sicher nicht vom Tragen seiner Aktentasche bekommen. »Die Schlüssel?«

Sie kramte in ihrer Tasche aus Segeltuch und angelte die Schlüssel schließlich aus der hintersten Ecke. »Meine Mutter wartet auf mich beim Caterer. Ich wollte sie dort abholen, sobald ich mit, äh, meinen Erledigungen fertig bin.« Sie gab einem klammen Zittern nach, und der Anblick, den sie gerade bieten musste, machte sie wieder verlegen. Der Mann hielt sie vermutlich für die unbeholfenste Person der Welt.

»Hier«, sagte er und griff auf den Rücksitz, wo ein Stapel Kleidung noch in den Plastiktüten der Reinigung lag. Er nahm einen schwarzen Baumwollsweater vom Bügel und reichte ihn ihr. »Der ist zwar ein bisschen zu groß für dich, aber er wird dich warm halten.«

»D-danke«, stotterte sie. Der Sweater war weich und bequem, aber sie biss sich auf die Unterlippe, unwillig etwas von dem Mann anzuziehen, besonders nachdem sie das Etikett gesehen hatte. *Ach herrje.*

Er drehte an einem Knopf, und die Luft, die aus der Lüftung kam, erwärmte sich. »Bleib hier, während ich mal sehe, was ich tun kann.«

Als die Tür sich hinter ihm schloss, wickelte sie sich den Sweater um die Schultern, während sie ihn im Seitenspiegel beobachtete. Der Regen fiel noch dichter, falls das überhaupt möglich war. Er ging zum Kofferraum des Autos und holte eine Baseballkappe raus, die er sich auf den Kopf setzte. Dann stiefelte er zur Fahrerseite des Autos ihrer Mutter, öffnete die Tür und setzte sich rein. Eine Minute später stieg er aus und hob die Motorhaube des Buicks. Die Muskeln auf seinem Rücken bewegten sich unter dem feuchten Hemd, und sie wurde sich der verborgenen Kraft seines Körpers bewusst.

Beschützt … sie fühlte sich beschützt.

Die Erkenntnis, dass ein so schlichter Akt der Hilfeleistung sie so beeindrucken konnte, erschütterte sie, also lenkte sie sich ab, indem sie sich mit dem Handtuch abtrocknete, das er ihr gegeben hatte. Sie wrang einen Teil der Feuchtigkeit aus ihrem Haar, faltete das Handtuch auseinander und betrachtete das hellgrüne Logo. *Kenton Keys Country Club, Atlanta.* Sie schüttelte den Kopf, als sie an den Lebensstil erinnert wurde, an den er gewöhnt war, und sich fragte, wie viel Geld er jährlich für Golf ausgab. Verschiedene Welten, rief sie sich ins Gedächtnis. Eine Beziehung zwischen ihnen würde nie funk…

Sie zuckte erschreckt zusammen, als sich die Fahrertür öffnete und Clay sich auf den Sitz fallen ließ, wo er die Nässe abschüttelte und dann die Mütze hinter den Sitz warf. Sein Gesicht wirkte ernst, und Wasser tropfte von seiner Nasenspitze. »Der Motor springt nicht an.«

Sie lachte und reichte ihm das Handtuch. »Sag ich doch.«

»Könnte die Lichtmaschine sein«, sagte er, während er sich den Nacken abtrocknete. Er hielt sein Handy hoch. »Ich könnte die Werkstatt anrufen, bei der ich bin.«

»Wenn sie mit Mercedes arbeiten, werden sie sich Moms Auto nicht ansehen.«

Er schüttelte den Kopf und ließ den Motor an. »Es ist kein Autohaus. Sie haben die Treibstoffleitung an meinem Pick-up repariert.«

Sie blinzelte. »Pick-up? Du besitzt einen Pick-up?«

»Du klingst überrascht.«

»Nein«, sagte sie rasch. »Also, ja. Du kommst mir nicht gerade wie jemand vor, der einen Pick-up braucht.«

Er warf ihr einen vielsagenden Blick zu. »Vielleicht kennst du mich nicht so gut, wie du denkst.« Er wählte eine Nummer und veranlasste, dass das Auto so schnell wie möglich abgeschleppt und repariert wurde.

Seine Worte hallten in ihrem Kopf wider, während sie beobachtete, wie er redete und sich bewegte. Sie bemerkte, wie sein nasses, dunkles Haar sich über der Stirn und den Ohren lockte. *Vielleicht kenne ich dich nicht … und vielleicht möchte ich dich kennenlernen.* Diese Erkenntnis erstaunte sie, und sie ging sofort in Verteidigungshaltung. Das Dümmste und Selbstzerstörerischste, was sie im Moment tun konnte, war, sich in Clay Castleberry zu verlieben.

»Sie sind in ein paar Minuten da«, sagte er, als er das Handy weglegte. »Dann holen wir deine Mutter ab. Es sei denn, du hast noch etwas zu erledigen.«

Ihr Blick fiel ungewollt auf den Ring ihrer Mutter, der an ihrer linken Hand funkelte. »Nein, ich war fertig.«

»Hey«, sagte er sanft, als er ihrem Blick folgte. »Der ist neu.«

»Äh, nicht wirklich.« Sie war sich nicht sicher, ob sie ihm erzählen wollte, dass sie den alten Ring ihrer Mutter angenommen hatte, weil er es als Zeichen dafür werten könnte, dass sie einer Bindung zwischen ihren Familien zustimmte.

»Oh?«, fragte er und griff nach dem Knöchel ihres Ringfingers. Seine Berührung jagte ihr einen Schauer über die Haut, während er den schlichten, glitzernden Stein betrachtete. »Mir ist er vorher nicht aufgefallen.«

»Ich, äh, hab ihn anpassen lassen.«

»Ah. Ich bin nur etwas überrascht. Ich hatte angenommen, dass du bei deiner Arbeit nichts von der Ehe halten würdest.«

Sie hätte beinahe verwirrt die Augenbrauen zusammengezogen, aber dann wurde ihr überraschend klar, dass er dachte, *sie* wäre verlobt. Gelächter stieg in ihr auf. Auch wenn der Gedanke absurd war, könnte dies die perfekte Versicherung gegen die zunehmende Anziehung zwischen ihnen sein. Denn wenn er auch nur die geringste Absicht hatte, sie wieder zu küssen, würde er seine Zeit doch bestimmt nicht an eine gebundene Frau verschwenden. »Na ja«, sagte sie fröhlich, während sie sich eine nasse Strähne hinter das Ohr strich. »Vielleicht kennst du mich nicht so gut, wie du denkst.«

»Touché.« Seine Mundwinkel bewegten sich nach unten. »Ich nehme an, du weißt von unseren Plänen für heute Abend.«

Er freute sich also nicht auf das Abendessen, stellte sie mit einem besonders ärgerlichen Anflug von Enttäuschung fest. Sie zwang sich zu einem gelassenen Achselzucken. »Da unsere Eltern darauf bestehen, uns mitzuschleifen, können wir vielleicht versuchen, sie zur Vernunft zu bringen und die Hochzeit abzusagen.«

»Richtig«, erwiderte er, gerade als der Abschleppwagen neben ihnen auftauchte. »Lass uns das Beste aus einer unangenehmen Situation machen.«

Sie brachte ein schiefes Lächeln zustande. »Ja, machen wir das.«

KAPITEL NEUN

»Versprich mir, Clay«, sagte sein Vater, als sie an der Restaurantbar standen, »dass du dich heute zusammenreißt.«

Clay sah ihn finster an. »Falls es dir nicht aufgefallen ist, Dad, ich bin kein Kind mehr, das man noch zurechtweisen kann.« Nicht, dass sein Vater ihn als Kind je zurechtgewiesen hätte. Martin war nie lange genug da gewesen, um für Disziplin zu sorgen.

Martin seufzte. »Sohn, es ist okay, wenn du wegen der Hochzeit sauer auf mich bist, aber lass es nicht an Belle aus. Und schon gar nicht an Annabelle.«

»Annabelle?«

Sein Vater hob eine Augenbraue. »Belle und ich sähen es gerne, wenn ihr zwei versuchen würdet, miteinander auszukommen.«

»Und ich dachte, ich hätte sie erst an diesem Nachmittag rumgefahren, als ihr Auto liegengeblieben ist.«

»Und seitdem bist du schlecht gelaunt.«

Clay knallte sein Glas auf den Tresen. »Ich kann nicht anders. Die Frau hat etwas an sich, was mir nicht behagt.«

Martin sah über Clays Schulter und stand plötzlich auf. »Ich kann mir nicht vorstellen, was das sein könnte.«

Der Tonfall seines Vaters ließ ihn aufhorchen, und als er sich umwandte, wurde sein Mund trocken. Annabelle und ihre Mutter standen im Eingang des Restaurants, und während Belle ohne Zweifel für ihr Alter attraktiv war, drehte jeder Mann im Raum den Kopf und bewunderte Annabelle.

Sie trug ein gelbes, ärmelloses Kleid, das deutlich über dem Knie endete, sowie hochhackige, silberne Sandaletten mit Knöchelriemchen. Er hatte wirklich keinen Schuhfetisch, aber er konnte den Blick nicht von diesen Riemchen lösen, wobei er zugegebenermaßen vor allem die schmalen Knöchel anziehend fand, die sie umschlossen. Und ihr Haar … ihr Haar hatte sie sich zu einem losen Knoten im Nacken aufgesteckt. Ohne die Strähnen, die es umrahmten, war ihr Gesicht atemberaubend, trotz der kleinen Falte zwischen den Augenbrauen, die sich bildete, als sie sich im Raum umsah. Es war albern, wie sich sein Puls beschleunigte, als ihm bewusst wurde, dass sie nach ihm Ausschau hielt.

Ein Stück farbiges Papier, das vom Parkservice stammte, flatterte unbemerkt aus ihrer Hand auf den Boden, und mindestens ein halbes Dutzend Männer sprang auf, was ihn zu sofortigem Handeln veranlasste. In vier Schritten war er bei ihr und riss das Papier aus der Hand eines Typen, der seinen Blick schon hoffnungsvoll auf sie gerichtet hatte. »Danke.«

Als er sich zu Annabelle umwandte, erschütterte ihn das heftige Bedürfnis, sein Territorium in einem Raum voller Männer auf der Jagd deutlich zu markieren. »Hallo.«

»Hi«, sagte sie mit einem knappen Lächeln. Ihre Augen leuchteten in dem gedämpften Licht golden. Sie sah aus wie ein Filmstar.

Er hielt den Parkschein hoch. »Den hebe ich für dich auf.«

Sie nickte, und er bemerkte den wunderbar sauberen Duft, der sie umgab – wie nach Blumenseife oder Fruchtshampoo. Weibliche Körperpflege war für ihn immer ein faszinierendes Mysterium gewesen. Die Stunden, die sie im Bad inmitten wohlriechender Tinkturen verbrachten, um mit zarter Haut und geröteten Wangen in einer zarten Duftwolke wieder aufzutauchen. Es war eine seiner schönsten Erinnerungen an seine Mutter. Ganz gleich, ob sie ein Abendkleid oder ihr altes Gärtnerhemd trug, sie roch immer wie eine Dame. Annabelles Haut schimmerte frisch, und er stellte sich vor, wie sie schultertief in einem Schaumbad saß. Bei der Vorstellung regte sich etwas in ihm.

Die Stimme seines Vaters erklang, und er zwang sich, sich auf die Worte zu konzentrieren. »… haben uns gerade aufgerufen, Sohn. Unser Tisch ist fertig.«

Der Bann war gebrochen, und als er sich umdrehte, sah er Martin und Belle vorausgehen. Er deutete eine Verbeugung vor Annabelle an. »Nach dir.« Er blieb einen halben Schritt hinter ihr und legte ihr die Hand auf den Rücken, falls sie Schwierigkeiten haben sollte, der Tischdame und ihren Eltern zu folgen. »Wie ich sehe, haben sie dein Gepäck gefunden.«

Annabelle verzog das Gesicht. »Noch nicht. Zusammen mit dem pinkfarbenen Brautjungfernkleid sind das jetzt *zwei* überflüssige Kleider, die ich kaufen musste und vermutlich nie wieder tragen werde.«

»Möchtest du dich nicht für deinen Verlobten schick machen?«, fragte er beiläufig.

»A-also …«

»Dann fühle ich mich geehrt.«

Sie rümpfte anmutig die Nase und richtete den Blick nach vorn. »Dazu besteht kein Anlass.«

Andererseits, räumte er nüchtern ein, würde der gute alte Mike wohl die hauchdünne Unterwäsche zu sehen bekommen. Er warf einen Blick auf ihre linke Hand und stellte überrascht fest, dass sie keinen Ring trug. »Wo wir gerade davon reden: Wo ist der Ring?«

Sie stolperte fast, während sie schnell ihre linke Hand mit der rechten bedeckte. »Ich hab ihn wohl vergessen.«

Er schürzte die Lippen. Vermutlich verschwendete sie keinen Gedanken daran, ob sie den Ring trug oder nicht. Er fragte sich, ob Mike aus Michigan wusste, wie wankelmütig seine Verlobte war. Dann runzelte er die Stirn. Vielleicht war Annabelles Zukünftiger ein armer, bescheidener Mann, der wie sein Vater nicht ahnte, dass man ihn an der Nase herumführte. Vielleicht war ihr Verlobter sogar die Quelle des plötzlichen Reichtums, um den sich ihre Mutter am ersten Tag beim Pool Sorgen gemacht zu haben schien.

»Stimmt etwas nicht?«, murmelte Annabelle so leise, dass nur er es hörte, während er ihr den Stuhl hinhielt.

»Alles in Ordnung.«

»Warum siehst du mich dann an, als hätte ich Hörner?«

»Nach allem, was ich weiß«, flüsterte er ihr ins Ohr, als sie sich hinsetzte, »könnten sich unter deinem dichten Haar durchaus welche verbergen.«

Sie nahm die weiße Stoffserviette vom Teller, entfaltete sie, um sie sich auf den Schoß zu legen, und flüsterte: »Gibst du tatsächlich zu, dass du nicht alles weißt?«

Er setzte sich links neben sie und konnte ein Lächeln nicht unterdrücken. »Ich will mich nicht selbst belasten, Frau Anwältin.«

Sie war eine Augenweide, musste er zugeben, während er ihren anmutigen, schlanken Hals bewunderte und bemerkte, wie das gelbe Kleid das Gold in ihren Augen hervorhob. Schade, dass man ihr nicht trauen konnte. Er sah über den Tisch, und es ärgerte ihn, wie sehr das ältere Pärchen ineinander versunken war. Sie hielten Händchen und unterhielten sich mit gedämpften Stimmen. Als er das Leuchten in den Augen seines Vaters sah, wallte Abneigung gegen die Frau in ihm auf, deren Zuneigung für seinen Vater sehr wahrscheinlich geheuchelt oder im besten Falle nur von kurzer Dauer war.

Er wusste, dass sein Vater mit seinen endlosen Affären nur versuchte, Clays Mutter zu ersetzen, die Martin so sehr geliebt hatte. Sein Vater tat ihm leid, denn er selbst war auch nicht immun gegen den gelegentlichen Stich der Einsamkeit. Aber andererseits weigerte er sich, dabei zu helfen, das Herz seines Vaters schon wieder zu brechen, indem er eine Ehe mit einer weiteren geschickten Glücksritterin unterstützte. Sein Blick fiel wieder auf die dunkelhaarige Verführerin, die auf dem Nagel ihres Zeigefingers kaute, während sie die Speisekarte studierte. Oder waren es vielleicht *zwei* geschickte Glücksritterinnen?

* * *

Annabelle spürte, wie Clay sie aus dunklen Augen beobachtete, aber sie weigerte sich, aufzusehen, weil er sonst hätte erkennen können, wie nervös diese Situation sie machte. Das wohlriechende, vornehme Restaurant, die romantischen Klänge vom Pianisten, das rosafarbene Licht von der Decke – kein Vergleich zu ihren üblichen gehetzten Mahlzeiten mit Geschäftspartnern. Mit ihren turtelnden Eltern zu Abend zu essen erinnerte sie zu sehr an ein Doppeldate. Und Clay sah in seinem marineblauen Anzug und dem blendend weißen Hemd so gut aus, dass es ihrer Aufmerksamkeitsspanne, die an diesem Abend unglaublich kurz zu sein schien, nicht gerade zuträglich war. Sie hatte die Speisekarte bestimmt schon drei Mal gelesen und konnte sich nicht an ein einziges Gericht erinnern.

»Möchtest du Wein?«, fragte er, was sie dazu zwang, ihn anzusehen.

Der Blick seiner blauen Augen schien sie in seinen Bann zu ziehen. »Nein, danke.« Sie wollte einen so klaren Kopf wie nur irgend möglich behalten.

»Ich habe schon eine Flasche Champagner bestellt«, verkündete Martin, während er Belle anstrahlte. »Zur Feier des Tages.«

Annabelle und Clay tauschten den Bruchteil einer Sekunde einen Blick aus.

»Natürlich«, gab Clay leise nach.

Ein Kellner nahm ihre Bestellung entgegen – Annabelle entschied sich für die Goldmakrele –, und eine junge Bedienung brachte den Champagner, der in einem Eimer voller Eis gekühlt wurde. Dom Perignon. In Annabelles Ohren klang das Entkorken der Flasche wie ein Gewehrschuss – eine Analogie, die ihr nicht entging. Der sprudelnde Wein sah in ihrem Glas wie flüssiges Gold aus, und die winzigen Bläschen zeugten von der Qualität des Getränks. Kein Vergleich zu der Traubenbrause, die ihre Eltern immer zum Anstoßen gekauft hatten.

Sie blinzelte die plötzlichen Tränen weg und hielt das Glas vorsichtig hoch, während ihr Entschluss, ihre Mutter zu beschützen, sich nur noch festigte.

Martin räusperte sich, und sie erkannte, dass er von Clay erwartete, einen Toast auszubringen. Der wirkte verwundert, hob aber langsam sein Glas. Sie sah, wie er nach den passenden Worten suchte.

»Auf Martin und Belle«, sagte er schließlich. »Mögen sie beide im Leben das bekommen, was sie so sehr verdienen.«

Seine Stimme klang freundlich, aber ihr entging nicht die Zweideutigkeit seiner Aussage. Martin und Belle hingegen genossen ihr Zusammensein zu sehr, um den Mangel an Ehrlichkeit zu bemerken. Sie ließen fröhlich die Gläser klirren und nahmen einen tiefen Schluck. Als ihr Glas Clays berührte, trafen sich ihre Blicke. Das Misstrauen, das sie in seinem sah, spiegelte ihre eigenen Bedenken wider. Keiner von ihnen wollte hier sein. Sie hob das Glas an die Lippen, und als der herrliche Champagner über ihre Zunge rann, wünschte sie sich, sie würden auf etwas anstoßen, was es wirklich verdient hatte.

Martin strahlte. »Nur noch wenige Tage und Belle ist Mrs Martin Castleberry.«

Annabelle bekam Magenschmerzen, wenn sie nur daran dachte, aber sie brachte dennoch ein schmales Lächeln zustande. »Mom, hast du Martin erzählt, dass der Caterer für einen so eiligen Auftrag den doppelten Preis verlangt?«

Martin runzelte leicht die Stirn. »Doppelt so viel? Das scheint mir nicht gerechtfertigt.«

»Ich weiß«, murmelte Belle, »aber ich konnte sie nicht herunterhandeln. Und denk daran, dass wir für die Einladungen nicht viel ausgeben mussten.«

Annabelle räusperte sich leise. »Ihr könntet die Zeremonie um nur zwei Wochen verschieben. Überlegt mal, wie viel Geld ihr dann beim Essen sparen würdet.«

Ihre Mutter warf ihr einen scharfen Blick zu. »Zwei Wochen?«

»Das würde euch etwas mehr Zeit geben, den Ehevertrag aufzusetzen«, pflichtete Clay Annabelle bei.

Belle schüttelte den Kopf. »Aber am Samstag reisen alle an. Tante Macey und Cousine Lorie kommen, Annabelle. Ganz zu schweigen von Lucille und Hollis, Maris und Lawrence, Jennifer, Emily, Porter …«

»Ich weiß, Mom. Alle unsere Verwandten kommen nach Atlanta.« Annabelle gab sich große Mühe, nicht die Augen zu verdrehen. Ihre Cousinen und Cousins wollten nur einen Filmstar sehen. Und Hummercremesuppe essen, die doppelt so teuer war, wie sie sein sollte. Und Annabelle nerven, weil sie noch immer keinen Freund hatte.

Martin lachte. »Meine beiden Schwestern werden dich lieben, Belle. Natürlich freuen sie sich über jeden Grund, Clay wiederzusehen. Sie hoffen, eines Tages aus Massachusetts zu *seiner* Hochzeit anzureisen.«

Annabelles Blick wanderte zu Clay. Seine Augenbrauen schoben sich zu einem finsteren Blick zusammen, was darauf hindeutete, dass seine in ihn vernarrten Tanten enttäuscht werden würden.

»Was den Ehevertrag betrifft«, sagte Clay, der seinen Vater ansah. »Ich habe heute mit deinem Anwalt gesprochen, und er meinte, er könnte sich morgen mit dir treffen.«

Sein Vater runzelte die Stirn. »Belle und ich wollen keinen Ehevertrag.«

»Ich stimme dir zu«, sagte Annabelle zu Clay. »Ich würde mich sogar mit eurem Anwalt treffen wollen, um Mutters Interessen zu besprechen.«

»Darauf wette ich«, murmelte er.

Sie zog die Augenbrauen zusammen. »Willst du nun einen Ehevertrag oder nicht?«

»Natürlich. Aber es besteht kein Grund, dass du dich da mit reinhängst. Dads Anwalt hat schon einige Eheverträge aufgesetzt.«

»Ich bin mir sicher, dass dein Vater ihn ziemlich beschäftigt hält«, sagte sie zwischen zusammengebissenen Zähnen hindurch.

Martin stand auf und reichte Belle die Hand. »Da die beiden gerade in der Stimmung sind, sich zu streiten: Wie wäre es, wenn wir tanzen, statt uns das anzuhören?«

»Liebend gerne«, erwiderte Belle. Sie warf Annabelle einen verärgerten Blick zu und nahm Martins Hand.

Annabelle nippte an ihrem Champagner und sah zu, wie das Pärchen über die Tanzfläche schwebte und komplizierte Schritte vollführte, die ihre eigene Generation nie beherrschen würde. Ihr Vater hatte dem Radio vor dem Fernseher den Vorzug gegeben, und wenn eines seiner Lieblingslieder aus dem alten Empfänger auf dem Kühlschrank dudelte, zog er ihre Mutter samt Schürze in die Mitte der Küche und wirbelte sie herum. Sie sahen einander an, als gäbe es auf der ganzen Welt nichts Wichtigeres als ihre Liebe. Tränen stiegen ihr in die Augen, und sie biss sich fest auf die Zunge, um die Erinnerungen zurückzudrängen. Wie hatte ihre Mutter das nur so schnell vergessen können?

»Stimmt etwas nicht?«, fragte Clay.

Sie blinzelte und lachte trocken. »Einfach alles.«

»Aha? Laufen die Dinge nicht wie geplant?«

Sein spöttischer Gesichtsausdruck verärgerte sie. »Nein, nicht wirklich. Wie sieht's bei dir aus?«

Er nahm einen Schluck aus seinem Glas, aber sein Blick ruhte weiterhin auf ihr. Einen Augenblick lang glaubte sie, Verlangen in seinen Augen aufblitzen zu sehen. Ihre Wangen glühten.

»Nein«, sagte er schließlich. »Nicht wirklich.«

»Meine Damen und Herren«, ertönte eine Männerstimme durchs Mikrofon. »Wenn ich kurz um Ihre Aufmerksamkeit bitten dürfte.«

Sie drehte sich um und sah, wie der Pianist die sitzenden Gäste mit einem breiten Lächeln anschaute. Auf der Tanzfläche verlangsamten Martin und Belle ihre Schritte.

»Wir haben heute Abend die Ehre, den legendären Mr Martin Castleberry als Gast begrüßen und dabei helfen zu dürfen, seine Verlobung zu feiern.«

Unter dem Scheinwerferlicht sahen sich Belle und Martin freudestrahlend um, als alle applaudierten. Annabelle klatschte halbherzig in die Hände und bewunderte, wie gelassen ihre Mutter wirkte, während Clay wie versteinert neben ihr saß.

»Warum tanzen Sie zur Feier des Tages nicht mit dem glücklichen Paar?«, lud der Mann die Anwesenden ein.

Der Pianist spielte eine langsame, jazzige Version von »You Made Me Love You« und sang mit nostalgischer Stimme: »I didn't wanna do it …«

Mehrere Pärchen verließen ihre Tische und gesellten sich zu Martin und Belle auf die Tanzfläche. Annabelle blickte zu ihrer Mutter, die ihnen zuwinkte und Martin veranlasste, Clay dasselbe Zeichen zu geben. Sie spürte ein unangenehmes Kribbeln. Ihr Körper fühlte sich auf merkwürdige Weise zu dem Mann hingezogen, der eine so verwirrende Wirkung auf sie zu haben schien.

Clay schien genauso entnervt zu sein wie sie, stand aber auf und reichte ihr die Hand. »Bringen wir es einfach hinter uns.«

Sie wollte ablehnen, das wollte sie wirklich. Sie wollte nicht, dass er mit ihr tanzte, nur weil er sich dazu genötigt fühlte. Aber der Himmel möge ihr beistehen, der Gedanke, sich in seinen Armen über die Tanzfläche zu bewegen, war nicht gänzlich abstoßend. Tatsächlich begann ihr Puls zu rasen, als sein großer Körper vor ihr aufragte. Er sah in seinem makellosen Anzug und dem Hemd mit dem offenen Kragen einfach fabelhaft aus.

»Ja, das sollten wir«, stimmte sie ihm genauso verärgert zu und erhob sich, um ihm auf die Tanzfläche zu folgen.

Ein Dutzend Pärchen bewegte sich auf der kleinen Fläche, aber sie hatte das Gefühl, unübersehbar aus der Menge herauszustechen, als er sie in einen langsamen Walzer zog. Eine Hand lag warm auf ihrer Taille, mit der anderen hielt er ihre freie Hand auf Schulterhöhe. Der moschusartige Duft seines Rasierwassers rief Erinnerungen an den ersten, rauen Kuss wach, als er bereit zur Schlacht im Haus ihrer Mutter aufgetaucht war. War das erst zwei Tage her? Aus irgendeinem Grund fühlte sie sich stärker mit dem Mann verbunden, als es nach den wenigen Stunden, die sie zusammen verbracht hatten, hätte möglich sein sollen.

Sie reichte ihm kaum bis zur Schulter, und er war sicherlich doppelt so breit wie sie. Obwohl sie keine kleine Frau war, kam sie sich durch seine Größe geradezu zwergenhaft vor. In ihr rangen zwei Gefühle: Einerseits war sie völlig überwältigt, andererseits fühlte sie sich geborgen. Nur wenige Zentimeter trennten ihre Körper voneinander, während sie unter seiner Führung präzise Kreise beschrieben. Seit dem Tode ihres Vaters waren ihre Tanzkünste deutlich eingerostet, Clay hingegen bewegte sich mühelos.

Sie konzentrierte sich darauf, ihm nicht auf die teuren Schuhe zu treten.

»Entspann dich«, murmelte er mit einem knappen Lächeln.

»Ich bin aus der Übung«, sagte sie. Sie hasste es, dass er ihre Körpersprache so gut lesen konnte.

»Führt dich dein Freund nie zum Tanzen aus?«

Sie verpasste einen Schritt und trat ihm nicht ganz unbeabsichtigt auf die Zehen.

Er erholte sich sofort, aber sein Lächeln wurde schief. »Ich schätze nicht.«

Sie presste die Lippen aufeinander, um ihr eigenes Lächeln zu unterdrücken, dann entspannte sie sich ein wenig. Er hatte keine Ahnung, welche Wirkung er auf sie hatte – er glaubte schließlich, sie wäre verlobt. Sie war vollkommen sicher.

Sie schluckte. Warum streichelte er ihr also den Rücken?

Sie unterdrückte das Verlangen, das sich in ihr regte, und sagte sich, dass er nur versuchte, im Takt der Musik zu bleiben, während er sie herumwirbelte. Sie fand seine Berührung allerdings in der Tat nicht völlig unangenehm.

»You made me love you«, schmachtete der Sänger. »I didn't wanna do it …«

Clay sah unglaublich gut aus, gab sie zu. Er hatte überwältigend männliche Züge, die ohne Zweifel Legionen weiblicher Fans anlocken würden. Und der Name Castleberry würde ihm in Hollywood einige Türen öffnen. »Hast du nie daran gedacht, selbst Schauspieler zu werden?«

Er schnaubte abfällig. »Nie.«

Obwohl sie ahnte, dass sie gefährliches Terrain betrat, fragte sie: »Warum nicht?«

Er nahm sich für die Antwort Zeit, was ihr einen Vorwand lieferte, in diese bodenlosen, blauen Augen zu sehen. Ein fataler Fehler, denn sie wurde neugierig auf das, was sich dahinter verbergen mochte. Betrachtete der Mann sie noch immer als Problem, das aus dem Weg geräumt werden musste? Oder war sie ihm mittlerweile völlig egal?

»Sagen wir einfach, ich habe gesehen, was es aus dem Privatleben meines Vaters gemacht hat, und will nichts damit zu tun haben.«

Hatte er ein Privatleben? Eine Geliebte, die in Paris auf ihn wartete? »Also kannst du nachvollziehen, warum ich nicht möchte, dass meine Mutter ins Rampenlicht gezerrt wird.«

Seine Augen wurden schmal. Er drehte sich um und betrachtete ihre Eltern. »Sie wirken ziemlich entschlossen, würde ich sagen.«

Nur wenige Schritte von ihnen entfernt tauschte das Paar hingerissene Blicke aus, während sie sich leichtfüßig über die Tanzfläche bewegten.

Annabelle seufzte. »Ja, das tun sie. Vielleicht sollten wir ihnen einfach unseren Segen geben und in unsere eigenen Leben zurückkehren.«

Die Finger, die ihren Rücken streichelten, hielten inne. »Woher kommt der plötzliche Sinneswandel?« Seine Stimme klang eigenartig – beinahe argwöhnisch.

Sie zuckte die Achseln. »Keine Ahnung. Vielleicht denke ich: Wer bin ich schon, dass ich meiner Mutter sagen könnte, wen sie heiraten soll?«

»Besonders wo du selbst bald diesen Schritt tun wirst?«, fragte er leichthin.

Sie öffnete den Mund, um ihm die Wahrheit zu sagen, aber das Interesse in seinem Blick ängstigte sie. Warum sollte sie sich ungeschützt seinem Charme aussetzen, indem sie ihm erzählte, dass sie nicht nur nicht verlobt war, sondern seit acht Monaten, drei Wochen und vier Tagen kein echtes Date mehr gehabt hatte.

Sie, Annabelle Garnet Coakley, war reif, vernascht zu werden.

»Also bei mir«, sagte sie schließlich, »ist die Lage etwas anders als bei meiner Mutter.«

»Aha? Dein Verlobter ist also kein reicher, älterer Herr?«

Sie wandte den Blick ab. »Nein.«

»Ist es jemand, mit dem du zusammenarbeitest?«

Sie verpasste einen weiteren Schritt. Sie hatte schon einige kleine Notlügen erzählt, wenn sie ein höheres Ziel verfolgte, aber etwas an diesem Mann gab ihr das Gefühl, ihr Inneres würde nach außen gekehrt, damit er es begutachten konnte. »Ich möchte nicht über mein Privatleben sprechen.«

Er hob eine dunkle Augenbraue. »Vorsicht. Man könnte glauben, du hättest etwas zu verbergen.«

Der Mann hatte ein Radar wie eine Fledermaus. Sie schluckte und erwiderte: »Du scheinst wild entschlossen, das Schlimmste von mir zu denken.«

Die Sekunden tickten vorüber, während er mit einem unergründlichen kleinen Lächeln auf sie herabblickte. »Im Gegenteil«, sagte er schließlich. »Deine Sommersprossen stürzen mein Urteilsvermögen ins reine Chaos.«

Sprachlos verpasste sie einen weiteren Schritt. Plötzlich wirbelte er sie so heftig herum, dass ihre Körper aneinandergepresst wurden. Sie atmete erschrocken ein, bestürzt über dic Wonneschauer, die ihr durch die Adern rannen, als sich ihre Brüste gegen seinen Oberkörper schmiegten. Er legte den Arm um ihre Taille und presste sie an sich, während ihre Beine sich aneinander rieben.

Sie schloss die Augen und genoss das Gefühl ihrer Körper, die sich miteinander bewegten. Ein kleiner Teil von ihr beharrte darauf, dass sie widerstand, dass sie sich aus der Umarmung reißen musste, aber seine Arme, die sie fest umfingen, fühlten sich zu gut an. Und seine Worte hallten in ihrem Kopf wider. Die Tatsache, dass er sie attraktiv fand, erschreckte sie, aber dass er es zugab, erstaunte sie noch viel mehr.

Sie hatte keine Zeit, weiter darüber nachzudenken, denn der Sänger beendete das Lied mit theatralischem Schwung. Neben ihnen bog Martin unter begeistertem Applaus Belle über seinen Arm weit nach hinten. Ihren eigenen Tanz beendete Clay, indem er sie langsam aus seinen Armen entließ. Sie traute sich nicht, ihm in die Augen zu sehen. Sie fürchtete, dort eine Einladung zu entdecken, eine Einladung, die ihren Schwur, die chaotischen Verstrickungen von Verabredungen, Affären oder – Horror über Horror – Beziehungen zu vermeiden, in Frage stellen würde.

Nicht dass jemand wie Clay Castleberry sich je auf eine Beziehung einlassen würde. Zumindest nicht mit ihr.

Die Art, wie sich ihre Wahrnehmung des Mannes neben ihr verändert hatte, alarmierte sie, und sie richtete den Blick auf ihre Eltern. Ihre Mutter humpelte. Großartig. Martin wollte mit seinen Schickimicki-Tanzschritten angeben und hatte ihr den Knöchel verstaucht oder den Rücken verrenkt oder die Hüfte gebrochen.

Sie eilte vorwärts, bereit, ihre Mutter in Sicherheit zu bringen. »Mom, bist du verletzt?«

»Zum Glück nicht«, sagte Belle. »Der Absatz meiner Sandale ist abgebrochen.« Sie hielt den sieben Zentimeter langen Keil hoch und lachte.

Annabelle war zwar erleichtert, warf Martin aber dennoch einen vorwurfsvollen Blick zu. »Ich bring dich nach Hause, Mom.«

»Unsinn, Annabelle«, dröhnte Martin. »Ich fahr deine Mutter heim, um neue Schuhe zu holen. Du und Clay, ihr bleibt und habt ein bisschen Spaß. Wir sind zurück, ehe ihr überhaupt merkt, dass wir weg sind.«

Clay angelte zögernd den Parkschein aus der Tasche.

Panik breitete sich bei dem Gedanken, allein mit Clay zu sein, in Annabelle aus, und sie warf ihm einen wilden Blick zu. Ihre Reaktion hatte sich wohl auf ihrem Gesicht gezeigt, denn ihre Mutter flüsterte: »Vergiss deine Manieren nicht, Liebes.«

Martin half Belle zum Tisch, wo sie ihre Tasche nahm und den Schaulustigen zulächelte, ehe sie zum Ausgang ging. Annabelle stand neben dem Tisch und fühlte sich, als hätte sie die Kontrolle über die Situation verloren.

Erschrocken erkannte sie, dass Clay ihren Stuhl vorgezogen hatte und geduldig darauf wartete, dass sie sich setzte. Als sie hochsah, huschte ein verkniffenes Lächeln über sein attraktives Gesicht.

»Ich schätze, wir haben keine andere Wahl, als die Gesellschaft des anderen für eine Weile zu ertragen«, sagte sie nervös und setzte sich.

Er beugte sich vor, als er sie und ihren Stuhl an den Tisch schob, und flüsterte ihr ins Ohr: »Das könnte interessant werden.«

KAPITEL ZEHN

Mit Clay Castleberry allein zu Abend zu essen sollte interessant sein? Nervenaufreibend, beunruhigend und geradezu unangenehm vielleicht, aber nicht interessant. Sie nippte an ihrem Champagner und studierte den Mann, der neben ihr saß, während er den Kellner bat, die Vorspeise zu bringen und mit dem Hauptgang zu warten, bis ihre Eltern zurückgekehrt waren. Zugegeben, er war ein faszinierender Mann. Wenn sie sich unter anderen Umständen kennengelernt hätten, hätten sie vielleicht …

»Also?«, fragte er.

Sie zuckte zusammen. Verdammt, er hatte sie wieder bei ihren Tagträumereien erwischt. »Also was?«

»Also was jetzt? Ich kann sehen, wie sich die Rädchen in deinem Kopf drehen. Ich nehme an, du hast einen Plan.«

Sie errötete schuldbewusst. Wie lange würde er sich wohl daran weiden, wenn er wüsste, dass seine verwirrende Anziehungskraft sie von ihrem Hauptziel ablenkte, die … die … ach ja – die Hochzeit zu verhindern.

Sie räusperte sich. »Mal abgesehen davon, sie zu entführen, weiß ich nicht, was ich mit meiner Mutter machen soll.«

»Uns läuft die Zeit weg«, erwiderte er bedächtig.

Bildete sie es sich nur ein oder huschte sein Blick kurz zu ihrem Ringfinger hinüber? »Allerdings. Je mehr Pläne sie machen, desto geringer stehen die Chancen, sie noch umzustimmen.«

Er schüttelte den Kopf. »Frauen schaffen es immer, eine einfache Zeremonie zu einer bombastischen Feier aufzublähen.«

Sie blinzelte. »Darf ich darauf hinweisen, dass heiraten für meine Mutter kein so alter Hut ist wie für deinen Vater? Da kann man ihr doch ein bisschen Schwelgerei nicht übel nehmen.«

Er verdrehte die Augen. »Ich schätze, du steckst bis zum Hals in der Organisation deines eigenen Großevents.«

Sie runzelte die Stirn, entschlossen, sich nicht aus der Ruhe bringen zu lassen. »Findest du nicht, ein Pärchen sollte sich im Kreis der Familie und Freunde das Eheversprechen geben?«

»Da keine Ehe hält, sollte man auch niemanden damit belästigen.«

Sie war hin- und hergerissen. Zum Teil war sie seiner Meinung, aber es entmutigte sie, dass keiner von ihnen beiden daran glaubte, die eine Person finden zu können, die sie den Rest ihres Lebens lieben würden. Sein Zynismus schmerzte, aber hatte sie nicht ähnliche Ansichten jedem gegenüber vertreten, der ihr zuhörte?

»Selbst wenn Mutter die Hochzeit durchzieht«, murmelte sie, »ich bin froh, dass sie mich immerhin bei der Feier dabeihaben will.«

* * *

Clay umklammerte sein Glas, als ihn die ungewollt spitze Bemerkung traf. Sein Vater hatte alles daran gesetzt zu verhindern, dass er von der Zeremonie erfuhr. Er würde gerne glauben, dass sein Vater nur versucht hatte, mit einer Dummheit durchzukommen, und nicht, dass er nicht bereit war, seinen Sohn an so einem wichtigen Tag in seinem Leben teilhaben zu lassen. Er trank den Rest seines Champagners aus. Ganz bestimmt hatte sich ihre Beziehung nicht so verschlechtert.

Er zog die Augenbrauen zusammen, verärgert, weil er viel lieber Fantasien mit der wunderhübschen, verlobten Annabelle erkunden würde, statt über die Unzulänglichkeiten der Castleberry-Männer zu diskutieren. Aber die Dinge lagen nun einmal, wie sie lagen – sie war tabu, und ihre Eltern tickten nicht mehr richtig.

»Es würde dich nicht stören«, fragte er, »Zeugin einer Eheschließung zu werden, die nicht halten wird?«

»Doch«, sagte sie. Sie fuhr sich mit der Zungenspitze über diese herrlichen Lippen. »Aber ganz gleich, was geschieht, ich kann meine Mutter nicht im Stich lassen.«

Es schien ihr ernst zu sein. Aber tat sie nur so, um zu beweisen, wie leid sie es war, während sie in Wirklichkeit hinter den Kulissen die Hochzeit vorantrieb? Das Handy in seiner Jackentasche vibrierte. Er zog es heraus und hoffte beinahe, es wäre ein Anruf aus Paris, der dringend genug war, dass er sofort zurückfliegen müsste.

Stattdessen war es sein Vater, der ihnen berichten wollte, dass er Belle in ihrem Auto sicher nach Hause gebracht hatte. Da der Wagen jetzt aber nicht mehr ansprang, hatten sie beschlossen, sich etwas beim Chinesen zu bestellen und bei Martin einen Film anzusehen, aber Clay und Annabelle sollten ruhig bleiben und das Abendessen genießen. Sie würden sich später wieder treffen, wenn Clay Annabelle nach Hause fuhr. Er öffnete den Mund, um abzulehnen und zu sagen, dass sie sofort nach Hause kommen würden, hielt aber inne, als er zu ihr hinübersah. Ihre Lippen waren leicht geöffnet, und sie hatte die Augenbrauen fragend nach oben gezogen. Unerwünschte Lust durchströmte ihn.

Andererseits: Wann sonst hätte er noch einmal Gelegenheit, Zeit allein mit ihr zu verbringen und etwas Unangenehmes über sie herauszufinden, was gegen die starke Anziehung helfen könnte, die er jedes Mal empfand, wenn sie den Blick ihrer goldenen Augen auf ihn richtete?

»Kein Problem, Dad. Bis nachher.«

Er legte langsam auf und betrachtete die Frau, die durch Zufall an diesen Abend seine Partnerin sein würde. Hatte sie dieselbe Erregung empfunden, als er sie auf der Tanzfläche an sich gezogen hatte? Nein, beschloss er. Wenn das aufblitzende Interesse, das er in ihren Augen gesehen hatte, Verlangen gewesen war, dann nur, weil sie entweder an ihren Verlobten dachte oder daran, das Vermögen seines Vaters in ihre eleganten, kleinen Hände zu bekommen.

Er teilte ihr die Planänderung mit und beobachtete ihre Reaktion. Ihr schien kein Grund einzufallen, abzulehnen, und ihre stumme Zustimmung fiel mit der Ankunft des Kellners zusammen, der ihnen Schinken-und-Melone-Spieße brachte. Mit einer Entschuldigung bestellte er das Essen von Martin und Belle ab und ließ eine weitere Flasche Champagner kommen, um den Kellner zu besänftigen und – hoffentlich – Annabelle die Zunge zu lockern.

Sie probierte anmutig ein wenig von der Vorspeise. Es war absurd, wie viel es ihm bedeutete, als sie mit einem Lächeln und Nicken seine Wahl guthieß. »Köstlich«, sagte sie und tupfte sich mit einer Serviette die Mundwinkel ab. »Du kannst wirklich gut tanzen.«

Überrascht antwortete er: »Es hilft, wenn die Partnerin auch gut ist.« Er richtete sich auf. »Äh, Tanzpartnerin natürlich.«

Sie hob eine Augenbraue. »Warst du je verheiratet?«

Er lachte humorlos. »Nein.«

Zweifel zeigten sich auf ihrem Gesicht. »Nicht einmal beinahe?«

»Nein. Ich hatte weder die Zeit, noch stand mir der Sinn danach.« Der Kellner tauchte wieder auf und füllte ihnen erneut die Gläser.

»Erzähl mir von deiner Arbeit.«

Verdammt, *er* sollte doch die Fragen stellen. »Was willst du wissen?«

Sie zuckte die Achseln. »Beschreib mir einen typischen Tagesablauf.«

Es widerstrebte ihm, Details seines Lebens preiszugeben, privat oder nicht. »So etwas wie einen typischen Tagesablauf gibt es nicht, aber die meiste Zeit überprüfe ich Startups und ihre Produkte, und dann bringe ich sie mit einem oder einer Gruppe Geldgeber zusammen.«

»Dann bist du also so eine Art besserer Kuppler?«

Er runzelte die Stirn. »So könnte man es wohl auch ausdrücken, schätze ich.«

»Und investierst du jemals selbst in diese Firmen?«

Versuchte sie, herauszufinden, wie viel er verdiente? »Manchmal«, antwortete er vorsichtig. »Aber mein Wert besteht eher darin, strategisch wichtige Kontakte zu haben und zu erkennen, wer am besten zu wem passt.« Sie steckte sich ein kleines Stück Melone in den Mund. Er hatte nicht gewusst, dass etwas so Einfaches wie Kauen so provokant sein konnte.

»Also«, sagte sie, legte den Kopf auf die Seite und schaute ihn an. »Du könntest erkennen, ob zwei Menschen zueinanderpassen.«

Er ruderte zurück. »Nur im rein geschäftlichen Sinne.«

Sie nahm noch einen Schluck Champagner. »Aber ist die Ehe nicht auch eine Art Geschäftsabschluss?«

Obwohl er ein Hemd ohne Kragen trug, wurde ihm unter dem Kragen plötzlich heiß. »Darüber habe ich noch nie nachgedacht.«

»Trotz der Eheverträge und Schwüre und den Gesetzen zur Gütergemeinschaft?« Sie lächelte. »Ganz zu schweigen von Bestechungsgeldern?«

»Ich schätze, es gibt ein paar Ähnlichkeiten.« Er rutschte auf seinem Sitz hin und her und fragte sich, wie zum Henker sie so plötzlich die Seiten getauscht hatten.

»Du bist auf eine gewisse Art also *doch* in der Lage zu erkennen, ob zwei Menschen zusammenpassen.«

»Ich glaube nicht ...«

»Oder zumindest, ob sie *nicht* zusammenpassen.«

Er schluckte schwer. Ihre Augen leuchteten, ihre Haut strahlte. Redete sie noch immer von ihren Eltern oder von jemand anderem? In erstaunlich kurzer Zeit hatte es Annabelle Coakley mit einer unheimlichen Fähigkeit geschafft, seine Gedanken komplett zu verwirren. Sie passten noch weniger zusammen als ihre Eltern ... Oder etwa nicht?

Zum Glück wurde die Hauptspeise an den Tisch gebracht, was die Befragung unterbrach. Er atmete aus und versuchte, sich zu entspannen. Aber es ärgerte ihn, dass der Kellner übertrieben lange neben Annabelle stehen blieb und eine Reihe unnötiger Gewürze, Zutaten und Dienste anbot. Der leicht durchschaubare Kerl konnte kaum den Blick von ihrem Busen wenden. Clay räusperte sich laut und sah den jungen Mann finster an, der sich rasch zurückzog. Lästiger Schnösel.

»Mmmm«, murmelte Annabelle, nachdem sie die Goldmakrele probiert hatte. »Das ist unglaublich.«

Er schloss die Augen und widerstand dem Drang, sie darum zu bitten, ihr beglücktes Stöhnen für sich zu behalten. Stattdessen fragte er: »Wie sieht denn dein typischer Arbeitstag aus?«

Sie spülte das Essen mit einem kleinen Schluck aus ihrem Glas herunter und hob die schmalen Schultern zu einem Achselzucken. »Ich treffe mich vormittags mit den Klienten, sitze den ganzen Nachmittag im Gericht, und abends recherchiere ich.«

Ein ziemlich voller Tagesplan, wenn sie die Wahrheit sagte. »Ich hoffe, dass du dir an den Wochenenden freinimmst.«

Sie schüttelte den Kopf, und eine Strähne ihres schwarzen Haars löste sich und fiel ihr über das rechte Ohr. »An den Wochenenden bereite ich die Fälle vor.«

»Da bleibt dir nicht viel Zeit, dich mit deinem Verlobten zu treffen«, stellte er fest.

Als sie zögerte, wusste er, dass er einen Nerv getroffen hatte. Die Frau verbarg tatsächlich etwas.

»Musst du für deine Arbeit viel reisen?«, fragte sie.

Er tat so, als hätte er den abrupten Themenwechsel nicht bemerkt. »Ich kann meinen Terminkalender über die Projekte, für die ich mich entscheide, recht gut selbst gestalten. Dieses Jahr bin ich bewusst viel weggewesen.« Um seinem Vater aus dem Weg zu gehen, gab er im Geiste zu.

»Um deinem Vater aus dem Weg zu gehen?«

Er zog die Augenbrauen zusammen. »Wie kommst du darauf?«

»Weil es offensichtlich ist, dass ihr euch nicht besonders nahesteht.«

»Wir sind sehr verschieden«, antwortete er mit einem Schulterzucken.

»Meine Mutter und ich sind auch sehr verschieden, aber wir stehen uns trotzdem nahe.«

Er schuldete ihr keine Erklärung, dieser Frau, die ihm im Prinzip völlig fremd war. Insbesondere da sie Hintergedanken haben könnte. Dennoch fühlte er sich zu einer Erwiderung veranlasst. »Mein Vater war nicht oft da, als ich noch klein war.«

»Und jetzt, wo du erwachsen bist, bist *du* nicht oft da.«

Er biss sich auf die Innenseite der Wange. »Verurteile mich nicht.«

»Ich verurteile dich nicht«, sagte sie und nahm die Hände hoch. »Ich kenne das aus eigener Erfahrung. Ich habe meine Mutter auch allein gelassen, bin Hunderte von Meilen weggezogen. Weißt du, wir können nur uns selbst die Schuld daran geben, dass sie in den Armen von jemandem gelandet sind, mit dem wir nicht einverstanden sind.«

»Wir müssen unser eigenes Leben führen«, sagte er, unwillig auch nur einen geringen Teil der Schuld am närrischen Verhalten seines Vaters auf sich zu nehmen.

»Bist du glücklich?«, fragte sie. Sie beugte sich auf den Ellbogen vor.

Er erkannte an ihrem verschleierten Blick, dass sie nicht viel Alkohol vertrug. Und guter Champagner konnte für eine kleine Person auf nüchternen Magen trügerisch berauschend sein. Ja, ihre Zunge lockerte sich, machte sie aber nur philosophisch. »Ich, äh … ja … ich bin glücklich.«

»Du wirkst nicht glücklich.«

Verärgert runzelte er die Stirn. »Ich sage dir, ich *bin* glücklich.«

»Ich bin auch glücklich«, erklärte sie leise. Ihr Stirnrunzeln, als wäre sie verwirrt, glich seinem eigenen.

Sie wollte einen weiteren Schluck aus ihrem Glas nehmen, setzte es aber wieder ab und schob es weg. Fasziniert von den Gefühlen, die über ihr Gesicht huschten, beobachtete er, wie sie sich selbst zur Ordnung rief, aufrecht hinsetzte und wieder ihrem Essen widmete. Jeder konnte erkennen, dass sie einen unsichtbaren Schutzschild hochgefahren hatte.

Musik und leises Stimmengewirr umgaben sie, aber nach ein paar stillen Minuten fehlte ihm der Klang ihrer Stimme. Er versuchte, sie in ein Gespräch zu verwickeln, aber sie antwortete einsilbig und vage. Beunruhigt von ihrer niedergeschlagenen

Stimmung und davon, dass es ihm etwas ausmachte, zog er sich in seine eigenen Gedanken zurück, die unglücklicherweise von seiner schönen Gefährtin beherrscht wurden. Er wollte noch einmal mit ihr tanzen, sehnte sich nach einer Ausrede, sie wieder fest an sich drücken zu können, aber um die Wahrheit zu sagen, war ihm die Frau unheimlich. Wenn sie ihm nach wenigen Tagen so unter die Haut gehen konnte, obwohl er auf der Hut war, welchen Schaden würde sie dann anrichten, wenn er ihr freie Hand lassen würde? Ihm gefielen die Gedanken nicht, die sie in seinem Kopf auslöste.

Glücklich? wiederholte er spöttisch. Natürlich war er glücklich.

Er aß schnell, aber Annabelle schob ihren Teller noch früher als er seinen von sich und drehte sich auf dem Stuhl um, um den Sänger anzusehen, während sie mit den Fingern leicht auf die Tischplatte trommelte. Er prägte sich ihr zur Seite geneigtes Profil ein und fühlte sich ausgeschlossen. Sie faszinierte ihn viel mehr als seine letzte Verabredung, eine Frau, die ihn den ganzen Abend über angehimmelt und so unablässig geredet hatte, dass er sich am liebsten die Korken der Weinflasche in die Ohren gestopft hätte.

Aber diese Frau … diese Frau fesselte ihn.

Verwirrt darüber, wie besessen er von ihr war, winkte er den Kellner herbei und bat ihn um die Rechnung, bezahlte das Essen trotz Annabelles Einspruch und brachte sie zu seinem Wagen, nachdem der Angestellte des Parkservices damit vorgefahren war.

»Danke fürs Essen«, sagte sie, während sie sich anschnallte.

»Gern geschehen.« Er legte den Gang ein und fuhr auf die Straße. »Du bist da drinnen plötzlich so still geworden.«

Sie sah zum Fenster hinaus. »Manchmal rede ich zu viel.«

Er schürzte die Lippen. Hatte sie Angst, sie hätte beinahe etwas Schändliches enthüllt? Er hoffte, dass Henry bald etwas herausfinden würde, was seine Vermutung, dass Annabelle Coakley etwas plante, entweder bestätigen oder widerlegen würde.

Sie sprachen auf der Heimfahrt kein Wort, aber sie füllte das Innere des Autos – mit ihrem Duft, ihrer Aura. Er bemerkte immer wieder, dass er sich zu ihr lehnte und versuchte, ihr leises Seufzen zu hören und das Heben und Senken ihrer Brust zu sehen. Schlimmer noch: Der schmale Träger ihres BHs war an der linken Schulter ein paar Zentimeter heruntergerutscht – ein Träger, den er erkannte. Bei dem Wissen, dass sie die hauchdünne Unterwäsche mit dem Leopardendruck trug, wurde ihm ganz heiß.

Er rutschte unruhig hin und her und drehte das Radio auf, um seine Libido im Zaum zu halten. Dunkelheit, gab er zu, konnte einem Mann den Blick auf all die Gründe, warum er sich nicht zu einer Frau hingezogen fühlen sollte, verschleiern und stattdessen Bilder nur allzu erfreulicher nächtlicher Aktivitäten hervorrufen. Als sie sich schließlich der Wohngegend ihrer Eltern näherten, befand er sich in einem Zustand, den er seit seiner Jugend nicht mehr erlebt hatte, als Sex noch neu und aufregend war. Ehe er den emotionalen Ballast kennengelernt hatte, der damit verbunden war, wenn man sich mit einer Frau einließ.

»Soll ich dich beim Haus deiner Mutter absetzen?«, fragte er.

»Fahr zu deinem Vater. Ich sammle Mutter ein und bring sie nach Hause«, antwortete sie, als müsste sie ein Kind in Sicherheit bringen.

Er musste es ihr lassen – sie verhielt sich wirklich ganz so, als wäre sie gegen diese Hochzeit. Sie war vermutlich die schönste Betrügerin, die er je gesehen hatte.

Als sie das Haus seines Vaters betraten, winkte Martin ihnen aus dem Arbeitszimmer neben dem Foyer zu. Er sah allein fern und rauchte Pfeife. »Belle war müde und wollte früh zu Bett gehen. Wie war das Abendessen?«

Unerträglich. Clay zwang sich zu einem knappen Lächeln und antwortet: »In Ordnung.«

»Möchtest du etwas trinken, Annabelle?«

Sie lehnte ab. »Ich möchte noch mit Mutter reden, bevor sie sich hinlegt.«

»Ich fahr dich«, bot Clay an.

»Danke, aber ich nehme einfach den Pfad durch den Garten. Gute Nacht.«

Er sah ihr nach, als sie zur Tür ging, gefesselt vom Anblick ihrer Beine, und gestand sich ein, dass er noch nicht bereit war, den Abend zu beenden. »Ich geh ein Stück mit«, sagte er, ignorierte ihren Protest und trat mit ihr hinaus.

Er holte eine Taschenlampe aus dem Auto und lief neben ihr durch die Dunkelheit, während sie sich ihren Weg neben dem Haus suchte, bis sie auf den schmalen, unebenen Pfad stieß, der in das Wäldchen zwischen den Häusern ihrer Eltern führte.

»Du kennst dich hier wirklich gut aus«, stellte er fest.

»Wo jetzt der Swimmingpool deines Vaters ist, habe ich früher Salzsteine für die Rehe ausgelegt«, erwiderte sie. Der trockene Unterton in ihrer Stimme entging ihm nicht.

Er hielt niedrig hängende Äste zur Seite, spürte die schwüle Juniluft drückend auf seiner Haut. Grillen und Zikaden verstummten und setzten wieder von Neuem an, als ihre knirschenden Schritte durch die Nacht hallten. Ihm kam plötzlich in den Sinn, dass die meisten Frauen, die er kannte, nicht einmal im Traum daran denken würden, in einem hübschen Kleid und hochhackigen Schuhen durch den Wald zu stapfen, aber Annabelle schien es nichts auszumachen. Die Frau hatte Potenzial, das musste er zugeben.

Und einen Verlobten, flüsterte die Stimme der Vernunft in seinem Kopf.

* * *

Annabelle spürte, wie Clay neben ihr durch den Wald ging, auch wenn sie ihn nicht sehen konnte. Tatsächlich schienen sich ihre anderen Sinne zu verstärken, seit ihre Sicht so eingeschränkt war. Sie roch Seife und sein Rasierwasser. Sie fühlte, wie sein großer Körper das Blattwerk neben ihr zur Seite drängte. Sie hörte seine Schritte, seinen ruhigen Atem. Ihre Nerven waren so von Eindrücken von Clayton Castleberry überlastet, dass sie förmlich tanzten.

Der Mann war einfach zu … zu *viel.* Zu gutaussehend, zu intelligent, zu intensiv, zu verwirrend. Sie konnte es kaum erwarten, die Sicherheit des Hauses ihrer Mutter zu erreichen. Als sie die

Lichter am hinteren Teil des Gebäudes erspähte, beschleunigte sie ihre Schritte, trat prompt in ein Loch im Boden und stürzte.

Sie schlug hart auf. Ein undamenhaftes »Uff« entwich ihr, als ihr die Luft aus der Lunge gepresst wurde.

Bevor sie wieder einatmen konnte, griffen starke Hände nach ihren Oberarmen und zogen sie in eine sitzende Position. »Alles in Ordnung?«, fragte Clay in besorgtem Tonfall. Die Taschenlampe lag auf dem Pfad, wo er sie hatte fallen lassen, und warf einen Lichtstrahl auf ihre Beine und Füße.

»Ich hab mich nur erschreckt«, brachte sie verlegen heraus.

»Kannst du aufstehen?«

Sie nickte, ehe ihr einfiel, dass er sie nicht sehen konnte, was gut war, denn ihr Rücken fühlte sich feucht an. Ihr Kleid war mit Sicherheit ruiniert. »Ja«, murmelte sie.

Er zog sie vorsichtig auf die Füße und stützte ihr ganzes Gewicht. Plötzlich wurde ihr bewusst, wie absurd die ganze Situation war, und sie brach in Gelächter aus. Das Geräusch klang in der Finsternis selbst in ihren eigenen Ohren eigenartig, aber unter den gegebenen Umständen war Lachen besser als die Alternative – weinen.

Würde dieser Tag denn nie enden?

Zu ihrer Erleichterung stimmte Clay in ihr Gelächter ein, wovon wiederum sie so sehr lachen musste, dass ihr die Knie weich wurden. Sie lehnte sich gegen ihn, während sie ihr Kleid abklopfte und eine schmerzende Stelle an ihrer Hüfte rieb. »Unsere Eltern sind vermutlich tausendmal hier lang gekommen, ohne dass etwas passiert ist, und ich breche mir beinahe den Hals.«

Plötzlich wurde sie sich seiner Nähe bewusst, räusperte sich und versuchte, allein zu stehen. Er bewegte sich leicht, und sein Gesicht wurde plötzlich vom Mondlicht erhellt, das durch die Bäume fiel. Seine Augen waren von kleinen Fältchen umgeben und funkelten amüsiert. Er sah ganz anders aus. Auf eine gute Art. Sie lachte kurz auf. »Das war nicht gerade ein toller Tag.«

Das Schweigen, mit dem er ihr antwortete, machte sie nur noch nervöser, besonders weil er es nicht über sich zu bringen schien, sie loszulassen – und sie das auch gar nicht wollte. Sie schluckte, als sie versuchte, das Gefühl zu benennen, das zwischen ihnen in der Luft hing. Lust? Neugier? Einsamkeit?

»Vielleicht können wir den Rest des Tages noch retten«, flüsterte er, und das Licht verschwand, als sein Körper den Mond verdeckte.

Sie war bereit, als seine Lippen ihre fanden, bereit, dieses unerklärliche Verlangen zu befriedigen, das sie mit seiner Anwesenheit in Verbindung brachte, bereit, diese irrsinnige Anziehung hinter sich zu lassen und zu angenehmer Gleichgültigkeit zurückzukehren. Sein Mund bewegte sich fest und begehrlich auf ihrem, als ob auch er dieses unerklärliche Feuer zwischen ihnen löschen wollte. Zunächst hielt er sie nicht fest, aber als seine warme Zunge ihre suchte, legte er ihr die Hände auf den Rücken und drückte ihren Körper gegen seinen.

Sie schob die Finger in sein dichtes Haar. Er stöhnte, übertönte die Symphonie der Nachtgeräusche um sie herum und ließ ihre Sinne erwachen. Er schmeckte nach süßem Champagner, roch nach warmem Moschus und hielt sie mit der gebändigten Kraft seines gesamten Körpers. Sie plünderten schonungslos ihre Münder, als suchten sie Erleichterung in – oder vielleicht *von* – einander.

Die Sekunden vergingen, aus ihnen wurden Minuten, aber obwohl ihre Lunge förmlich nach Sauerstoff schrie, war sie nicht bereit, den berauschenden Kuss zu beenden. Als er die Händen über ihre Hüfte gleiten ließ, wurde sie plötzlich in die Realität zurückgerissen. Es gab kein vernünftiges Ziel für diesen Irrsinn.

Sie drehte sich um und versuchte, sich aus der Umarmung zu befreien, schnappte nach Luft und schlang die Arme um sich. Was hatte sie sich nur gedacht? Sie schlich in der Dunkelheit umher und *küsste* ihn, während sie eigentlich versuchen sollte, die unselige Hochzeit ihrer Mutter zu verhindern. Sie schüttelte sich ungläubig. Hatten jetzt beide Coakley-Frauen den Verstand verloren?

»Ich sollte nach Hause gehen«, erklärte sie. Ihre Stimme klang unnatürlich laut in ihren Ohren.

Er zögerte ein paar Sekunden, ehe er die Taschenlampe aufhob und ihr mit der Hand bedeutete, vorauszugehen. Sie wünschte sich, sie könnte sein Gesicht sehen, aber sie konnte an seiner Körperhaltung erkennen, dass ihn das versehentliche Zusammentreffen nicht so mitgenommen hatte wie sie. Er richtete den Lichtkegel auf den Weg vor ihren Füßen und hielt respektvoll Abstand, als sie den Garten ihrer Mutter erreichten, aber zweimal berührten seine Finger ihren Rücken und sandten Erinnerungen an ihren leidenschaftlichen Kuss durch ihren Körper. Sie unterdrückte das Bedürfnis, sich zu beeilen, aus Angst, sie würde wieder hinfallen, und suchte sich vorsichtig einen Weg über den steinernen Pfad, den sie und ihr Vater gelegt hatten, als sie vierzehn Jahre alt gewesen war.

Als der Bewegungsmelder das Licht auf der Veranda anschaltete, knipste Clay die Taschenlampe aus. Ihr Herz schlug noch immer vor heimlichem Verlangen, als sie in ihrer Handtasche nach dem Hausschlüssel suchte und die ernsthafte Unterhaltung mit ihrer Mutter über ihre Dummheit halb erwartete, halb fürchtete.

Äh, die Dummheit ihrer *Eltern*, natürlich.

»Danke, dass du mich nach Hause gebracht hast«, sagte sie hastig, in der Hoffnung, dass ›aus den Augen, aus dem Sinn‹ auch auf Clay zutreffen würde.

Er wandte den Blick ab und kratzte sich an der Schläfe. »Annabelle, was da gerade passiert ist …«

»Du musst dich nicht entschuldigen«, unterbrach sie ihn.

Er runzelte die Stirn. »Ich wollte mich gar nicht entschuldigen.«

Beunruhigt legte sie eine Hand auf den Türknauf. »So, wie du dich auch für das erste Mal nicht entschuldigt hast?«

»Nein«, beeilte er sich zu sagen. »Ich meine … ja.«

Sie stellte sich vor, der Knauf wäre sein Kopf und drehte ihn entschlossen herum, ehe sie die Tür aufstieß. Es war ihr ein Rätsel, warum sie überhaupt zugelassen hatte, dass der Mann sie küsste. »Gute Nacht«, presste sie zwischen zusammengebissenen Zähnen hervor.

»Was soll daran gut sein?«, fuhr er sie an.

»Das.« Sie trat durch die Tür und schlug sie ihm direkt vor dem attraktiven Gesicht, das sie zur Weißglut trieb, zu. »Oooooh!«, murmelte sie in Richtung geschlossener Tür, extrem versucht, eine rüde Geste zumachen. Der Mann brachte wirklich ihre schlimmste Seite zum Vorschein.

»Worum ging es denn da?«

Annabelle wirbelte herum und starrte verlegen ihre Mutter an, die im schwachen Schein des Nachtlichts im Morgenrock am Frühstückstresen saß, die Hände um eine Tasse gelegt, und sie mit hochgezogenen Augenbrauen ansah.

»Ich, äh … Clay hat mich nach Hause gebracht.«

Ihre Mutter trank einen Schluck. »Und ihr habt euch gestritten?«

Annabelle gelang ein gelassenes Lächeln und ging zum Tresen. »Es war nichts Ernstes, ehrlich.«

Die Augen ihrer Mutter wurden schmal. »Was um Himmels willen ist mit deinem Kleid passiert?«

»Ich bin auf dem Pfad zwischen dem Haus der Castleberrys und hier gestürzt.«

Bei Belle klingelten sofort alle mütterlichen Alarmglocken, und sie sprang auf. »Bist du verletzt?«

»Nein«, versicherte Annabelle ihr rasch. Sie beugte sich vor, um die schmalen Knöchelriemen der silbernen Sandalen zu öffnen. »Ich hab mich nur vor Mister Perfect zum Affen gemacht.« *Auf vielfältige Art.*

»Oh.« Ihre Mutter ging um den Tresen herum und setzte ein Lächeln auf. »Deshalb klangst du so defensiv. Habt ihr euch wenigstens lange genug am Riemen gerissen, um das Abendessen genießen zu können?«

Annabelle nickte, darauf bedacht, das Thema zu wechseln. »Martin hat gesagt, du wolltest früh zu Bett. Geht es dir nicht gut?«

»Die ganzen Aufregung hat mich etwas erschöpft, schätze ich, aber ich konnte nicht schlafen.« Belle hielt die Tasse hoch. »Ich dachte, warme Milch würde mir helfen. Es ist noch welche im Topf, wenn du möchtest.«

Annabelle lächelte und öffnete einen der Oberschränke in der Küche. Ihre Finger glitten über die Lieblingstasse ihres Vaters. Sie war schwarz, trug die Aufschrift »Wahre Liebe vergeht nicht, zweifelt nicht und fragt nicht.« Sie wertete das als Zeichen, nahm die Tasse und hielt sie ihrer Mutter hin, um sie mit Milch füllen zu lassen. Belle zögerte eine halbe Sekunde, als sie die Tasse sah, aber goss ihr die Milch kommentarlos aus dem warmen Topf ein. »Vanille?«

Sie nickte. Die vertraute Geste, als ihre Mutter etwas Vanilleextrakt in die Tasse tröpfelte, tröstete sie. »Ganz wie früher«, murmelte sie.

Ein liebevolles Lächeln huschte über Belles Gesicht, dann zwinkerte sie. »Allerdings benutze ich jetzt Magermilch. Dein Vater hat immer auf Vollmilch bestanden.«

Annabelle spülte die Tränen, die ihr plötzlich in die Augen stiegen, mit der Vanillemilch hinunter. »Dir schienen seine kleinen Eigenarten nie etwas ausgemacht zu haben.«

»Dein Vater fühlte sich geliebt, wenn ich mich um ihn gekümmert habe.«

»Du hast dich so gut um uns gekümmert, Mom.«

Ihre Mutter streichelte ihr das Haar, das beim Sturz aus der Spange gerutscht war. »Ich wollte, dass ihr beide glücklich seid.«

Dass *sie* glücklich waren? Es war Annabelle nie in den Sinn gekommen, dass ihre Mutter nicht jede Minute als Hausfrau genossen hatte. Sie versuchte, dass Thema auf das zu lenken, was sie gerade besonders beschäftigte, und sagte: »Im Moment wäre ich wirklich glücklich, wenn du es dir noch einmal überlegen würdest, Melvin Castleberry zu heiraten.«

»Er heißt Martin, Liebes, und wir lieben uns.«

»Mom, wie kannst du jemanden lieben, den du erst seit so kurzer Zeit kennst?«

Belle betrachtete sie nachsichtig. »Ich kann es dir nicht erklären, aber ich *kann* dir sagen, dass es bei mir und deinem Vater dasselbe war.«

Annabelle kaute auf ihrer Unterlippe. Dagegen konnte sie nichts sagen, schließlich waren ihre Eltern mehr als dreißig Jahre lang glücklich verheiratet gewesen. »Die Zeiten haben sich geändert.«

Aber ihre Mutter lachte nur. »Nicht so sehr, Liebes. Sich zu verlieben hat sich seit Anbeginn der Zeit nicht verändert. Du wirst schon sehen.« Sie gestikulierte angeregt. »Eines Tages gehst du durchs Leben, und alles erscheint dir vollkommen normal, und dann triffst du plötzlich eine Person, bei der du dich so *lebendig* fühlst.« Sie seufzte und lächelte strahlend.

Annabelle schüttelte den Kopf, um das ungebeten auftauchende Gesicht von Clay zu vertreiben. »Du klingst wie Mike. Es tut mir leid, aber ich erlebe jeden Tag genügend gescheiterte Ehen und sehe das mit anderen Augen.«

Ihre Mutter nippte an ihrer Milch und zeigte mit dem kleinen Finger auf Annabelle. »Ich weiß, deshalb übe ich mich bei euren Einmischungen auch in Geduld.«

Annabelle sah sie überrascht an. »Einmischungen?«

»Oh ja. Du und Clay. Ihr redet nur von Eheverträgen und dergleichen.«

Annabelle setzte die Tasse ab. »Mom, Clay und ich sind die Einzigen hier, die vernünftig sind.«

Belle hob eine Augenbraue. »Du und der Mann, dem du gerade die Tür vor der Nase zugeschlagen hast?«

Annabelle runzelte die Stirn. »Er ist schwierig.«

»Das bist du auch manchmal. Aber«, ihre Mutter hob eine Hand, »ich weiß, dass du das nur sagst, weil du dir Sorgen um mich machst.«

»Das stimmt. Ich glaube nicht, dass ich meine Meinung ändere, was diese Hochzeit betrifft, Mom.«

Belle schenkte ihr ein müdes Lächeln. »Und ich glaube nicht, dass ich meine Meinung ändere.« Sie nickte zur Tür. »Wie wäre es, wenn wir die Milch nehmen und diese Unterhaltung in meinem Schlafzimmer fortsetzen?« Sie lächelte. »Ganz wie früher.«

Unendliche Zuneigung durchströmte Annabelle, als sie die Tasse nahm und ihrer Mutter den Arm um die Taille legte. »Ganz wie früher. Ich zieh mir nur schnell das schmutzige Kleid aus, dann bin ich gleich bei dir.«

»Oh, übrigens, Liebes: Martin und ich gehen morgen auf Mount Paxton wandern und picknicken.«

Wandern? Ihre Mutter war nie mit ihr und ihrem Vater mitgegangen, wenn sie gelegentlich eine Wanderung unternommen hatten. Sie starrte finster in ihre Milch. Sie hatten sie doch eingeladen, oder nicht?

»Und wir hatten gehofft, dass du und Clay mitkommen würdet.«

Annabelle sank das Herz. Ein ganzer Tag in der Gesellschaft von Clay Castleberry? »Ich dachte, wir wollten jeden Augenblick zusammen verbringen, bevor … du weißt schon.« Wie sollte sie sonst in den wenigen Tagen, die ihr noch blieben, ihre Mutter davon zu überzeugen, dass es eine schlechte Idee war, Martin zu heiraten.

»Es ist unser zweimonatiges Jubiläum, und wir möchten es mit einem Picknick feiern.«

Annabelle sah auf ihre bloßen Füße. »Ich hab nicht gerade die richtigen Schuhe fürs Wandern dabei.«

»Auf dem Dachboden steht eine Kiste mit deinen Sachen, und ich wette, dort findest du deine alten Wanderstiefel. Es macht bestimmt Spaß und gibt uns nochmal eine Gelegenheit, uns näher kennenzulernen, nachdem ich unser Abendessen durchkreuzt habe. Bitte, Liebes?«

Bitte. Wie konnte sie ablehnen, wenn ihre Mutter sie so hoffnungsvoll wie ein Kind ansah? Sie zauberte sich ein Lächeln auf die Lippen. »Für dich, Mom, geh ich natürlich mit.«

Sie begab sich in ihr Zimmer und zog sich rasch um, überrascht von ihrem beschwingten Schritt. Warum sollte sie sich auf eine weitere Begegnung mit Clay freuen? Sie schob den beunruhigenden Gedanken beiseite, schlüpfte in einen Morgenmantel und ging durch den Flur zum Zimmer ihrer Mutter, wo sie Belle in tiefem Schlaf auf der Tagesdecke liegend fand.

Sie lächelte und zog eine Häkeldecke aus Baumwolle über sie. Sie trank ihre lauwarme Vanillemilch in ihrem eigenen Zimmer, während sie auf einem Stuhl neben dem Fenster saß. Ihr Blick wanderte immer wieder zu einem einsamen Licht unter dem Dach des Castleberry-Hauses. War Clay noch wach? Falls ja, schalt sie sich, saß er sicherlich nicht auf einem Stuhl und dachte an sie, außer vielleicht um ihren Untergang zu planen.

Sie biss sich fest auf die Innenseite der Wange. Warum fand sie diesen Mann so ärgerlich, so faszinierend und so … begehrenswert? Es war seine Energie, erkannte sie, die ihn von allen anderen Männern unterschied, die sie je gekannt hatte. Düster? Ja. Starrsinnig? Ja. Erfolgreich? Absolut. Aber unglaublich, äußerst und zweifellos erregend, für ihren Verstand und ihren Körper.

Eines Tages gehst du durchs Leben, und alles erscheint dir vollkommen normal, und dann triffst du plötzlich eine Person, bei der du dich so lebendig fühlst …

Sie runzelte bei den Worten ihrer Mutter die Stirn. Sie war nicht dabei, sich in Clay Castleberry zu verlieben. Das würde sie einfach nicht zulassen.

KAPITEL ELF

Wie kann es sein, fragte sich Clay, dass ihn die Frau in Khakishorts, dicken Socken und klobigen Wanderstiefeln mehr ablenkte als in dem Badeanzug, den sie getragen hatte? Er hatte sich nicht darauf gefreut, mit den Coakleys wandern zu gehen, als sein Vater es am Morgen vorschlug, und als er Annabelle sah, schwand seine Begeisterung noch mehr.

»Ein Lächeln wäre nett«, sagte sein Vater, der ihm den Ellbogen in die Seite stieß. »Belle und ich wünschten uns, ihr Kinder würdet euch mehr Mühe geben, miteinander auszukommen.«

Er kaute auf der Innenseite seiner Wange, während das Knallen der Haustür der Coakleys ihm noch immer in den Ohren klang. Die Erinnerung an diesen verdammten Kuss hatte ihn die ganze Nacht wachgehalten. Er hatte bis in die frühen Morgenstunden Finanzberichte durchgeblättert, ohne wirklich hinzusehen. Er hoffte, Henry würde ihm bald Beweise für die Absichten der Frau liefern. Dann würde er Annabelle Coakley ihre Sachen packen und sie – abzüglich irgendwelcher unrechtmäßig erworbenen Güter – nach Michigan zurückschicken. »Nichts gegen dich, Dad, aber ich hätte mir jemand anderen als weibliche Gesellschaft ausgesucht.«

Sein Vater blickte ihn finster an.

»Aber um deinetwillen«, fügte Clay gezwungen fröhlich hinzu, »werde ich nett sein.«

Das breite Lächeln seines Vaters versetzte ihm einen Stich. Seit wann war es so einfach, seinen Vater zufriedenzustellen? Er dachte über diese Erkenntnis nach, bis er von Annabelle abgelenkt wurde, die sich vorbeugte, um sich die Schnürsenkel zu binden. Wie konnte er das Beste aus diesem lästigen Ausflug machen?

Ihm kam eine Idee, die ihn zum Grinsen brachte. Sie wollte also, dass er glaubte, sie wäre gegen die Hochzeit? Er würde sie zwingen, das zu beweisen.

»Annabelle«, rief er. Er ging zu ihr zum Ende der Einfahrt hinüber, als sie sich wieder aufrichtete. Ihr Gesicht war vom Vorbeugen gerötet, und sie hatte ihr Haar zu einem Pferdeschwanz gebunden. Mit den Sommersprossen sah sie aus wie siebzehn. Er fühlte sich plötzlich alt.

Und grantig.

»Ja?«, fragte sie und hob den Blick ihrer goldenen Augen. Ihrem Gesichtsausdruck nach freute sie sich ebenso sehr auf den Tag wie er.

Er nickte zum Haus. »Hilfst du mir mit der Kameraausrüstung?«

Sie sah zu ihren Eltern, die das Essen in den Kofferraum von Martins Geländewagen packten, als suchte sie nach Zeugen, und ging dann rasch auf das Haus zu.

Als er ihr folgte, stellte er fest, dass sie ziemlich oft ins Fitnessstudio gehen musste, um so eine trainierte Figur zu haben, und wandte den Blick ab. »Gehst du in Detroit oft wandern?«, fragte er, während er ihr die Tür aufhielt.

»Ich war seit dem College nicht mehr unterwegs. Dad und ich sind immer gegangen, wenn ich in den Semesterferien zu Hause war.«

Trotz der unangenehmen Situation trafen ihn die Worte. Er hatte fast vergessen, dass sie etwas gemeinsam hatten: Sie hatten beide einen Elternteil verloren. Zerknirscht sprach er mit sanfterer Stimme weiter: »Klingt nach Spaß. Er fehlt dir bestimmt sehr.«

Sie zögerte, aber dann zeigte sie ihm ein trauriges Lächeln. »Ziemlich«, sagte sie und ging an ihm vorbei.

Er folgte ihr ins Foyer und blieb neben dem Tisch stehen, wo seine Kameratasche lag. Er lachte leise, um die Stimmung aufzulockern. »Ich frage nur, weil es so aussieht, als wäre ich nachher der

Einzige mit Muskelkater in den Beinen. Ich kann manchmal kaum mit Dad mithalten, wenn wir joggen.«

»Ich laufe zur Arbeit, und mein Büro liegt im zwölften Stock.« Sie lächelte. »Ich trainiere auch ohne Fitnessstudio genug.«

Was ihre herrlichen Beine erklärte. Braves Mädchen. Er zog es vor, das Grundstück, das er im Norden der Stadt besaß, frei zu räumen, statt ins Fitnessstudio zu gehen.

»Wo ist der Rest deiner Ausrüstung?«, fragte sie und sah sich im Eingangsbereich um, der groß genug war, dass er ein eigener Raum hätte sein können.

»Das ist sie«, antwortete er, als er die Tasche hochhob. »Es war nur eine Ausrede, um unter vier Augen mit dir reden zu können.«

Ihr Gesicht lief rot an. »Wenn es um letzte Nacht geht …«

»Annabelle, bist du wirklich gegen eine Heirat?«

Sie blinzelte.

Er erkannte seinen Fauxpas. Die Frau war schließlich verlobt. »Ich meine, *diese* Heirat.«

»Du weißt, dass ich das bin.« Sie bewegte sich unruhig und steckte eine Strähne ihres Haars zurück in die Spange.

Er suchte in ihrem Gesicht nach einem Zeichen mangelnder Aufrichtigkeit, wurde aber von ihren Wangenknochen abgelenkt. Er rückte den Gurt der Kameratasche zurecht und versuchte, gelassen zu klingen. »Dann können wir heute vielleicht zusammenarbeiten und diesem Hochzeitsunsinn endlich ein Ende setzen.«

Sie verschränkte die Arme und betrachtete ihn einen Augenblick lang. »Ich höre.«

»Warum, glaubst du, sind unsere Eltern so entschlossen zu heiraten?«

Ihre Haltung veränderte sich sofort. Sie kratzte sich, trat unruhig hin und her und schien sich zu winden. »Keine Ahnung.«

Er grinste. »Raten Sie, Frau Anwältin.«

Sie studierte die Spitzen ihrer Stiefel. »Sie stecken vermutlich mitten in diesem kribbelnden, romantischen Unsinn, den man empfindet, wenn man verlobt ist. Du weißt, was ich meine.«

»Nein«, erwiderte er amüsiert. »Ich war nie verlobt.«

»Du kannst dir bestimmt *vorstellen*, wie sich meine Mutter und dein Vater fühlen.« Sie machte eine vage Geste.

»Was sie *glauben*, wie sie sich fühlen«, korrigierte er sie.

Sie nickte. »Nach meiner Erfahrung mit Klientinnen …«

»Und deiner eigenen Verlobung«, rief er ihr ins Gedächtnis.

»… planen die wenigsten über die Flitterwochen hinaus. Die Wirklichkeit holt sie ein, wenn es um schmutzige Socken oder das Abendessen geht.«

Da er nie in Betracht gezogen hatte zu heiraten, hatte er sich nie Gedanken über Flitterwochen oder schmutzige Socken gemacht. Er suchte nach sichererem Boden und drückte das Kreuz durch. »Heute werden wir also einfach jede Gelegenheit nutzen, unsere Eltern daran zu erinnern, dass die Ehe nicht das ist, was einem immer darüber eingeredet wird. Natürlich«, fügte er trocken hinzu, »könnte das bei dir weniger überzeugend wirken, da du selbst verlobt bist.«

Sie wurde blass. »Es wäre mir lieb, wenn du meine Verlobung nicht erwähnen würdest.«

Er wurde sofort hellhörig. »Warum?«

»Weil … ich es meiner Mutter noch nicht erzählt habe.«

Neugierig neigte er den Kopf zur Seite. »Warum nicht?«

»Weil … das hier plötzlich im Raum stand … und ich nicht wollte … ich wollte die Sache nicht unnötig kompliziert machen.«

Etwas stimmte nicht, das spürte er. Er wünschte sich, er könnte ihre Gedanken lesen. Eines war klar – er war überzeugter denn je, dass Annabelle doch dafür war, dass ihre Mutter seinen Vater heiratete. Aber wenn sie so tun wollte, als wäre es anders, würde er das Beste daraus machen.

Sie zog die glatte Stirn in Falten. Sie erkannte vermutlich, dass sie sich in eine Ecke manövriert hatte. »Ich mach bei deinem Plan mit«, sagte sie vorsichtig. »Aber ich will nicht, dass die Gefühle meiner Mutter verletzt werden.«

»Dasselbe gilt für meinen Vater«, stimmte er zu. »Wenn wir uns zusammentun, bringen wir sie bestimmt wieder zur Vernunft.«

Zweifel huschten über ihr Gesicht, aber sie zuckte zum Einverständnis die Achseln. »Schaden kann es wohl nicht, schätze ich.« Dieselbe hartnäckige Haarsträhne wie eben rutschte wieder aus ihrem Pferdeschwanz und legte sich gegen ihre Wange. Das Sonnenlicht fiel durch das Oberlichtfenster aus Buntglas über der Eingangstür und betonte ihre Gesichtsstruktur. Sie hatte die Angewohnheit, die Lippen aufeinanderzupressen, wenn sie nervös war, wodurch sich Grübchen bildeten. Diese Frau erschien ihm ein einziges Paradoxon. Ihre hellen Augen ließen sie katzenhaft erscheinen, im einen Moment tödlich, im nächsten sanft wie ein Kätzchen.

Was würde ihm besser gefallen? Der Gedanke traf ihn aus dem Nichts, und er atmete erschrocken aus, als er erkannte, dass dieser Tag ihm mehr abverlangen würde als kräftige Beinmuskeln.

* * *

Annabelle hielt an, um das Gepäck auf ihren Schultern zurechtzurücken, und starrte finster auf die Rücken von Belle und Martin, die auf dem steinernen Pfad ein paar Meter vor ihr gingen. Selbst mit dem schweren Rucksack lief ihre Mutter behände wie eine Bergziege. *Sie* hingegen hatte einen Stein im Schuh, und ein Insekt hatte sie an einer Stelle an ihrem Oberschenkel gestochen, die sie jetzt unmöglich kratzen konnte.

»Brauchst du eine Pause?«

Beim Klang von Clays amüsierter Stimme warf sie einen Blick über die Schulter und schürzte die Lippen. Sie wusste nicht, was sie mehr nervte: die Tatsache, dass sie nicht mit ihrer Mutter mithalten konnte, oder die Tatsache, dass Clays Position an letzter Stelle ihres Gänsemarsches ihm die Möglichkeit bot, unbemerkt jeden Zentimeter von ihr begutachten zu können.

Falls er überhaupt gewillt war, hinzusehen.

»Nein.« Das Wort klang schärfer, als sie beabsichtigt hatte, also setzte sie noch einmal an. Schließlich sollten sie eigentlich zusammenarbeiten. »Nein, ich brauche keine Pause, danke.« Sie hielt an und wartete darauf, dass er näher kam. »Ich dachte, wir würden mit ihnen reden.«

Er wischte sich mit dem Handrücken den Schweiß von der Stirn. »Erst müssen wir sie einholen.«

»Wenn du nicht auf der Hinfahrt die ganze Zeit am Telefon gehangen hättest«, warf sie ihm vor, »wären wir vielleicht schon ein Stück weiter.«

Er hob eine dunkle Augenbraue. »Was, kannst du nicht ohne mich reden?«

Sie stemmte die Hände in die Hüften und verlor dank des schweren Rucksacks beinahe das Gleichgewicht. »Hätte ich dich und den Big-Band-Swing übertönen sollen, den sie auf den Vordersitzen gehört haben, während ich ihnen lässig erklärt hätte, was für eine Sackgasse diese Ehe doch ist?«

Er stellte den Fuß auf einen Baumstumpf und stützte sich auf sein Knie, um einen Streifen roten, getrockneten Schlamm von seiner kurzen, marineblauen Leinenhose zu reiben. Er hatte muskulöse Beine, die von dunklem Haar bedeckt waren. Sie kam sich neben ihm winzig vor. Ihr wurde ganz warm im Nacken, als ihr auffiel, was für einen Anblick sie bot. Ihr Pferdeschwanz war verrutscht, ein Zweig hatte den Ärmel ihres weißen T-Shirts zerrissen und der pinkfarbene Streifen Zinkoxyd auf ihrer Nase war zwar eine kluge Idee, aber nicht gerade attraktiv.

Nicht, dass sie versuchte, attraktiv auszusehen.

»Ich hatte angenommen, dass dein Job von dir verlangt, clever und überzeugend zu sein«, sagte er, aber das zynische Leuchten in seinen Augen verdrängte jeden Gedanken an ein Kompliment.

»Nicht mehr als dein Job, nicht wahr?«, erwiderte sie im gleichen Tonfall.

»Und bist du gut in dem, was du tust?«, fragte er überraschend.

»Gut?«

»Darin, wenig aufmerksamen Ehemännern lukrative Abfindungen abzupressen?«

Wut flammte in ihr auf. Sie hob das Kinn. »Zu deiner Information, die meisten meiner Klientinnen brauchen den Unterhalt für die Kinder, und ich habe noch keinen Fall gehabt, wo die Ehe mangels Aufmerksamkeit gescheitert ist.« Sie schnaubte. »Du tust ja gerade so, als würde ich einen Anteil aus den Abfindungen bekommen.«

»Tust du das nicht?«

Sie warf einen Blick auf die auffällige Sonnenbrille, die am Kragen seines hellblauen T-Shirts hing, die handgefertigte Ledertasche an seinem Gürtel, die abgetragenen, aber teuren Schnürstiefel. Clay Castleberry hatte schon immer einen luxuriösen Lebensstil genossen und stellte *ihre* finanzielle Motivation in Frage?

Ihr Körper vibrierte vor Zorn, als sie diese ein Meter achtzig reiner Arroganz studierte. Männer! Ihre Mutter wollte tatsächlich einen von ihnen heiraten? »Meine finanzielle Lage geht dich gar nichts an.«

Sie war dafür bekannt, dass Männer bei diesem Ton im Gerichtssaal zusammenzuckten, aber er blieb so still stehen wie die Tannen, die sie umgaben, und lächelte unschuldig. Sein Achselzucken bestand aus einer fließenden Bewegung seiner Schultermuskeln. »Ich versuche nur zu verstehen, warum eine Anwältin Unterwäsche stehlen würde.«

Sie suchte nach etwas, womit sie auf ihn einstechen konnte, aber Martins Stimme unterbrach sie, als er ihnen von irgendwo oberhalb etwas zurief.

»Seid ihr zwei lahmen Enten bereit, Mittagspause zu machen?«

Sie sah den baumbewachsenen Abhang hoch, aber ihre Eltern waren bereits hinter einer Ansammlung von Felsen verschwunden. Sie schnaubte wütend, schlug nach einer dicken Biene und blickte wieder nach oben. Aber als sie einen eiligen Schritt machte, stach ihr der ärgerliche Stein in den Fußballen. Sie schrie auf und verlor das Gleichgewicht.

Kräftige Hände packten von hinten ihren Arm und ihre Hüfte, bevor sie zu Boden stürzte, aber die kurze Erleichterung vom Schmerz wurde von der Erkenntnis überrollt, dass Clay sie festhielt, und die mittlerweile vertraute Geste war ihr nicht völlig unwillkommen. Nur etwas beunruhigend.

»Ich fange allmählich an zu glauben, dass du nur fällst, um dich an mich zu lehnen«, sagte er an ihrem Ohr.

Seine Worte wurmten sie, aber sein Tonfall jagte ihr einen Schauer über den Nacken. »Ich habe gelernt, mich auf niemanden zu stützen«, erklärte sie spitz, entschlossen, ihren Ausrutscher von letzter Nacht nicht zu wiederholen, ganz gleich, wie verlockend es war.

»Hast du dir den Knöchel verstaucht?«, fragte er, als er ihr vorsichtig aufhalf, ohne sie loszulassen. Er klang beinahe besorgt, als sie sich auf den Baumstumpf setzte.

Sie war versucht, die Situation auszunutzen, als er seine Hände um ihren Knöchel legte, aber sie kam schnell wieder zur Besinnung. »Ich hab nur einen Stein im Schuh.«

Er runzelte die Stirn und zupfte an der dicken, braunen Socke, die aus ihrem Schuh herausschaute. »Wie ist da ein Stein reingekommen?«

»Er war wohl schon drin, als ich ihn angezogen habe, aber ich hab es nicht gemerkt.« Im Moment bemerkte sie nur, dass seine Augen im Sonnenlicht so blau wirkten, dass sie eigentlich in die Werbung gehörten, um Cola light zu verkaufen. Oder Jeans. Oder Eis an Eskimos.

Er tastete nach den Schnürsenkeln an ihren Stiefeln. Sie sah benommen zu, wie er den Schuh von ihrem Bein zog und ihren Fuß befreite. Sie wackelte mit den Zehen, als er den Stiefel umdrehte und den Stein in seine Hand schüttelte.

»Hast du einen Knopf verloren?«

Sie legte die Stirn in Falten und streckte die Hand nach dem Gegenstand aus. Als der kleine Zinnknopf auf ihrer Handfläche landete, atmete sie scharf ein. Erinnerungen übermannten sie, und vor ihren Augen verschwamm alles. Die Tränen liefen ihr über die Wangen, ehe sie sich wieder fassen konnte.

»Was ist los?« Er klang eindeutig besorgt, als er die Hand auf ihr Knie legte. »Annabelle? Was ist passiert?«

Sie biss sich auf die Lippen, um die Tränen zurückzuhalten, aber ihr Kinn wollte nicht aufhören zu zittern.

»Annabelle.« Als sie den Blick hob, sah sie tatsächlich so etwas wie Angst in seinem Gesicht. »Um Himmels willen, sag es mir.«

Sie schniefte, berührte mit der Fingerspitze den Knopf, auf den »U.S. Army« gestanzt war, und versuchte zu lächeln. »Er stammt von einer Weste, die mein Vater getragen hat.« Sein liebstes Kleidungsstück, eine Flakweste aus seiner Zeit beim Militär, als er noch ein junger Mann war. Zerknittert, olivgrün, mit ausgebeulten Taschen, in denen sein Taschenmesser, seine besten Angelköder und sein Vorrat an Süßigkeiten steckten, die er so gerne mit ihr geteilt hatte.

Das Bild ihres grauhaarigen, breitschultrigen Vaters in seiner Weste erschien ihr so deutlich vor Augen, als stünde er hier neben ihr. *Was hältst du davon, wenn wir die Forellen im Johns Creek ärgern gehen, Anna?*

Sie schloss die Hand um den Knopf und drückte sie gegen die Lippen. Wie hatte die winzige Scheibe es in ihren Stiefel geschafft, und was sollte sie von dem Zeitpunkt halten, zu dem sie sie entdeckt hatte? Als ob der Knopf ein Zeichen war, eine Erinnerung an das Versprechen, das sie ihrem Vater gegeben hatte.

»Ihr standet euch bestimmt sehr nah«, sagte Clay mit überraschend sanfter Stimme.

Sie nickte, aber sie sah nicht auf. »Wir haben mehrmals die Woche geredet, über einen Fall, den ich gerade studiert habe, oder Politik … oder über nichts.« Sie seufzte und hob den Kopf. »Manchmal vergesse ich, dass er fort ist, und nehme den Hörer in die Hand, um ihn anzurufen.«

Er machte ein mitfühlendes Geräusch und zog ein mit Monogramm versehenes Taschentuch aus der Hosentasche. »Hier.« Die Erleichterung, dass er sie nicht auslachte, verpuffte, als sie sich daran erinnerte, wie Belle ihr erzählt hatte, dass Clays Mutter gestorben war, als er noch klein war.

»Erinnerst du dich an deine Mutter?«, traute sie sich zu fragen, während sie sich die Wangen trocknete. Es nahm ihr fast den Atem, dass sie diese persönliche Grenze überschritt. Die Singvögel in den Ästen über ihnen erschienen ihr plötzlich ziemlich laut.

Er hob einen Tannenzapfen auf und fuhr mit dem Daumen über eine Seite. »Ja. Aber ich habe ihre Fotos so oft angesehen, dass ich mich manchmal frage, ob ich mich nur daran erinnere, wie sie darauf aussieht.«

Ihr Herz brach für den kleinen, dunkelhaarigen Jungen, der seine glamouröse Mutter angebetet hatte. »Wie alt warst du, als sie gestorben ist?«

Er hob den Arm und warf den Tannenzapfen lässig in den Wald. Ein paar Sekunden lang glaubte sie, er würde nicht antworten. Dann sah er sie wieder an, sein Gesicht ausdruckslos. »Ich war neun. Nach meiner Geburt hatte meine Mutter ein paar Fehlgeburten, und sie hatte sich so darauf gefreut, endlich wieder ein Baby zur Welt zu bringen. Aber es gab Komplikationen bei der Geburt, und sie ist gestorben.«

»Was …« Annabelle schluckte. »Was ist mit dem Baby?«

»Totgeburt. Ein Mädchen.«

Sie presste die Lippen aufeinander. »Oh, Clay, es tut mir so leid.«

Er lächelte traurig. »Es ist schon lange her.«

»Dein Vater muss am Boden zerstört gewesen sein.«

Er nickte. »Ehrlich gesagt glaube ich nicht, dass er sich je davon erholt hat.« Er verzog das Gesicht. »Daher die vielen Frauen in seinem Leben.«

Und im Leben seines Sohnes, der die Aufmerksamkeit seines Vaters mit anderen teilen musste, als er ihn am dringendsten gebraucht hatte, vermutete sie. Wut auf Martin machte sich in ihr breit und festigte ihre Meinung, dass er nicht die Art Mann war, dem sie ihre Mutter anvertrauen wollte.

»Clay?«, ertönte Martins Stimme. »Alles in Ordnung?«

Wenn man vom Teufel spricht. Annabelles Gesichtsausdruck verfinsterte sich.

»Wir sind gleich da«, riefen sie und Clay gleichzeitig, sahen einander an und lächelten verlegen.

Froh über die bessere Stimmung beugte sie sich vor, um ihren Stiefel aufzuheben, und knallte heftig mit dem Kopf gegen Clays. Sie stöhnte und betastete mit der Hand die beginnende Beule.

»Tut mir leid«, lachte er und massierte sich die Stirn.

»Eine Erinnerung daran, was für Dickköpfe wir sind.« Sie schaffte es, trotz der Schmerzen zu lächeln.

»Ich kümmere mich um deinen Stiefel«, sagte er. Er wartete darauf, dass sie nickte, bevor er sich wieder hinkniete. Ihr Atem ging ganz flach, als er ihr den dick besohlten Schuh aufhielt und ihren Fuß so sanft hineinschob, als ob er einen Glaspantoffel in der Hand hätte. Er stützte ihren Fuß auf seinem Schenkel ab, während er auf dem Boden kniete, und band methodisch die goldgelben Schnürsenkel. Ihr Herz raste, während sie seine kräftigen Finger beobachtete, mit denen er den knöchelhohen Schuh fest zuschnürte. Der Mann verwirrte sie. In einem Moment konnte sie ihn nicht leiden und im nächsten … im nächsten …

»Fertig.« Er tätschelte den Stiefel. Als sein Blick ihrem begegnete, schlug ihr Herz bei seinem kleinen Lächeln höher. »Wow, das wird eine hübsche Beule.« Er hob die Hand an ihre Stirn.

Bei seiner elektrisierenden Berührung verstummte sie, und ihr stockte der Atem. Eine Sekunde später änderte sich sein Blick von Reue zu Bedauern, ein seltsamer Ausdruck, um sich vorzulehnen und einen Kuss zu verlangen, dachte sie flüchtig.

KAPITEL ZWÖLF

Annabelle schloss die Augen, kurz bevor sein Mund sich auf ihren senkte. Das Salz seines Schweißes, die Sonnenwärme seiner Haut, die Süße der Überraschung vermischten sich, und sie genoss die Vertrautheit seines Mundes. Er hatte den ersten Kuss beherrscht, den zweiten hatten sie geteilt, aber sie übernahm die Kontrolle über diesen, lockte ihn mit ihrer Zunge näher und tiefer. Er folgte ihr bereitwillig. Seine Lippen waren fest und zugänglich und nahmen ihre Einladung an. Ein Gefühl von Macht stieg in ihr auf und gab ihr den Mut, ihm die Arme um den Hals zu legen. Wie zur Antwort schlang er die Arme um ihre Taille, aber hielt sie nur ganz leicht, als könnte sie zerbrechen.

Der Kuss entwickelte ein Eigenleben, gewann an Tempo und übertrug aufgestaute Frustrationen und Verlangen und Gefühle, die ihr fremd waren. Sie zerrte blind an ihm, ohne zu wissen, was sie wollte. Sie wusste nur, dass sie *mehr* wollte. Aber durch den roten Strudel der Leidenschaft drang ein Rascheln an ihr Ohr. Sie versteifte sich, und Clay zog sich zurück und blickte schnell zum Pfad hinüber, von wo das Geräusch gekommen war.

Ihr Blick fiel auf den Berghang, hinter dem ihre Eltern verschwunden waren. Was, wenn sie den Kuss gesehen hatten? Nachdem sie die Stelle mit den Augen abgesucht hatte, seufzte sie erleichtert, aber ihr Gesicht wurde ganz heiß bei dem Gedanken, was hätte passieren können. Was hatte sie sich nur dabei gedacht? Wie glaubwürdig wäre sie als Ratgeberin für ihre Mutter, wenn sie heimliche Küsse mit einem Mann tauschte, den sie kaum kannte

– oder mochte. Ihr schwirrte der Kopf. Sie musste sich zusammenreißen.

Unter ihnen kam ein dünner Mann mit einem Fernglas um den Hals in ihr Blickfeld. An seinem Safarihut und der Broschüre in den Händen erkannte sie ihn als Vogelkundler. Er winkte ihnen freundlich zu. Clay stand auf und zog sie auf die Füße. Er wirkte verunsichert.

»Ziemlich ruhig heute«, stellte der Mann fest, der sich im Vorbeigehen zum Gruß kurz an den Hut tippte.

»Kann ich nicht gerade behaupten«, murmelte Clay dem Mann hinterher.

Sie lachte hinter vorgehaltener Hand und gestattete sich die Frage, wo der Kuss hingeführt hätte, wären sie nicht unterbrochen worden. Sein prüfender Blick löste ein Kribbeln auf ihrer Haut aus, und sie spürte, dass ihre Küsse ihn genauso verwirrten wie sie. »Annabelle, ich …«

»Wir gehen besser«, unterbrach sie ihn und schluckte schwer. »Wir haben noch immer etwas zu erledigen.«

Er schürzte die Lippen und betrachtete sie ein paar Sekunden lang. Sein Blick blieb an ihren Lippen hängen, ehe er weiterzog. Dann nickte er und bedeutete ihr, vorzugehen.

Sie atmete aus, richtete ihre Kleidung, obwohl es nicht nötig war, und marschierte mit so viel Würde voran, wie sie noch hatte retten können. Ihr Verlangen brachte sie in Verlegenheit. Mit jedem Schritt auf dem staubigen roten Weg schalt sie sich selbst. *Clay Castleberry hat versucht, seinen Vater mit Geld von dir freizukaufen, schon vergessen?*

Der Mann stand für so viele Dinge im Leben, die sie verabscheute … Anspruchsdenken, Arroganz, Überheblichkeit. *Er glaubt, deine Mutter wäre nicht gut genug, um seinen Vater zu heiraten, aber er denkt, du wärst gut genug, um sich mit dir einzulassen. Er denkt, du wärst verlobt, um Himmels willen.*

Ihre Welt bestand aus einem beengten Büro im zwölften Stock eines staatlichen Gebäudes in Detroit, Michigan. Wie dumm von ihr, einem reichen Weltenbummler das Herz auszuschütten. *Er hat sich über deinen mickrigen staatlichen Job lustig gemacht. Er würde niemals die Befriedigung verstehen, die dir die Arbeit verschafft, wenn du benachteiligten Frauen hilfst, Gerechtigkeit gegen ihre Ehemänner zu finden.*

Sie beschleunigte ihre Schritte, bohrte die Stiefel in den sandigen Boden und verkleinerte den Abstand zwischen sich und ihren Eltern. Clays Schritte knirschten hinter ihr, aber sie versuchte, das Gefühl seiner Nähe zu ignorieren. Sie hatte sich über die Leichtgläubigkeit ihrer Mutter gewundert, aber vor wenigen Minuten hatte sie es einem Kribbeln und einfacher Anziehungskraft gestattet, dass sie ihren Respekt für sich selbst untergruben.

Sie griff nach einem Baumstamm, um sich über den Abhang zu ziehen, trat auf den steinernen Hang und folgte dem schmalen Pfad, der um einen riesigen Felsen herumführte. Ein paar Meter weiter führte die natürliche Steinwand links von ihr auf ein dicht mit Tannennadeln bedecktes Plateau, eine Fläche mit wenigen Bäumen, die abseits des Weges lag und auf der verstreut Picknicktische standen. Martin und Belle lehnten an einem davon und küssten sich.

Anna, versprich mir, dass du dich um deine Mutter kümmerst, wenn mir etwas zustößt.

Sie legte ihre Hände wie einen Trichter vor den Mund und rief: »Hi, Mom.« Das lenkte das ältere Pärchen wirkungsvoll ab. Sie winkte eifrig und eilte zum Tisch, den sie bereits mit ihrem Mittagessen gedeckt hatten.

* * *

Clay sah Annabelle hinterher, während sie über die Lichtung ging, und ärgerte sich, dass er ihren Kuss erwidert hatte, besonders, weil er ihr noch immer nicht über den Weg traute. Wenn er Martin aus diesem Schlamassel holen und zu seinen Geschäften in Paris zurückkehren wollte, musste er einen klaren Kopf bewahren. Das hieß, dass er zu seinem Plan zurückkehren und *ausschließlich* mit Annabelle zusammenarbeiten sollte, um ihren Eltern die Hochzeit auszureden.

»Warum habt ihr so lange gebraucht, Liebes?«, fragte Belle, die ihnen einen besorgten Blick zuwarf. Sie dachte vermutlich, dass sie sich gestritten hatten, erkannte er. Wenn sie bloß wüsste.

»Erinnerst du dich an die Flakweste, die Dad immer getragen hat?«, fragte Annabelle aufgeregt.

Belle hielt inne und richtete ihre volle Aufmerksamkeit auf ihre Tochter. »Natürlich.«

Annabelle hielt den Knopf hoch. »Sieh mal, was bei mir im Schuh steckte. Was glaubst, wie der da reingekommen ist?«

Während ihre Mutter den Knopf nahm, beobachtete Clay Annabelle. War der ganze Vorfall geplant gewesen? Was erhofften sich die Frauen davon? Tief in seinem Herzen wollte er nicht glauben, dass Annabelle die Erinnerung an ihren Vater als List verwenden würde.

»Er hat sich wohl von der Weste gelöst und ist in deinen Stiefel gefallen, als ich die Sachen weggeräumt habe«, murmelte Belle mit abwesender Stimme.

»Es ist schön hier«, wechselte Annabelle das Thema. Sie breitete die Arme aus und drehte sich im Kreis, als wollte sie die frische grüne Landschaft umarmen. Sie zog ihr Handy hervor und machte mehrere Fotos von der unglaublichen Aussicht, ein paar von Belle und Martin und, zu seinem Ärger, eins von ihm.

Er wand sich. Er fühlte sich vor der Kamera nie wohl, und der Gedanke, dass ausgerechnet Annabelle ein Foto von ihm hatte, beunruhigte ihn besonders. Es erschien ihm vertraulich und *intim*. Dann schalt er sich, weil er zu viel in eine einfache Geste hineinlas. Man mochte meinen, er würde seine eigenen wirren Gefühle auf die Frau übertragen.

Unterdessen legte sie einen Arm um Belles Schultern und den anderen um Martins. »Danke, dass ihr uns eingeladen habt. Ich finde es toll hier.« Sie warf ihm einen bedeutungsvollen Blick zu.

Seine Augen wurden schmal. Was für ein kleines Chamäleon sie doch war. Er folgte ihrem Beispiel und nickte zustimmend. Tatsächlich hatte er mehr Spaß, als er erwartet hatte. Das musste an der frischen Luft liegen, sagte er sich. Sie wirkte belebend.

»Ich finde, ihr solltet euer Jubiläum auch nach der Hochzeit noch jeden Monat feiern.« Sie küsste ihre Mutter auf die Wange, ehe sie sich an den Tisch setzte.

Er biss sich auf die Innenseite der Wange. Wohin sollte das führen?

»Vielleicht werden wir das«, erwiderte Martin und zwinkerte Belle zu, bevor er sich vorbeugte und sich eine saure Gurke nahm.

»Bei der Scheidungsrate von Leuten, die mehr als einmal heiraten«, fuhr Annabelle wie beiläufig fort, »ist es vermutlich das Beste, wenn man einen Monat nach dem anderen angeht.« Sie nahm sich eine Selleriestange vom Teller, biss hinein und brach das Ende genussvoll ab.

Clay unterdrückte ein Lächeln, stellte seinen eigenen Rucksack ab und holte eine Wasserflasche heraus. »Sie hat recht«, fügte er hinzu. »Es war klug von euch, ein monatliches Jubiläum einzuführen. So viele Paare schaffen es nicht mal bis zu ihrem einjährigen.«

An dem skeptischen Blick, den Belle und Martin einander zuwarfen, erkannte er, dass er ins Schwarze getroffen hatte, also fuhr er fort: »War das deine Idee, Dad?«

Belles Blick heftete sich auf Martin. »Ja«, antwortete sie an seiner Stelle, Argwohn in der Stimme.

»Das ergibt natürlich Sinn«, sagte Clay zu Annabelle, als er neben Martin ein Bein über die Bank schwang und sich seiner Komplizin gegenüber setzte. »Denn die letzten vier Ehen von Dad haben das erste Jahr nicht überlebt.«

Annabelle machte ein mitfühlendes Geräusch und ließ ihren Blick über die Speisen gleiten. »Puh, ich bin halb verhungert.«

»Mein Magen knurrt schon seit drei Kilometern«, stimmte Clay ihr zu, während er ein Sandwich auf dem Teller vor sich auspackte und die obere, knusprige Brotscheibe hochhob, um den Belag zu würdigen. »Warum schmeckt eigentlich an der frischen Luft alles besser?«, fragte er ihre Eltern, aber Belle starrte noch immer seinen Vater an, ohne zu lächeln.

»Alles, was Belle zubereitet, schmeckt herrlich«, prahlte Martin, der die angespannte Stimmung nicht bemerkte. »Sie ist eine wunderbare Köchin.«

Annabelle nickte zustimmend und schluckte ihren Bissen herunter. »Also, Martin, dann sollte Belle wohl, was … drei Mahlzeiten pro Tag zubereiten?«

Clay kaute an seinem Putensandwich. Sein Vater war doch sicherlich klug genug, *diese* Landmine zu umgehen.

»Natürlich nicht«, sagte Martin, als er Belles Hand tätschelte. »Zwei reichen mir völlig.«

Clay zuckte zusammen. Belle warf Martin einen strengen Blick zu.

»Du hast recht mit Moms Kochkünsten«, sagte Annabelle und leckte sich Senf von den Fingern. »Hat sie dir schon ihre speziell gebratenen Schweinekoteletts mit Brötchen und Soße gemacht?«

Martin nickte und stöhnte anerkennend, was Belle ein nachsichtiges Lächeln entlockte.

Clay nahm einen langen Schluck von seinem Wasser und betrachtete Annabelle. Für jemanden, der versuchte, an das Geld seines Vaters zu kommen, sabotierte sie die Verlobung ihrer Eltern ziemlich gut. Konnte es sein, dass er sich irrte? Konnte Henry unrecht haben? Ein Tritt gegens Schienbein unter dem Tisch ließ ihn überrascht nach Luft schnappen, und er hätte sich beinahe verschluckt. Annabelles Augen weiteten sich bedeutungsvoll, und er erkannte, dass sie von ihm erwartete, sich einzumischen.

»Äh, Dad, hattest du deinem Agenten nicht versprochen, bis zum Labor Day fünf Kilo abzunehmen, um die Preisverleihung bei dieser Fitnessshow zu moderieren?«

Martins Hand hielt inne, als er ein gefülltes Ei schon halb zum Mund geführt hatte, und sah auf seinem Bauch herunter. »Du hast recht, Sohn, das habe ich.« Er legte den Dickmacher zurück auf den Teller und sah Belle entschuldigend an. »Vielleicht könntest du anfangen, gesünder zu kochen. Es würde uns beiden guttun, Belle.«

Annabelle schnappte nach Luft. »Hältst du meine Mutter für dick? Ich finde, sie sieht fantastisch aus, oder was denkst du, Clay?«

Bei dem verdutzten Gesichtsausdruck seines Vaters empfand Clay beinahe Mitleid mit ihm, aber er rief sich ins Gedächtnis, dass er nur das Beste für ihn wollte. »Ja, Dad, Belle sieht toll aus. Ich weiß gar nicht, wovon du redest.«

Belle stand plötzlich auf. Sie wirkte verletzt. »Ich bin nicht mehr einundzwanzig, Martin.«

Martin sprang auf die Füße. »Ich weiß, dass du nicht mehr einundzwanzig bist! Wenn ich eine Einundzwanzigjährige gewollt hätte …«

»Wieder«, warf Annabelle ein.

»… wieder«, wiederholte er ungewollt, »hätte ich einer Einundzwanzigjährigen den Antrag gemacht.«

»Wieder?«, fragte Belle. Sie beugte sich vor und stützte die Hände auf die Tischplatte. »Und *wann* genau bist du das letzte Mal mit einer Einundzwanzigjährigen ausgegangen?«

»War Barbie nicht einundzwanzig?«, fragte Clay seinen Vater, während er eine Tomate von seinem Sandwich entfernte. Sie war die letzte Geliebte gewesen, die er mit Geld losgeworden war.

»Nein!«, donnerte Martin. »Sie war fünfundzwanzig!«

»*Wer* ist Barbie?«, verlangte Belle zu wissen.

»Niemand«, erklärte Martin eilig. »Nur ein Mädchen, das für mich geschwärmt hat. Aber das ist schon lange her.«

»Schande über dich, Martin«, sagte Belle mit vor der Brust verschränkten Armen. »Sie ist jünger als meine eigene Tochter.«

»Aber ich hab sie nicht geheiratet!«

Clay beobachtete, wie sich das Drama entfaltete, und konnte kaum glauben, dass ein paar wohlplatzierte Worte so viel Verwirrung stiften konnten. Ihm gegenüber hob Annabelle triumphierend eine Augenbraue und kaute langsam ihr Essen.

Er schluckte. Diese Frau war beängstigend gut darin, Leute zu manipulieren. Das sollte er besser nicht vergessen.

»Hat das Mädchen einen Ehevertrag unterschrieben?«, erkundigte sich Annabelle laut flüsternd bei Clay, auch wenn die Bemerkung offenkundig gehört werden sollte.

»Nein«, antwortete er, was stimmte, da sie das Bestechungsgeld genommen hatte und abgehauen war.

Belle starrte Martin mit offenem Mund an. »Hast du deswegen den Streit angefangen? Weil ich keinen Ehevertrag unterschrieben habe?«

»Natürlich nicht!«, donnerte Martin.

»Lass die Papiere aufsetzen«, verkündete Belle. »Annabelle wird sie sich ansehen und sichergehen, dass ich nicht ausgenutzt werde.«

Clay räusperte sich. »Aber wie könnte man dich ausnutzen, wenn das Geld meinem Vater gehört?«

»Meine Mutter hat ihr eigenes Vermögen«, sagte Annabelle. Sie stand auf und stützte die Hände auf die Tischplatte.

Clay stand auf und lehnte sich zu ihr vor. »Die Lage ist ja wohl kaum zu vergleichen.«

Annabelle presste die Lippen aufeinander. »Mom«, sagte sie, ohne den Blick von ihm zu nehmen, »an dem Tag, an dem ich Clay das erste Mal getroffen habe …«

»Annabelle …«, warnte er sie kopfschüttelnd.

»… hielt er *mich* für Martins Verlobte und bot mir zwanzigtausend Dollar an, damit ich verschwinde.«

»Clay«, rügte Martin ihn. »Wie konntest du nur?«

Er richtete den Blick auf seinen Vater. »Du weißt, dass es nicht das erste Mal war, dass ich dich freikaufen musste, Dad.«

»Martin!«, rief Belle. »Ist das wahr?«

Während sein Vater nach einer Antwort suchte, verschränkte Annabelle die Arme und setzte ein zufriedenes Lächeln auf. »Clay hat mir erzählt, dass Martin von ihm *erwartete*, das Angebot zu machen, damit er dich nicht heiraten muss.«

»Ich denke, wir sollten besser nach Hause gehen«, sagte Belle mit zitternder Stimme. Sie stopfte das Essen hastig in Dosen. Ein gefülltes Ei rutschte über den Tisch, rollte über die Kante und plumpste zu Boden.

Martin drückte die Finger gegen die Schläfen. »Würde mir jemand bitte erklären, was gerade passiert ist?«

»Dad«, sagte Clay leise und bedeutete ihm mit einer Geste, still zu sein.

»Ich helfe dir, Mom«, sagte Annabelle mitfühlend und ging ihr zur Hand. Martin verließ kopfschüttelnd den Picknicktisch. Clay betrachtete sehnsüchtig sein Sandwich, packte es mit Bedauern wieder ein und steckte es in seinen Rucksack.

Sein Vater stützte sich mit einem Arm gegen einen Ahornbaum und starrte auf die Täler des nördlichen Georgia und die verschiedenen Grüntöne in der Ferne – waldgrün, moosgrün, olivgrün, smaragdgrün, pistaziengrün. Als er den Kopf senkte, erinnerte er Clay an einen kleinen Jungen, und er erkannte die Ironie darin, dass das Kind zum Vater geworden war. Es erschütterte ihn immer wieder, wenn sein Vater traurig war. Er erinnerte sich an die schrecklichen Wochen nach der Beerdigung seiner Mutter und seiner kleinen Schwester. Nur das Wissen, dass das Herz seines Vater widerstandsfähig und seine Zuneigung für Belle nur vorübergehend war, verhinderte, dass er sich wegen ihrer kleinen Intrige schlecht fühlte.

»Eine wunderbare Aussicht«, stellte er fest, während er seine Lunge mit dem Duft der Kiefern füllte.

Martin schwieg, und es überraschte Clay, dass seine Augen ungewöhnlich feucht wirkten. Er blinzelte, und das Schimmern war verschwunden. »Deine Mutter und ich sind früher oft hierhergekommen.«

Clays Herz zog sich zusammen. »Das wusste ich nicht.«

»Wir haben dich ein oder zwei Mal mitgenommen, aber da warst du noch klein.« Martin lachte plötzlich. »Delia wollte dich nicht mal runterlassen, weil sie Angst hatte, du würdest sofort über irgendeine Klippe rennen.«

»Ich habe keine deutlichen Erinnerungen an Atlanta, bis kurz vor ihrem Tod«, gab Clay zu.

Sein Vater wandte den Blick wieder der Aussicht zu. »Ihr beide wart meistens bei mir in Los Angeles. Als sie das letzte Mal schwanger wurde, wollte sie nach Atlanta zurück und bei ihrer Mutter sein, und ich habe nachgegeben. Zu der Zeit hatte ich L.A. allmählich satt, also habe ich das Haus verkauft und eine Wohnung besorgt, von der aus ich dort arbeiten konnte, und dann bin ich hin und her gependelt, damit ich mit ihr zusammen sein konnte.« Martin schaute ihn an und lächelte. »Und natürlich um dich zu sehen.«

Clay hatte plötzlich einen Kloß im Hals.

Sein Vater seufzte. »Ich schätze, ich hatte gehofft, einen Teil des Glücks heraufzubeschwören, das Delia und ich empfunden haben, indem ich Belle hierher bringe.« Er warf einen Blick über Clays Schulter. »Vielleicht war das ein Fehler.«

Eine von Martins Eigenarten, vor der Clay immer zurückschreckte, war sein Hang zum Melodramatischen. Er hatte sich ein paar Mal an den Dingen beteiligt, die seinen Vater zu einem bestimmten Zeitpunkt begeistert hatten, und durfte am Ende alles ausbaden, während sein Vater schon dem Nächsten hinterherjagte. Er schloss die Augen, als die Kopfschmerzen einsetzten. Warum konnte das Leben nicht einfach sein?

»Wir sind soweit«, rief Annabelle.

Als hätte er nicht schon genug, worüber er sich Sorgen machen musste …

Er unterdrückte ein Seufzen, sammelte mit einem tiefen Einatmen die Kraft, sich umzudrehen und dem zuzuwenden, was immer mehr zu dem Problem wurde, das ihn am meisten verwirrte.

KAPITEL DREIZEHN

»Die Turteltäubchen haben es sich also anders überlegt?«, fragte Michaela.

»Jepp.« Annabelle saß auf der Chaiselongue unter der kleinen Ulme im hinteren Teil des Gartens ihrer Mutter. »Sie haben beschlossen, die Hochzeit zu verschieben und etwas Abstand voneinander zu gewinnen. Mom will mit mir zurückkommen und bleiben, bis ich mich in das Haus eingelebt habe.« Sie blickte finster in die spärlichen Äste, die über ihr hin und her schwangen. In den Schatten von Martin Castleberrys Kiefern hatten die Bäume ihrer Mutter keine Chance, größer zu werden. Wie passend. »Wir fliegen übermorgen nach Detroit.«

Sie rutschte unruhig auf dem geflochtenen Sessel hin und her. Es war fast dreißig Grad warm und schwül. Am Himmel sammelten sich flauschige Wölkchen und in der Ferne ballten sich dunkelgraue Gewitterwolken. Irgendwo in Atlanta regnete es, aber im Moment tobte der wahre Sturm hier, in ihr.

»Ich dachte, das ist genau das, was du willst«, holte Mike sie in die Realität zurück. »Warum klingst du nicht fröhlich?«

Sie legte den Kopf in den Nacken und seufzte. Ja, warum eigentlich nicht? »Weil Mom drei Tage lang nur geweint hat.« Die Tränen zerrten an ihrem Herzen und erinnerten sie an die schrecklichen Tage nach der Beerdigung ihres Vaters.

Mike klang betrübt. »Arme Belle. Vielleicht liebt sie diesen Mann wirklich.«

»Vielleicht tut sie das«, räumte Annabelle ein. »Aber das bedeutet nicht, dass Melvin …«

»Martin.«

»… *sie* liebt oder ihr treu bleibt.«

»Und du bist dir sicher, dass er sie *nicht* liebt und ihr treu bleibt?«

Annabelle stand auf und drehte den Kopf hin und her, um die Spannung in ihren Schultern zu lockern. Sie hatte auch in der vergangenen Nacht nicht schlafen können. »Mike, seine Frauengeschichten sind unwiderlegbar.«

Ihre Freundin lachte. »Immer die Anwältin. Können Menschen sich nicht ändern?«

Sie runzelte die Stirn. »Nein.« Sie glaubte, hinter dem fünf Meter hohen Holzzaun, der den Garten ihrer Mutter vom Grundstück der Castleberrys trennte, das Plätschern von Wasser zu hören. Es wäre fantastisch, wenn sie jetzt schwimmen gehen könnte. Sie fragte sich, ob es Martin oder Clay war, der sich gerade vom kühlen Nass verwöhnen ließ.

Oder vielleicht ein weiblicher Gast?

»Menschen können sich nicht ändern?« Mike pfiff. »Du klingst sehr defensiv. Was macht dir noch Sorgen?«

Annabelle schlich durch die orangefarbenen Taglilien zu einem münzgroßen Astloch in einer Zaunlatte. »Ich mache mir keine Sorgen. Ich meine, es tut mir leid, dass es Mutter so mitnimmt, aber sie wird sich wieder erholen.«

»Warum habe ich das Gefühl, dass du etwas mit ihrem kleinen Krach zu tun hast?«

»Clay und ich …«

»Clay?«, unterbrach Mike sie. »Du steckst also mit Castleberry Junior unter einer Decke?«

Annabelle sträubte sich gegen die Unterstellung, die in Mikes Stimme mitschwang, und schob die Erinnerung von sich, wie sie auf ihrer Wanderung verstohlen ein Foto von dem Mann geschossen hatte. »Wir arbeiten auf dasselbe Ziel hin, das ist alles. Vielleicht haben wir unseren Eltern einen kleinen Schubs gegeben, aber es ist besser, wenn ihre Meinungsverschiedenheiten jetzt zu Tage treten als später.«

Sie beugte sich vor, drückte ein Auge gegen die Öffnung und sah Clay, der sich gerade aus dem Pool zog. Ihr Puls begann zu rasen.

»Du hast ihn also oft gesehen, was?«

Er stand nur zehn Meter entfernt, mit dem Gesicht zu ihr, ohne zu ahnen, dass er beobachtet wurde. Wasser rann über seinen Körper, zog an seiner dunklen Schwimmhose und betonte seine muskulöse Statur. Von seiner Männlichkeit ganz zu schweigen. Sie schluckte schwer.

»Annabelle?«

»Hm?«

»Ich hab dich gefragt, ob du den Sohn oft siehst?«

Sie versuchte, einen besseren Blick auf ihn zu erhaschen, als er aus ihrem Blickfeld verschwand. »Das würde ich nicht sagen.«

»Ist er traumhaft attraktiv?«

Sie richtete sich plötzlich verlegen auf und sah nach, ob sie jemand beim Spionieren beobachtet hatte. »Ich habe absolut keine Ahnung, Mike. Wie läuft's im Büro?«

»Es ist so still wie in einer Leichenhalle, aber zumindest konnte ich mich mit diesem Cyberspace-Zeug beschäftigen. Ich hab mich sogar ins Internet eingeloggt und nach einer Wohnung gesucht.«

»Und hattest du Glück?«

»Ich sehe mir heute Abend zwei an. Oh, und ich schau dann mal bei Shoakie vorbei.«

»Danke. Ich bin dir was schuldig.«

Michaela seufzte überzogen. »Ich schätze, es war einfach zu gut, um wahr zu sein.«

»Was war zu gut, um wahr zu sein?«

»Dass Mister Right um die Ecke kommt, dein Herz im Sturm erobert und dich aus diesem trostlosen Büro entführt.«

»Du siehst zu viel fern«, tadelte Annabelle ihre verträumte Freundin. »Mal angenommen, es gibt so etwas wie Mister Right, was ich bezweifle, dann kommt er nicht einfach um die Ecke spaziert …«

Das Knacken eines Zweigs ließ sie herumfahren. Clay stand in Jeans und einem feuchten T-Shirt am Rand des Gartens und starrte sie an. Er lehnte sich mit dem Arm gegen einen Baum.

Ein Klopfen tönte aus dem Handy. »Annabelle, bist du noch da?«

»Äh, ja«, murmelte sie.

Clay zeigte auf sich und dann auf den Weg hinter sich, als wollte er andeuten, dass er wieder gehen würde, wenn sie wollte. Sie schüttelte den Kopf.

»Was ist passiert, Annabelle, ist jemand gekommen?«, flüsterte ihre Freundin.

»Äh, ja.«

»*Er* ist es, nicht wahr?«, kreischte Mike. »Oh, ich wusste es!«

»Hör mal, Mike«, sagte Annabelle. »Ich muss auflegen, aber ich ruf dich heute Nachmittag zurück. Danke, dass du dich um den Abschluss des Hauskaufs kümmerst.«

»Sag mir, dass du bald zu Hause bist«, sagte ihre Freundin.

»Was?«

»Sag's einfach!«

»Okay … ich bin bald zu Hause.«

»Und dass ich dir fehle.«

»Was?«

»Sag es!«

»Und … du fehlst mir.« Annabelle zappelte ein bisschen und kam sich närrisch vor, als sie sich fragte, was ihre Freundin vorhatte. »Mach's gut.« Sie drückte den Knopf, um den Anruf zu beenden, und zauberte sich ein Lächeln für ihren unerwarteten Gast auf die Lippen. »Hallo.«

Er zeigte auf die Stelle, wo sie stand. »Was machst du da hinten?«

Sie erkannte, dass sie in einem mit Kiefernrindenmulch bedeckten Beet hinter einer Reihe dorniger Berberitzen stand. »Äh, Unkraut jäten.« Sie trat einen Schritt vom Zaun und dem verräterischen Guckloch weg. Als ein Dornstrauch ihr ins nackte Knie stach, zuckte sie zusammen.

Er hob die Augenbrauen. »Unkraut jäten?«

Sie beugte sich vor und rupfte einen verirrten Trieb Hundszahngras aus. »Siehst du?«

Als er näher kam, zeigte er mit dem Kopf auf das Handy in ihrer Hand. »Ich wollte dein Gespräch nicht unterbrechen.«

Sie erinnerte sich an Michaelas Stichelei und spürte, wie ihr die Wärme in die Wangen stieg. »Ich hab mich nur mal zu Hause gemeldet.«

Er betrachtete sie ein paar Sekunden lang. »Wie ich höre, reist ihr ab«, sagte er gelassen. Freundlich. Ungezwungen.

Sie nickte und trat näher. »Ja. Mutter möchte mit mir nach Detroit kommen.«

Um seinen Mund zuckte es. »Das ist sicherlich das Beste.«

Er war froh, dass sie verschwand. Warum verletzten seine Worte ihre Gefühle? War sie nicht ebenso froh, endlich wieder abreisen zu können? »Also«, sagte sie gespielt fröhlich, »bist du hergekommen, um mir wieder Geld anzubieten?«

Auf seiner Stirn entstand eine Falte. »Eigentlich wollte ich dir sagen …«

»Annabelle, Liebes?« Belle stand in der offenen Schiebeglastür, schützte mit der Hand ihre Augen vor der Sonne und wirkte angespannt.

»Ja, Mom?«

Belle hielt inne und berührte verunsichert ihr Haar. »Oh, Clay. Ich hab dich nicht gesehen.«

»Mrs Coakley.« Er nickte höflich.

Ihre Mutter sah zwischen ihnen hin und her, was Annabelle beunruhigte. »Mom, wolltest du was Bestimmtes?«

Belle nickte. »Ich wollte Tee aufsetzen und habe bemerkt, dass ich nur noch einen Beutel da habe. Ich möchte nicht einkaufen fahren, wenn ich noch so viel packen muss, Liebes. Würdest du ein paar Sachen aus dem Supermarkt holen?«

Sie öffnete den Mund, um zuzustimmen, falls das Auto anspringen würde, aber Clay war schneller: »Mrs Coakley, ich wollte gerade selbst los und ein paar Dinge erledigen. Ich kann Annabelle mitnehmen.« Er sah sie fragend an, und sie spürte, wie ihr Kopf sich langsam auf und ab bewegte.

Ihre Mutter lächelte zerstreut. »Danke, Clay.« Sie wollte wieder ins Haus gehen, drehte sich aber noch einmal um. »Clay, wie geht es deinem Vater?« Annabelle erkannte, dass die Frage viel Mut von ihr verlangt hatte, und sie gestattete sich einen Augenblick der Reue für ihre Beteiligung an dem Verlust, den ihre Mutter erlitten hatte.

»Es geht ihm gut«, antwortete Clay ausdruckslos. Als sich das Schweigen in die Länge zog, fügte er hinzu: »Er meinte, er hätte was Geschäftliches zu tun, und ist schon früh losgefahren.«

Belle nickte, drehte sich um und verschwand im Haus. Die Teilnahmslosigkeit ihrer Mutter zerrte an Annabelles Herz, und nachdem sie mit Clay ausgemacht hatte, dass er sie vor dem Haus abholen sollte, eilte sie ihr hinterher.

»Mom?« Sie ging von Raum zu Raum und war überrascht, als sie sie im kleinen Arbeitszimmer neben dem Wohnzimmer fand, wo sie vor dem Schrank stand und das Gesicht in einem karierten Hemd barg, das Annabelles Vater gehört hatte. Sie blinzelte die Tränen weg, die ihr plötzlich in die Augen schossen. »Mom?«

Belle fuhr mit feuchten Augen herum. Sie wirkte verlegen, als sie lächelte und mit der Hand über das fadenscheinige Hemd strich. »Dein Vater hat dieses schäbige, alte Ding am Tag vor seinem Herzanfall getragen und es am Bettpfosten hängen lassen.« Sie lachte unter Tränen. »Er hat es nie geschafft, seine Kleidung in den Wäschekorb zu werfen.« Sie verzog das Gesicht und wirkte verloren, als sie zu Annabelle hochsah. »Es riecht nicht mehr nach ihm.«

Annabelle ging zu ihrer Mutter, legte die Arme um sie und gestattete sich ihre eigenen Tränen. »Oh, Mom, ich kann mir nicht vorstellen, wie sehr dir Dad fehlt.«

Belle klammerte sich mit bebenden Schultern an sie. Hilflosigkeit lähmte Annabelle, und sie glaubte, ihr Herz bräche angesichts der Trauer ihrer Mutter. Aber dann schniefte Belle und löste sich aus der Umarmung. Sie versuchte sichtlich, ihre gedrückte Stimmung abzuschütteln. »Sieh mich nur an, was für ein Theater ich mache.«

»Mom«, sagte Annabelle, um sie zu beruhigen. »Du hast das Recht auf ein bisschen Theater.«

Belle zog eine silberne Kette aus dem Kragen ihrer Bluse. Annabelle stiegen neue Tränen in die Augen, als sie den Ehering ihrer Mutter an der Kette hängen sah.

»Ich dachte, ich wäre wieder verliebt, weil ich mich ganz wie ein Schulmädchen gefühlt habe«, murmelte Belle, während sie mit den Fingern über das abgetragene Band fuhr. »Vielleicht wollte ich nur, dass es so ist.« Sie presste die zitternden Lippen aufeinander und sagte: »Vielleicht bin ich nur eine alte Närrin.«

Seltsam, aber sie hatte immer geglaubt, ihre Mutter stünde über diesen einfachen emotionalen Bedürfnissen, die die meisten Frauen hatten. »Oh, Mom«, flüsterte sie und wischte ihrer Mutter die Tränen weg. »Du bist keine Närrin, du bist auch nur ein Mensch. Alle wünschen sich jemanden, den sie lieben können.«

Belle lächelte trotz ihrer Tränen. »Selbst du, Annabelle?«

Sie blinzelte und kämpfte um Worte, während sie das Bild von Clays spöttischem Lächeln aus dem Kopf verbannte. »Ich bin nicht dagegen immun. Ich will d-das auch. Irgendwann.«

Belle hob den Kopf, und ihr Blick wurde sanft. »Ich hatte schon angefangen zu glauben, deine Arbeit hätte dein Herz zu Stein werden lassen.«

Hatte sie das? Annabelle stellte sich dieselbe Frage. Hatte ihre Arbeit ihr Herz gegen die Möglichkeit, eine Liebe fürs Leben zu finden, versteinert? »Ich betrachte die Wahrscheinlichkeit, eine Langzeitbeziehung zu führen, nur etwas realistischer.«

»Du hast recht«, sagte Belle nickend. Sie putzte sich die Nase und schniefte. »Martin liebt mich nicht wirklich, sonst hätte er nicht so schnell aufgegeben. Ich glaube, er betrachtet meine Reise nach Michigan als sein Ticket in die Freiheit.«

Annabelle war dergleichen Meinung, sagte aber nichts. Sie wünschte sich allerdings, sie könnte ihrer Mutter einen Teil der Schmerzen abnehmen, die so deutlich spürbar waren.

Aber plötzlich änderte sich die Miene ihrer Mutter, und ihr Gesicht erstrahlte in einem Lächeln. »Aber ich hab solches Glück, dass ich dich habe«, sagte sie. Sie legte die Hände um Annabelles Gesicht. »Wir nutzen einfach die Zeit, die wir zusammen verbringen, um uns wieder näherzukommen. Das würde deinem Vater gefallen.«

Anna, versprich mir, dass du dich um deine Mutter kümmerst, wenn mir etwas zustößt.

»Ja«, stimmte Annabelle ihr zu, erleichtert, dass ihre Mutter auf dem Weg der Besserung zu sein schien.

»Jetzt werde ich erstmal zu Ende packen«, sagte Belle und wischte sich die Wangen ab. »Wenn du vom Einkaufen zurückkommst, gehen wir die Blumenzwiebeln durch, die ich noch in der Garage habe, und suchen welche für den Garten deines neuen Hauses aus.« Sie lächelte. »Clay fragt sich bestimmt schon, wo du bleibst.« Sie strich Annabelle eine Strähne hinters Ohr. »Zumindest scheint ihr beide Freunde geworden zu sein.«

Annabelles Herz schlug einen wilden Trommelwirbel. »Wir sind wohl kaum Freunde, Mom.«

Belle tätschelte ihr die Hand. »Dann eben freundlich miteinander. Ich bin froh, dass Martin und meine Meinungsverschiedenheiten keinen Keil zwischen euch getrieben haben.«

»Mom …«

Belle drehte sich um und hängte das Hemd ihres Vaters zurück zu der Winterkleidung im Schrank. Sie schloss die Tür und zeigte Annabelle ein gelasseneres Gesicht. »Wir haben auch keine Milch mehr, Liebes, aber eine kleine Packung reicht, weil wir ja bald wegfahren.«

Und genauso schnell war Belle, die Frau, verschwunden und Belle, die Mutter, stand wieder vor ihr.

»Natürlich«, sagte Annabelle, als sie sich aus dem Zimmer zurückzog. »Es dauert nicht lange.«

Sie ging durch das Haus, während die Gefühle, die in ihr tobten, sie ganz durcheinander brachten – Bedauern, Erleichterung … und etwas Undefinierbares.

Sie zog die Vorhänge vor dem Fenster im Wohnzimmer auf und war überrascht, als sie einen großen schwarzen Pick-up am Ende der Einfahrt sah, an dessen Steuer Clay saß. Sie lächelte. Der Mann steckte voller Überraschungen. Und in dem Augenblick erkannte sie voller Reue das andere Gefühl, das an ihr zerrte.

Vorfreude.

* * *

Clay machte es nichts aus zu warten, denn ihm graute davor, zugeben zu müssen, dass er sich bei ihr geirrt hatte. Henry hatte seinen Bericht über Annabelle Coakley noch nicht abgegeben, aber er glaubte allmählich, dass er die Frau falsch eingeschätzt hatte. Vielleicht wollte sie wirklich nur das Beste für ihre Mutter. Sie schien es ziemlich eilig zu haben, Belle nach Michigan zu bringen, weit weg von seinem Vater.

Aber sein Blick verdüsterte sich, als er an das Telefonat dachte, dass er unterbrochen hatte. War dieser Mike der wahre Grund, warum Annabelle so schnell nach Detroit zurück wollte?

Er massierte sich den Nasenrücken, als ihm eine weitere Ursache für den Stein einfiel, der sich auf sein Herz legte. Er entwickelte allmählich diese seltsamen Gefühle …

»Entschuldige, dass es so lange gedauert hat.«

Er fuhr beim Klang ihrer Stimme herum, die durch das heruntergefahrene Fenster drang. Sie öffnete die Tür, und er beugte sich hinüber, um ihr beim Einsteigen zu helfen, wobei er ihre schmale Hand nur sanft griff, um ihr nicht wehzutun.

»Danke«, sagte sie atemlos, als sie sich in den Sitz fallen ließ und die Tür fest zuzog. Er bemerkte erst, dass er noch immer ihre Hand hielt, als sie auf ihre verschränkten Finger starrte. Verlegen ließ er sie los. Sie stellte ihre Handtasche auf den Sitz zwischen ihnen und sah sich in der viertürigen Fahrerkabine um. »Was für ein Pick-up.«

Sie hatte das dunkle Haar zurückgebunden und bot ihm einen ungehinderten Blick auf ihr Profil – die wunderbar geformte Nase und das anmutige Kinn, geschwungene Brauen, hohe Wangenknochen. Sie trug eine kurze Jeans und ein ärmelloses, grünes T-Shirt mit einer gelben Sonnenblume auf der Brust. Make-up schien sie nicht aufgelegt zu haben, denn ihre Sommersprossen waren deutlich zu sehen. Die Frau strahlte förmlich vor Gesundheit, und ihn überkam das Bedürfnis, die Arme um sie zu legen, nicht im erotischen Sinne, sondern nur um sie festzuhalten, bis er diese beunruhigenden Gefühle, die sie in ihm wachrief, entwirrt hatte.

Obwohl ihn sein Gedankengang erschreckte, schaffte er es, sie anzulächeln. »Ich bin mir nicht sicher, ob das ein Kompliment war oder eine Beleidigung.«

Sie hob die Schultern zu einem halbherzigen Achselzucken, als sie von dem digitalen Kompass abgelenkt wurde, der an der Konsole über ihnen angebracht war. Es frustrierte ihn, dass er versuchte, sie in ein ernstes Gespräch zu verwickeln und sie davon nichts zu bemerken schien.

»Warum hast du überhaupt einen Pick-up?«, fragte sie. Sie wirkte und klang viel zu jung für eine Scheidungsanwältin.

»Der Pick-up ist praktisch, wenn ich Geräte zu dem Grundstück transportieren muss, das ich nördlich von hier gekauft habe.« Er ließ den Motor an. »Ich muss ein paar Papiere für den Gutachter rausfahren. Stört es dich, mitzukommen?«

Sie biss sich mit ihren weißen Zähnen auf die Unterlippe. »Ist es weit?«

Ärger stieg in ihm hoch. Sie hatte wichtigere Dinge zu erledigen, zum Beispiel packen, um endlich nach Detroit und zu Mike zurückzukommen. »Etwa zwanzig Minuten, aber ich fahr dich zum Supermarkt und zu deiner Mutter zurück, wenn du keine Zeit hast.«

Sie schürzte die rosigen Lippen und schüttelte den Kopf. »Das passt schon. Ich will sie nur nicht zu lange allein lassen. Danke, dass du mich fährst. Moms Auto macht's nicht mehr lange.«

Eine vage Sorge regte sich ihn ihm, als er sich erinnerte, dass Henry ihm davon erzählt hatte, wie die Frauen sich Luxuslimousinen vorführen ließen. Deutete sie an, dass sie ein neues Auto wollte? Bereute sie es, das Geld nicht genommen zu haben, das er ihr angeboten hatte?

»Wie geht es deiner Mutter?«, fragte er, als sie aus dem Viertel herausfuhren.

»Sie wird schon wieder«, antwortete sie beschwichtigend. »Sie hat praktisch zugegeben, dass sie Martin nur heiraten wollte, weil sie einsam war. Ich bin mir sicher, dass ihre kleine Romanze ihr Ende gefunden hat. Wie geht es deinem Vater?«

»Ähnlich. Er ist ein bisschen deprimiert, aber er scheint sich damit abgefunden zu haben, dass Belle ihn verlässt.« Er rutschte unruhig auf seinem Sitz hin und her, als ihn das Gefühl überkam, *ihm* würde etwas Wertvolles durch die Finger schlüpfen. »Dad meinte, er würde vielleicht sogar mit mir nach Paris kommen.«

»Du fliegst bestimmt schon bald zurück.«

Er nickte, wobei ihm plötzlich einfiel, dass er vergessen hatte, heute Morgen die Fluggesellschaft anzurufen. Es gab viel zu viele Dinge, die ihn ablenkten. »So bald wie möglich. Aber ich dachte, solange ich noch hier bin, kann ich auch ein paar Dinge auf der Farm erledigen.«

»Der Farm?« Sie sah ihn mit ihren dunklen Augen überrascht an.

Er lächelte. »Es ist keine richtige Farm, nur ein Platz, wo ich hinfahren kann, um den Kopf freizubekommen.« *Was ich jetzt ganz dringend brauche.*

Sie nickte und erwiderte nachdenklich: »Die Juraabteilung der Universitätsbibliothek.«

Er warf ihr einen Blick zu. »Wie bitte?«

»Die Juraabteilung der Universitätsbibliothek. Dort geh ich hin, um den Kopf frei zu bekommen.«

Es erstaunte ihn, wie leicht er sie sich in einem schwarzen Anzug und hochhackigen Schuhen und der Leopardenunterwäsche darunter vorstellen konnte. Nach und nach enthüllten sich ihm die verschiedenen Schichten der Annabelle Coakley. Allerdings nicht so wörtlich, wie er es sich in den Nächten ausmalte. »Hast du viel zu tun auf der Arbeit?«

Sie lachte herzhaft, aber es klang auch ein wenig Entrüstung darin mit. »Ich kümmere mich pro Monat um einhundert Scheidungsfälle.«

Er schüttelte den Kopf. »Klingt deprimierend. Warum hast du dich gerade dafür entschieden?«

Sie sah lange zum Fenster hinaus und sagte schließlich: »Weißt du, ich bin am Verhungern.«

Er blinzelte bei ihrem jähen Themenwechsel und fuhr ungewollt langsamer. »Wir können irgendwo anhalten und was essen.«

»Ein Drive-in reicht«, sagte sie. »Können wir uns auf deiner Farm irgendwo hinsetzen?«

Er betrachtete ihre schlanke Figur, die verführerisch zarte Haut, die funkelnden, goldenen Augen und verspürte ein unfassbares Verlangen, das Gaspedal bis zum Boden durchzutreten und so lange zu fahren, bis sie die Wirklichkeit hinter sich gelassen hatten. Der Drang, diese Frau … zu *erfahren*, mehr über sie herauszufinden, überwältigte ihn. Ihnen lief die Zeit davon.

»Clay?«

Er blinzelte. »Hm?«

»Ich hab gefragt, ob wir uns irgendwo hinsetzen können, wenn wir dort sind.«

Ihm wurde warm, und sein Magen verkrampfte sich vor Furcht und Vorfreude bei dem Gedanken, allein mit ihr zu sein. Eine verrückte, gefährliche Situation, vor der ihn seine Instinkte warnten. Er sollte sie einfach zum Supermarkt fahren, irgendwo Essen zum Mitnehmen bestellen und sie wieder nach Hause bringen. Und bisher hatte er seinen Instinkten immer vertraut.

»Clay?«

»Ich denke, wir werden dort ein schattiges Plätzchen finden können.«

KAPITEL VIERZEHN

Annabelle drehte sich einmal im Kreis, ehe sie sich wieder Clay zuwandte. »Wie hast du diesen Ort nur gefunden?«

Sein Lächeln wirkte wie das eines stolzen Kindes, als er die Tüte mit dem Essen auf einen riesigen, umgestürzten Baum stellte, der über und über mit dickem Moos bewachsen war. »Ich bin letztes Jahr ganz zufällig drüber gestolpert, als ich einer schlechten Wegbeschreibung zu einem Golfplatz gefolgt bin.« Er setzte sich rittlings auf den Baumstamm und öffnete die weiße Tüte. »Ich muss vermutlich nicht hinzufügen, dass ich meine Abschlagszeit verpasst habe.«

»Es ist himmlisch«, hauchte sie. Sie fühlte sich zum ersten Mal, seit sie Detroit verlassen hatte, richtig gut. Ein schmales Bächlein, über das sie mit einem Satz springen könnte, wand sich nur wenige Schritte von ihr entfernt um eine Sandbank. Weit über ihnen rieben sich schwere Kiefernäste aneinander, als wollten sie sich miteinander unterhalten. »Wie viel von diesem Land gehört dir?«

»So an die zehn Hektar.«

Sie atmete tief ein und genoss die nach Eukalyptus duftende Luft. Dann kehrte sie zu dem Baumstamm zurück und ließ sich ihm gegenüber darauf nieder. Unter den tief hängenden Zweigen des Blüten-Hartriegels kam sie sich wie ein Kind vor, wie sie die Beine so auf beiden Seiten des riesigen Baumes baumeln ließ, der vor vielen Jahren umgestürzt war. Ihr Blick fand seinen, und wieder durchströmte sie dieses eigenartige Gefühl der Verbundenheit.

Wahrscheinlich weil sie zusammen ihr Ziel erreicht hatten, die Hochzeit zu verhindern, nahm sie an. Dennoch beunruhigte sie die Ungestörtheit dieses abgeschiedenen Ortes, und sie bereute es, dass sie vorgeschlagen hatte, ihr Mittagessen hierher mitzunehmen. Die Form seines Kinns, der Rücken seiner Nase und der Bogen seiner Oberlippe waren ihr allmählich erschreckend vertraut. Er hatte in der vergangenen Nacht nicht gut geschlafen, und die Tatsache, dass sie das erkannte, bereitete ihr genauso viel Sorgen wie das Wissen, dass auch er wachgelegen hatte.

Sie senkte den Blick, um ihr Sandwich auszupacken, und bemühte sich um einen leichten Tonfall. »Dem dicken Stapel Papier nach zu urteilen, den du dem Mann gegeben hast, hast du wohl demnächst vor, mit dem Bauen anzufangen.«

Er packte sein Sandwich aus und runzelte die Stirn. »Hast du das ohne Tomaten?«

Sie sah nach. »Ja.«

Sie tauschten ihre Sandwiches, und ihr fiel auf, wie ungezwungen die Geste war. »Und?«, drängte sie nach einem Bissen. »Hast du vor zu bauen?«

Er zuckte die Achseln. »Irgendwann. Der Mann, dem ich die Papiere gebracht habe, arbeitet für das Forstamt. Er hilft mir, herauszufinden, wie ich einige der umgefallenen Bäume am besten durch einen Bambushain ersetzen kann, sodass ich ein paar der Materialien, die ich zum Bauen brauche, selbst anbauen kann.«

Sie rutschte auf dem Stamm hin und her, was ihr ohne Zweifel einen dauerhaften Moosfleck auf der kurzen Hose bescherte. Clay, der Naturbursche, passte nicht zu Clay, dem dauerfliegenden Workaholic, den sie sich in ihrem Kopf zusammengebastelt hatte. »Ich hatte den Eindruck, dass du nicht viel Zeit in Atlanta verbringst.«

»Das hängt davon ab«, erwiderte er, ohne aufzusehen.

»Wovon?«

Seine Wangenmuskeln arbeiteten, während er langsam kaute. »Dem Wetter … meinem Bankkonto.« Er sah hoch. »Und Dad.«

Sie tat so, als wäre sie von einem Pommes frites fasziniert, während sie nach Worten suchte, um die Frage zu stellen, die sie beschäftigte. »Gibt es sonst nichts, was dich an Atlanta bindet?«

»Ich bin lieber ungebunden«, antwortete er fast schroff und wischte sich mit einer Papierserviette den Mund ab.

Sie schluckte einen zu großen Bissen herunter. »Du bist bestimmt froh, wenn ich weg bin.«

Seine Augenbrauen hoben sich mehrere Millimeter.

Sie verbesserte sich hastig: »Ich meine, wenn ich Mutter nach Detroit mitnehme.«

Er betrachtete ihr Gesicht so lange, dass sie rot wurde und sich fragte, ob das wahnsinnige körperliche Verlangen nach ihm, das plötzlich in ihr aufwallte, so offenkundig war, dass er sie gleich auslachen würde. *Eine weitere Castleberry-Eroberung.*

Stattdessen aß er sein Sandwich auf, knüllte das Papier zusammen und warf es zurück in die Tüte, bevor er sich vorbeugte. »Wir wurden heute Morgen unterbrochen, als ich dir sagen wollte …«

Seine unerwartet sanfte Stimme fesselte sie und lullte sie ein. *Dass du dir wünschst, wir hätten uns unter anderen Umständen kennengelernt? Dass du nach einem guten Anwalt suchst, der dir hilft, deine Geschäfte in Paris zu Ende zu bringen?* »Als du mir was sagen wolltest?«

Sein Brustkorb dehnte sich, als er einatmete. »Dass ich deine Hilfe in der vergangenen Woche zu schätzen weiß.« Er lachte und warf die Hände in die Luft. »Wenn ich das gewusst hätte, hätte ich in Paris bleiben können.«

Ihr Magen drehte sich um. Sie hatte romantische Gedanken, und er dachte, es hätte auch nichts gemacht, wenn sie sich nie getroffen hätten. »Wenn du was gewusst hättest?«

Er nickte. »Wenn ich gewusst hätte, dass du die perfekte Person bist, um unsere Eltern davon zu überzeugen, wie unverantwortlich die Heirat ist.«

Vielleicht hatte er eine Geliebte in Paris. »Ich bin die perfekte Person?«

»Natürlich.« Er gestikulierte ausschweifend. »Du weißt besser als alle anderen, wie katastrophal eine Ehe enden kann.«

Was er sagte, stimmte. Sie hatte oft genug genau dasselbe behauptet. Warum taten ihr die Worte dann so weh? Der Appetit war ihr plötzlich vergangen, also wickelte sie ihr halb gegessenes Sandwich wieder ein und legte es zurück in die Tüte. »Nun, wir alle haben etwas, worin wir gut sind«, sagte sie mit einem glatten Lächeln und saugte an dem Strohhalm ihres Getränks.

Sein pechschwarzes Haar, das nach seinem morgendlichen Schwimmen leicht zerzaust getrocknet war, fiel ihm dicht und glänzend in die Stirn. Seine Brust- und Schultermuskeln füllten jeden Zentimeter des Baumwollhemdes aus, und sie sah eine dünne Narbe unter den dunklen, gekräuselten Haaren seines Unterarms. Seine großen Hände ruhten auf den Oberschenkeln – zumindest war das Rätsel um die Schwielen gelöst –, und sie konnte nicht umhin zuzugeben, dass sie noch nie einen körperlich attraktiveren Mann gesehen hatte. Spürte ihre Mutter dasselbe unverständliche Kribbeln, wenn sie seinen Vater ansah?

»Also …« Er breitete die Hände aus und lächelte. »Danke.«

Er dankte ihr dafür, dass sie ihren Zynismus über die Ehe verbreitete? Der Strohhalm in ihrer Limo gab mit einem lauten, schlürfenden Geräusch zu verstehen, dass diese gleich zur Neige ging. »Keine Ursache.«

Er lachte plötzlich. »Ich dachte gerade, dass es wirklich schade ist, dass wir nicht in derselben Stadt wohnen.«

Ihr Herz setzte kurz aus. »Warum?«

»Vielleicht würden wir uns dann hin und wieder über den Weg laufen.«

Deutete er an, dass er gerne mit ihr ausgehen würde? Sie lachte leise. »Ich bezweifle, dass wir uns in denselben Kreisen bewegen.«

Er warf ihr einen zweifelnden Blick zu. »In was für Kreisen, denkst du, bewege ich mich?«

Sie zuckte die Achseln. »Du weißt schon … in den oberen.«

Er schnaubte leicht. »Nur, wenn die Pflicht es verlangt. Ich bevorzuge interessantere Gesellschaft … wie deine.«

Plötzlich schienen die Bäume sie einzuengen, und die Geräusche vom Bach und den Insekten am Boden hallten ihr in den Ohren. Ihr Herz raste, und einen Augenblick lang fürchtete sie, dass sie eine Panikattacke bekäme. »Ich muss los«, presste sie heraus und sprang auf die Füße.

»Klar.« Er erhob sich mühelos, je ein langes Bein rechts und links vom Stamm, und hielt ihr eine Hand hin. »Geht es dir gut?«

Sie nickte, aber sie nahm seine Hilfe an, bis sie mit beiden Füßen auf dem Boden stand. Je eher sie gingen, desto eher konnte sie zu ihrer Mutter zurückkehren und packen, um aus Atlanta wegzukommen und endlich dieses Wirrwarr der Gefühle hinter sich zu lassen.

»Du hast ein Blatt im Haar«, sagte er mit seinem schiefen Lächeln und hob eine Hand, um es zu entfernen.

Angst regte sich in ihr, denn sie wusste, dass er sie wieder küssen würde, und sie wusste auch, dass sie es zulassen würde. *Unser letzter*, rechtfertigte sie sich, als er seine Lippen auf ihre senkte. *Und unser bester*, erkannte sie, als ihre Sinne erwachten. Nach einer Sekunde des Zögerns seufzte sie an seinem Mund, drängte sich gegen ihn und umklammerte mit den Fingern seine Oberarme.

Er umarmte sie so heftig, dass er sie förmlich von den Füßen hob. Er fuhr ihr mit den Händen über den Rücken und unter den Saum ihres Hemdes, um ihre Taille zu umfassen. Sie atmete scharf ein, als seine Daumen die nackte Haut über ihren Rippen liebkosten, nur wenige Zentimeter von ihren Brüsten entfernt. Er verteilte Küsse von ihrem Kinn bis zu ihrem Ohrläppchen, über ihren Hals, wo er zart an der Stelle knabberte, wo ihr Puls schlug. Sie bog sich gegen seinen festen Körper, schwelgte in seiner Größe, seiner Männlichkeit. Er zog sie an sich, und sie schmiegte sich an ihn. Sein Atem strich warm über sie, und er flüsterte ihren Namen, verhieß ihr Genüsse, die ihr Schauer über die bloße Haut sandten.

Sie versuchte, einen klaren Gedanken zu fassen, wirklich das tat sie. Eine vage Besorgnis regte sich, war aber nicht greifbar. Sie sollte ihn nicht küssen, sollte diese Dinge nicht empfinden, aber sie erinnerte sich nicht mehr daran, warum.

Im einen Moment standen sie mit aneinandergepressten Körpern aufrecht da, im nächsten hatte er sie auf das warme, trockene Gras gebettet, und sie lag willig und voller Verlangen unter ihm. Ihrer beider Lippen und Hände wurden fordernder. Er schob ihr Hemd hoch, sie zog seines aus dem Bund seiner Jeans, er senkte den Mund auf eine von hauchdünnem Leopardenstoff bedeckte Brust, sie fuhr mit den Händen über die Muskeln seines Rückens. Er zog ihren BH mit den Zähnen beiseite, sie griff tiefer, um seinen Gürtel zu öffnen. Ihr schwirrten die Sinne von der puren Lust … dieser Mann machte sie wahnsinnig … und sie konnte es kaum erwarten, ihn zu besitzen.

Die wachsende Ungeduld wurde von einem lauten Geräusch verdrängt, das schnell und abgehackt in ihren Ohren dröhnte. Er stöhnte und zog seine Lippen von ihren. Ihr wurde langsam klar, dass es eine Hupe war, die aus der Richtung tönte, aus der sie gekommen waren.

Clay wirkte nicht gerade glücklich, und sie schrak vor seinem Blick zurück, als sie auf die Erde zurückkam. Er atmete geräuschvoll aus und kam auf die Füße. Heiße Scham durchströmte sie, als sie ihre Kleidung zurechtrückte. Sie und Clay hatten sich verbündet, um ihre Eltern zu trennen, und hier rollten sie sich auf der Erde wie ein paar Teenager, die ihre Begierden nicht unter Kontrolle hatten.

»Es tut mir leid. Ich hab dem Typen gesagt, er soll hupen, wenn er was braucht«, sagte Clay, während er sie mit einer Hand hochzog.

»Geh schon vor«, brachte sie heraus, während sie ihm ihre Hände entzog und sich die Arme um die Mitte schlang. »Ich sammle noch unseren Müll ein und komme nach.«

Einige Sekunden lang betrachtete er ihr Gesicht, dann nickte er knapp und entfernte sich. Er ging an Büschen vorbei und durch Hügel aus rotem Lehm, um die sie auf ihrem Weg hierher einen Bogen gemacht hatten.

Sie zitterte, und der Kloß in ihrer Kehle wollte nicht verschwinden. Mühsam drängte sie die Tränen zurück, als sie ihm nachschaute. Fühlte ihre Mutter genauso, wenn sie Martin ansah? Verliebte sie sich etwa in Clay Castleberry? Der Gedanke erschien ihr zu unglaublich, um ihn fassen zu können. Schmerz bohrte sich in ihre Schläfen. Es spielte keine Rolle, rief sie sich ins Gedächtnis. Morgen um diese Zeit war er auf dem Weg zurück nach Paris und sie fast wieder in Detroit.

Ihr Lachen klang humorlos. Paris, Detroit. Passende Ziele, die ihr ihre unterschiedlichen Leben nur allzu deutlich vor Augen führten. Glanzvoll gegen glanzlos. Sie gab sich eine Minute lang dem Selbstmitleid hin, ehe sie den Blick von Clays Rücken löste, während der sich immer weiter von ihr entfernte.

* * *

Annabelle stand in der Warteschlange des Supermarkts und klopfte nervös mit dem Fuß auf den Boden. Der Gedanke, dass Clay auf dem Parkplatz auf sie wartete, machte sie noch unruhiger. Sie hatten kaum ein Wort miteinander gewechselt, seit sie die Farm verlassen hatten. Die Frau vor ihr an der Schnellkasse hatte dreimal so viele Artikel als laut Hinweisschild erlaubt waren. Oh, und natürlich wollte diese Person, nachdem sie schon gegen die Regeln verstoßen hatte, auch noch per Scheck bezahlen.

Sie kämpfte gegen ihre Ungeduld an und warf einen Blick auf die anderen Warteschlangen, die sich bis außerhalb ihres Blickfeldes erstreckten. Seit sie Atlanta verlassen hatte, war die Bevölkerung hier im Norden förmlich explodiert. Woher kamen all diese Leute?

Vermutlich Michigan, entschied sie, wo die grausamen Winter die Sehnsucht nach warmen, sonnigen Gefilden weckten.

Sie suchte nach etwas, um sich die Zeit zu vertreiben, und überflog die Schlagzeilen der Boulevardzeitungen, die auf Augenhöhe in den Regalen standen. Die U.S.-Regierung versuchte, die Goldader auf dem Mars geheim zu halten. Elvis schickte einer Frau in Memphis neue Liedtexte aus dem Jenseits. Und …

Ihre Augen traten hervor: *Casanova Castleberry schlägt wieder zu!* stand dort in fetten, roten Buchstaben, die ganze Geschichte auf Seite drei. Sie zerrte die Zeitschrift aus dem Regal und ließ dabei eine Rolle Fertigkeksteig fallen.

Sie überflog die Seite, und ihr Blick blieb an dem Bild von Belle und Martin hängen, die sich gegen den Picknicktisch lehnten, wo sie vor drei Tagen zum Essen zusammengesessen hatten. Sie umarmten sich in einem glühenden Kuss. Die Bildunterschrift lautete: »Ist diese geheimnisvolle Frau, die hier mit dem legendären Filmdarsteller Martin ›Casanova‹ Castleberry an einem Ausflugsziel in Atlanta kuschelt, dazu berufen, die sechste Mrs Castleberry zu werden? Laut den Gästen eines Restaurants in Atlanta gab Castleberry vor Ort seine Verlobung bekannt. Wie im Bild unten zu sehen verlustierte sich das Pärchen im Wald mit Martins Sohn, dem Geschäftsmann Clayton Castleberry, und einer anderen, unbekannten Frau. Wie der Vater, so der Sohn?«

Annabelle keuchte empört auf. *Verlustierte?* Wut stieg in ihr auf, und sie schnappte sich jede Ausgabe der Zeitschrift, die auf dem Regal lag.

* * *

Clay drehte auf der Suche nach etwas anderem als einem kitschigen Liebeslied am Radioknopf, aber es schien, als hätten sich die Radiowellen von Atlanta gegen ihn verschworen, um jedes ›Kann-ohne-sie-nicht-leben‹-Lied zu spielen, das je geschrieben worden war. Verärgert schaltete er die Musik aus und öffnete die Tür. Er hatte nie Probleme mit Klaustrophobie gehabt, aber plötzlich schienen ihm kleine Räume die Luft aus den Lungen zu saugen. Er schlug die Tür hinter sich zu und lehnte sich gegen das warme Metall des Pick-ups. Seine Augen wanderten zum Ausgang des Supermarktes in der Hoffnung, einen Blick auf sie erhaschen zu können … verdammt. Die Junisonne brannte auf ihn hernieder und glühte erbarmungslos die ernüchternde Wahrheit in sein Gehirn.

Er empfand etwas für Annabelle. Mehr als etwas, etwas Starkes, Besorgniserregendes. Seine Gefühle für sie gingen tiefer als einfaches Verlangen und hatten bereits ein Eigenleben entwickelt. Er konnte sich nicht erklären, wie und warum diese kleine Frau es geschafft hatte, den Schutzwall zu durchdringen, den er so sorgsam um sein Herz errichtet hatte, aber es war ihr gelungen. Er hatte nicht einmal gewusst, wie sehr er seine Gefühle im Zaum hielt, bis er sie getroffen hatte. Er war in seinem Leben schon mit vielen Frauen ausgegangen, aber er hatte sich nie so weit ablenken lassen, dass er seinen Appetit oder die Konzentration verlor, ganz besonders nicht von einer Frau, mit der er wenig mehr geteilt hatte als ein paar verstohlene Küsse. Aber er dachte ununterbrochen an sie, wollte sie sehen, Zeit mit ihr verbringen, sie berühren und wenn er nur ihre Hand hielt. War diese verwirrende, völlig unbekannte Empfindung etwa Liebe?

Hatte er sich in diese Frau verliebt?

Das Handy in seiner Tasche klingelte und bot ihm eine Gelegenheit, solch beunruhigenden Gedanken vorübergehend beiseite zu schieben. Er zog es heraus und sah Henrys Namen auf dem Bildschirm, ehe er den Anruf entgegennahm. »Was ist los, Henry?«

»Ich hab Neuigkeiten über die jüngere Coakley-Frau.«

Clay wischte sich den Schweißfilm von der Stirn. Was auch immer der Mann herausgefunden hatte, er musste es jetzt nicht mehr wissen. Annabelle und ihre Mutter kehrten nach Detroit zurück. Die Hochzeitspläne waren auf unbestimmte Zeit verschoben, und sein Vater würde ohne Zweifel einen neuen Zeitvertreib finden, bevor Belle zurückkam. Annabelle hatte gesagt, sie hätte kein Interesse am Geld seines Vaters, dass sie die Hochzeit genauso sehr verhindern wollte wie er, und er glaubte ihr … Oder nicht?

»Clay, bist du noch da?«

»Ja«, antwortete er knapp, während er immer noch zum Ausgang des Supermarktes starrte und nach Annabelle Ausschau hielt.

»Also, willst du die Information oder nicht?«

Er versuchte, aus dem Tonfall des Ermittlers etwas herauszuhören. Er musste etwas Belastendes gefunden haben, sonst hätte er doch bestimmt einfach gesagt, dass alles in Ordnung wäre. Und bevor er der Frau sein Herz zu Füßen legte, schuldete er es nicht sich selbst, herauszufinden, ob sie Geheimnisse hatte?

»Clay, Mann, hörst du zu?«

»Ja, na klar«, schnappte er. »Was hast du herausgefunden?«

»Jede Menge harmloses Zeug.«

Er atmete erleichtert aus.

»Von ein paar Dingen abgesehen«, fuhr Henry fort, was Clays Puls wieder einen Takt zulegen ließ. »Sie hat vor zwei Jahren zehntausend Dollar geerbt, als ihr Vater gestorben ist, aber ich konnte nicht herausfinden, wo das Geld geblieben ist. Vermutlich hat es ihr Studium finanziert. Ich hab deine Information, dass sie ein Haus kaufen wollte, geprüft, und konnte eine Kopie des Formulars beschaffen, auf dem sie die Quelle für die dreißigtausend Dollar Anzahlung angegeben hatte.«

Clay schlug das Herz bis zum Hals. »Und weiter?«

»Sie hat einen Typen namens Michael Horsh aufgeschrieben. Ich hab ihn mir etwas genauer angesehen, und der Mann ist vierundsiebzig, zweimal geschieden, war zweimal bankrott, scheint aber mit dem Café, das er jetzt besitzt, ganz gut Geld zu verdienen.«

Clays Kehle zog sich zusammen. *Mike.* »Haben sie eine Beziehung?«

Henry grunzte. »Schwer zu sagen. Die Coakley-Frau hat sich um seine letzte Scheidung gekümmert, und sie wohnen im selben Block. Laut einem Angestellten im Café ist sie dort quasi Stammgast. Mit ein bisschen mehr Zeit kann ich bestimmt eine Verbindung zwischen ihnen ausfindig machen, aber laut den beiden Formularen für eine Heiratserlaubnis scheint Horsh jüngere Frauen zu bevorzugen.«

»Oder sie ihn«, murmelte Clay.

»Jepp.«

Ihm schwirrte der Kopf, als er versuchte, die Information zu verarbeiten. Ein älterer Mann, der jüngere Frauen bevorzugte, zweimal geschieden und zweimal bankrott war, war einer von Annabelles Klienten und hatte ihr dreißigtausend Dollar für die Anzahlung ihres Hauses gegeben. Ein Blinder konnte sehen, dass sie diesen Horsh-Typen ausnahm.

Was vermutlich bedeutete, dass sie und ihre Mutter seinen Vater ebenfalls ausnehmen wollten. War die Verschiebung der Hochzeit eine List, um … was eigentlich? Die Entschlossenheit seines Vaters zu erhöhen? Um Martins Gefühle so zu manipulieren, dass er jeden Gedanken an einen Ehevertrag aufgab?

Er schluckte. Um auch *sein* Herz zu überlisten?

Seine Gedanken wurden unterbrochen, als Annabelle auftauchte. Ihr Haar wehte im Sommerwind, ihr Blick suchte ihn. Trotz der widerwärtigen Information über ihren aktuellen Schwindel in Detroit konnte er nicht verhindern, dass bei ihrem Anblick Schmetterlinge in seinem Bauch losflatterten. Alles in ihm sagte ihm, dass sein Argwohn unbegründet war, dass Henry sich irrte, dass diese unerklärliche Chemie zwischen ihnen ein natürliches Phänomen war und nicht das Ergebnis eines Plans, den sie ausgeheckt hatte.

»Clay?«, fragte Henry.

Er fuhr aus seinen Tagträumereien auf, aber sein Blick blieb an Annabelle haften. »Noch was?«, fragte er kurz.

»Ich grab weiter, wenn du mehr wissen willst.«

»Das genügt«, brachte Clay raus. »Schick mir die Rechnung.«

Er legte auf und beobachtete, wie sie näher schwebte. Sie bewegte sich geschmeidig und elegant wie eine Tänzerin … oder eine Geliebte. Er biss die Zähne aufeinander.

Weiter graben? Er wusste schon jetzt viel mehr, als er eigentlich wollte.

KAPITEL FÜNFZEHN

So sehr sie Clay auch das Foto vor die Nase halten wollte, zögerte sie doch, weil ein Teil von ihr den Hauch der Magie bewahren wollte, die sie nur wenige Momente zuvor auf der Farm geteilt hatten. Unlogisch? Und wie. Die Anwältin in ihr sah, wie verrückt ihre Gefühle waren, aber sie konnte ihre Fantasie nicht aufhalten, nicht, wenn Clay mit verschränkten Armen neben seinem Pick-up stand und so unglaublich gut aussah. Sie blinzelte.

Von dem finsteren Ausdruck auf seinem Gesicht einmal abgesehen. Der Mann konnte ganz schön düster wirken.

Wortlos nahm er ihr die Einkaufstüte ab und ging um das Auto herum, um ihr beim Einsteigen zu helfen. Seine Hände ruhten den Bruchteil einer Sekunde länger auf ihrer Taille, als nötig gewesen wäre, aber etwas, was sie nicht genau benennen konnte, verdrängte das Verlangen in seinem Blick und seiner Berührung. Anspannung? Wut?

Sie betrachtete seine Schultern, als er den Pick-up umrundete. Bereute er ihren Ausrutscher so sehr? Teilte er ihre Schuldgefühle, weil sie ihrer körperlichen Anziehung nachgaben, während sie gleichzeitig versuchten, ihre Eltern auseinander zu bringen? Sie befeuchtete die Lippen, die sich zu gut an seinen Mund erinnerten, der sich auf ihren presste. An das Gefühl seiner Hände und seiner Lippen, die intime Stellen ihres Körpers berührten.

Er stellte die Tasche auf den Sitz zwischen ihnen und schloss mit etwas zu viel Schwung die Tür. Sie rutschte unruhig hin und her. Er ließ den Motor an und zeigte mit dem Kopf auf eine der

Zeitschriften, die aus dem Beutel ragten. »Ich hätte nie gedacht, dass du diese Klatschblätter liest.«

Sein Verhalten war ihr ein Rätsel, und sie schürzte die Lippen. »Sie haben ein Foto von unseren Eltern veröffentlicht, auf dem sie sich küssen.«

Er runzelte die Stirn. »Wo?«

»Auf den Mund.«

»Ich meine, wo wurde das Bild aufgenommen?«

»Oh. Als wir wandern waren. Ich hab dort keinen Fotografen gesehen. Du?«

Er warf ihr einen Blick zu, ehe er Gas gab und auf die Straße fuhr. »Die einzige Person, die Fotos geschossen hat, warst du.«

Sie keuchte. »Warum um Himmels willen sollte ich ein Foto machen und es einem Schundblatt wie diesem zuspielen?«

Er hob eine dunkle Augenbraue. »Um die Lüge aufrechtzuerhalten, dass du gegen diese Ehe bist.«

»Was?« Sie presste eine Hand an ihre Schläfe. »Hab ich was verpasst?«

»Ja«, sagte er ruhig. Sein Blick wanderte kurz zu ihr hinüber, ehe er ihn wieder auf die Straße richtete. »Ich habe gerade einen Anruf erhalten.«

Sie war so verwirrt, dass sie kaum denken konnte. »Von wem?«

»Von jemandem, der von deinen Geschäften mit Michael Horsh weiß«, antwortete er mit harter Stimme.

Alarmglocken schrillten in ihren Ohren, und Hitze überzog ihre Wangen. »Wer? Und was hat meine Freundschaft mit Michael Horsh damit zu tun?«

Seine Wut schien den Sauerstoff im Führerhaus des Pick-ups zu verdrängen. »Die Tatsache, dass du einem alten Mann dreißigtausend Dollar aus den Rippen geleiert hast, um dir ein Haus zu kaufen, ist ziemlich bedeutsam in dieser Situation.«

Sie starrte ihn ungläubig an. »*Was?*«

Er hielt eine Hand hoch. »Du brauchst es gar nicht erst abzustreiten, Frau Anwältin. Du hast die zweite Scheidung des Mannes verhandelt, und er ist pleite, aber trotzdem schafft er es, das Geld aufzubringen, das du brauchst. Und ich nehme an, er ist derselbe ›Mike‹, mit du verlobt sein sollst.«

Sie konnte nur sprachlos den Kopf schütteln. Woher wusste er diese Dinge über sie und ihren Freund Michael? Plötzlich kannte sie die entsetzliche Antwort: »Du hast jemanden beauftragt, in meinem Privatleben rumzuschnüffeln?«

»Ich musste meinen Vater schützen.«

Eine unsichtbare Hand drückte ihr das Herz zusammen, und Enttäuschung durchbohrte sie wie ein Pfeil. Ein Vorhang schien sich zwischen ihnen gesenkt zu haben. Was für eine Närrin sie doch gewesen war. Er empfand nichts für sie, er wollte nur die dysfunktionale Integrität der Castleberry-Familie erhalten. Warum sollte sie ihm alles erklären, wenn er so entschlossen war, nur das Schlimmste von ihr zu glauben? Die Erkenntnis traf sie tief, aber zumindest wusste sie jetzt, was sie von ihm zu halten hatte.

Ihr war schwindelig, aber sie weigerte sich, in Tränen auszubrechen. Sie wandte den Kopf und sah zum Fenster hinaus. Wenn man etwas für jemanden empfand, brachte das nur Kummer. Warum hatte sie nicht auf sich selbst gehört? Und auf Clay. Schließlich hatte der Mann nur allzu deutlich gemacht, was er von Langzeitbeziehungen hielt. *Ich glaube nicht an Happy Ends.*

Warum sollte es sie also kümmern, dass er ihr nicht vertraute? Dass er das Schlimmste von ihr dachte? Sie hatten nicht gerade auf ein Ende wie im Märchen zugesteuert. Sie hatte recht gehabt, nach Atlanta zu kommen, um ihre Mutter zu retten, und je eher sie und Belle nicht mehr in der Nähe der Castleberry-Männer waren, desto besser.

»Hast du nichts dazu zu sagen?«, drängte er sie mit harter Stimme.

Sie fühlte sich gedemütigt. Wut stieg in ihr auf, als sie sein arrogantes Profil wieder ansah. »Doch. Mein erster Eindruck von dir war richtig: Du bist verachtenswert.« Sie blinzelte heftig. Sie würde *nicht* weinen.

Er lachte humorlos. »Du bist nur sauer, weil du erwischt wurdest, Coakley.« Seine Stimme war tief und herablassend.

Es fiel ihr immer schwerer, die Tränen zurückzuhalten. Sie biss sich auf die Zunge.

»Etwa nicht?«, reizte er sie.

Wie hatte sie nur glauben können, dass sie eine besondere emotionale und körperliche Verbindung hatten? »Glaub doch, was du willst«, sagte sie mit erstickter Stimme.

Seine Kiefermuskulatur spannte sich, entspannte sich und spannte sich wieder. »Tu nicht so, als hättest du nicht gewusst, dass mein Vater vor Kurzem zu viel Geld gekommen ist.«

Sie versuchte, den Kloß in ihrer Kehle runterzuschlucken. »Ich habe es gewusst. Aber wenn Geld mich motivieren würde, denkst du nicht, dass ich dann dein Geld angenommen hätte?« Es bereitete ihr große Mühe, ruhig zu klingen. Wenigstens waren sie fast zu Hause.

»Nicht, wenn du glaubst, aus der Ehe mehr rausschlagen zu können.« Er bremste und fuhr in das Viertel, in dem ihre Mutter wohnte.

»Wenn das der Fall wäre«, sagte sie, bemüht, Ruhe zu bewahren, »warum hätte ich dann den Streit anzetteln sollen, der dazu geführt hat, dass sie die Hochzeit abblasen?«

»Vielleicht versuchst du, mich und meinen Vater zu zermürben. Damit wir den Gedanken an einen Ehevertrag vergessen.«

Sie sah ihn aus schmalen Augen an. »*Dich* und deinen Vater?«

Er fuhr noch langsamer, um in die Straße abzubiegen, in der ihre Mutter wohnte. »Ich bewundere die Teamarbeit«, erklärte er sarkastisch. »Den Wechsel zwischen heiß und kalt, das Flirten.«

»Flirten?« Sie rückte näher an die Tür, so weit entfernt von ihm wie möglich. Sie wollte nur noch weg von ihm. Sofort.

Er trommelte mit dem Daumen auf das Lenkrad. »Ich war beinahe schon so weit zu glauben, dass du doch anständig bist, dass du wirklich nicht vorhast, meinen Vater auszunehmen.«

Sie vergaß ihre verletzten Gefühle, als heiße Wut sie durchströmte. »Wie kannst du es wagen?«, brach es aus ihr heraus. Ihre Stimme bebte, und sie fürchtete, sie würde jeden Moment in Tränen ausbrechen. »Weder du noch dein Vater habt irgend etwas, was mich oder meine Mutter auch nur im Entferntesten interessieren würde.«

Er brachte den Wagen zum Stehen und zeigte auf das Haus ihrer Mutter. »Nicht mal einen weißen Jaguar mit roten Ledersitzen?«

Sie folgte seinem Blick, öffnete die Tür und sprang auf die Straße. »Mom?«

Belle und Martin saßen in dem funkelnden Cabrio in der Einfahrt und stießen mit Tulpengläsern voller Champagner an. Eine riesige, goldene Schleife schmückte die Motorhaube des Wagens. Ihre Mutter sah hoch und quietschte auf, als sie sie erblickte. Sie winkte ihnen zu und rief: »Sieh mal, was Martin mir gekauft hat, Liebes! Ist es nicht traumhaft?«

Annabelles Ungläubigkeit wurde nur von ihrer Enttäuschung übertroffen. Der grüne Gebrauchtwagen, den sie für Belle besorgt hatte, würde daneben vollkommen verblassen. Schlimmer noch: Sie konnte Clays hämische Freude spüren, obwohl er auf der anderen Seite des Pick-ups stand. Martins großzügiges Geschenk würde Clays Argwohn nur verfestigen. Belles Freude über die Versöhnung leuchtete unübersehbar auf ihrem Gesicht, was Annabelles Bedauern nur noch steigerte. Die Frau war wirklich wahnsinnig und unwiderruflich verliebt.

Eine Nanosekunde lang beneidete Annabelle sie.

»Mom«, sagte sie, als sie mit zitternden Knien zu ihr hinüberging. »Was geht hier vor?«

»Die Hochzeit findet doch statt!« Belle strahlte. »Morgen früh in der Kapelle, nur wir vier!«

* * *

Clay betrachtete die Szene, schloss die Augen und zählte bis zehn. Es war genau so, wie er befürchtet hatte, und sein Vater spielte den Coakley-Frauen direkt in die Hände. Seine Wut wurde noch geschürt, als er daran dachte, wie kurz davor er gestanden hatte, ihnen zu glauben … zu hoffen … *verdammt.* »Dad«, sagte er, als er auf das Paar zuging. »Wir müssen reden.«

»Nicht jetzt, Sohn«, winkte Martin ab.
»Doch, jetzt«, beharrte er.
»Clay, du verhältst dich unhöflich«, tadelte sein Vater ihn.
»Und du wirst reingelegt«, sagte er und zeigte auf die Frauen. »Henry hat sich über sie informiert, und du solltest wissen, was er herausgefunden hat.«
Belle sah seinen Vater an. »Martin, worum geht es hier?«
Martins Gesicht war hochrot angelaufen. »Clay …«
»Lass mich ausreden.« Clay hob eine Hand. Er ertrug es plötzlich nicht mehr, die hinterhältige, junge Frau anzusehen, die so mühelos seinen Schutzwall durchbrochen hatte. »Annabelle hat vor Kurzem dreißigtausend Dollar von ihrem siebzigjährigen Verlobten in Detroit erhalten, einem Mann namens Michael Horsh.«
»Was?«, keuchte Belle. »Annabelle, wovon redet er?«
Sie schwieg so lange, dass er sie schließlich ansah. Ihr Anblick gab ihm keine Befriedigung. Sie umschlang mit den Armen ihren Körper und wirkte erschöpft.
»Mr Castleberry«, sagte sie emotionslos, »Sie scheinen die Informationen, die Ihr Ermittler über mich ausgegraben hat, missverstanden zu haben. Michael Horsh ist der Vater meiner Anwaltsgehilfin und guten Freundin, Michaela. Oder Mike, wie ich sie nenne.«
Mike. Ein leises, alarmierendes Klingeln ertönte in seinem Kopf, ähnlich wie damals, als er Annabelle für die zukünftige Frau seines Vaters gehalten hatte. »Warum sollte ihr Vater dir dreißigtausend Dollar geben?«, fragte er selbstgefällig.
Sie presste ein paar Sekunden lang die Lippen aufeinander, dann seufzte sie. »Weil ich ihm vor zwei Jahren zehntausend Dollar als Startkapital für ein Geschäft geliehen hatte, das er aufziehen wollte.«
»Annabelle, deine Erbschaft?«, fragte Belle.
Sie nickte.
»Das war ziemlich riskant.«
Sie setzte ein schmales Lächeln auf. »Ich hielt es für eine gute Investition, was es am Ende ja auch war. Ich habe mein Geld verdreifacht.«

»Warum hast du das nie erwähnt?«, fragte ihre Mutter.

»Weil ich wusste, dass du dir Sorgen machen würdest.«

»Aber von welchem Verlobten hat er gesprochen?«, fragte Belle.

Clay spitzte triumphierend die Lippen. Jetzt hatte er sie.

Annabelle rollte die Schultern und räusperte sich, ehe sie antwortete. »Es gibt keinen Verlobten.«

Belle und Martins Blicke richteten sich wieder auf ihn.

»Was ist mit dem Ring?«, fragte Clay und zeigte auf den Diamanten an ihrem Finger.

»Das ist der Ring, den Annabelles Vater mir geschenkt hat«, antwortete Belle. »Ich hab ihn ihr gegeben, als sie hergekommen ist.«

Er sah Annabelle an. »Aber du hast gesagt …«

»Habe ich nicht. Du hast dir etwas zusammengereimt, und ich habe dich lediglich in dem Glauben gelassen.«

Sein Nacken wurde heiß. »Aber du bist zum Juwelier gegangen, um herauszufinden, wie viel der Ring wert ist, den Vater Belle gegeben hat.«

Ihre Eltern sahen wieder zu Annabelle.

»Ja, weil ich dachte, er wäre falsch«, erwiderte sie seufzend. »Und ich dachte, wenn Mom wüsste, dass er unecht ist, dann wüsste sie auch, dass sie deinem Vater nicht trauen kann.«

»Unecht?«, fragte Belle, als sie auf ihren Ring sah.

»Ist er nicht«, erwiderte Annabelle und ging zu ihrer Mutter hinüber, die auf dem Beifahrersitz saß. »Der Juwelier meinte sogar, er sei von ungewöhnlich hoher Qualität.« Sie sah Martin an und sagte: »Ich muss mich entschuldigen, ich habe dich falsch eingeschätzt.« Dann blickte sie zu Clay, dessen Inneres sich zusammenzog. »Allerdings scheint es, als hätte ich mich in deinem Sohn nicht geirrt.«

Sein Blick heftete sich auf ihre goldenen Augen, und in nur zwei Sekunden sah er, wie das, was hätte sein können, schwand und sich schließlich völlig in Luft auflöste. Er wollte etwas sagen, aber seine Kiefermuskeln waren wie gelähmt, und die Zunge schien ihm am Gaumen zu kleben. Sie wandte den Blick ab und lächelte ihre Eltern bittersüß an, während sie die Hand ihrer Mutter tätschelte. »Ich will nur, dass du glücklich bist, und ich kann sehen, dass das der Fall ist.«

»Ja, Liebes, ich bin glücklich.«

Annabelle lächelte. »Dann habt ihr meinen Segen.«

Belles Augen wurden plötzlich feucht. »Danke, Annabelle.«

»Ich sage deinen Flug nach Detroit ab.«

»Kannst du nicht noch ein paar Tage bleiben?«

»Ich muss nach der Feier ins Büro zurück. Mike – ich meine Michaela – erwartet mich.«

Clay drehte sich der Magen um, aber eine Bewegung auf der Straße lenkte ihn ab. Ein älteres Modell einer grünen Luxuslimousine war in die Einfahrt eingebogen, und ein neueres Auto mit dem Schild eines Gebrauchtwagenhändlers auf der Tür parkte dahinter.

Ein Mann stieg aus dem grünen Wagen. »Ist das das Haus der Coakleys?«

»Ja«, antwortete Belle verdutzt.

»Ich hab hier eine Lieferung für Belle Coakley.«

Belle sah Annabelle an. »Das ist das Auto, was wir beim Autohändler Probe gefahren sind.«

Annabelle nickte mit einem schiefem Lächeln. »Ich hab's dir gekauft, Mom. Ich wusste nicht …« Sie zeigte auf den Jaguar. »Das heißt, es ist nichts im Vergleich zu Martins Geschenk.«

Clay schloss die Augen. Das erklärte, warum die Frauen Luxusautos ausprobiert hatten. Henry hatte vergessen, ihm zu sagen, dass es gebrauchte Wagen waren, vermutlich zu bescheidenen Preisen. Vielleicht hatte Henry es ihm auch gesagt, und er hatte es einfach nicht gehört.

»Unsinn, ich liebe es«, sagte Belle, die ihr Glas seinem Vater gab und aus dem Cabrio ausstieg.

»Keine Sorge, Mom. Der Autohändler wird mir das Geld zurückerstatten. Außerdem hätte ich dich fragen sollen.«

Belle biss sich auf die Unterlippe und streichelte Annabelles Gesicht. »Es ist eine wunderbare Geste, Liebes, aber ich bin eine erwachsene Frau und kann mich um mich selbst kümmern.«

Annabelle lächelte entschuldigend. »Ich sag dem Mann, dass wir unsere Meinung geändert haben.« Sie ging zum Bordstein hinüber.

Clays Brust zog sich zusammen, als er sah, wie sie den Verkäufer anlächelte und wie der Mann auf sie reagierte. Er beugte sich zu ihr vor und nickte verständnisvoll. Er hielt beim Händeschütteln ihre Hand viel zu lang. Clay tat einen Schritt in ihre Richtung, ehe er innehielt und sich streng zurechtwies. Was machte er denn da?

»Erledigt«, sagte Annabelle zu ihrer Mutter, als sie die Einfahrt wieder rauf kam. Sie gab Belle einen flüchtigen Kuss. »Und jetzt kümmere ich mich besser um die Flugtickets.«

Sie drehte sich um, um nach drinnen zu gehen, und endlich fand Clay seine Stimme wieder. »Annabelle, warte.«

Sie hielt mit einem Fuß auf der unteren Stufe inne, drehte sich aber nicht um.

Er ging mit klopfendem Herzen auf sie zu. »Warum …« Seine Stimme klang rau, und er räusperte sich, ehe er ihren Arm berührte. Ihre Haut war weich, aber kühl. »Warum hast du mich in dem Glauben gelassen, du wärst verlobt?«

In ihrem Blick lag Spott, und sie schien über seine Schulter an ihm vorbei zu sehen. »Ich dachte, du würdest mich in Ruhe lassen, wenn du denkst, ich wäre verlobt«, murmelte sie so leise, dass nur er sie hören konnte. Sie entzog sich seiner Berührung, ging die Treppe hoch und verschwand im Haus ihrer Mutter.

Bei ihren Worten verkrampfte sich sein Magen, und er griff nach dem Geländer, um ihr nicht nachzulaufen. Sie fand ihn so widerlich? Was kümmerte es ihn überhaupt? Er biss die Zähne aufeinander und wirbelte herum, wo ihn zwei Augenpaare vorwurfsvoll anstarrten.

Martin schüttelte den Kopf. »Diesmal bist du zu weit gegangen, Clay.«

Frustration, Wut und Schuldgefühle stürzten auf ihn ein, und er erwiderte mit viel zu lauter Stimme: »Ich hab es für dich getan, Dad.« Er klammerte sich stur an seinen eigentlichen Grund. Es verletzte seinen Stolz, dass sein Vater nicht sehen konnte, was für

Opfer er gebracht hatte, um ihn vor einer weiteren Landmine zu bewahren.

»Vielleicht«, sagte sein Vater, der aus dem Auto stieg und die Tür langsam schloss. »Gott weiß, dass ich nicht immer die beste Gesellschaft bevorzugt habe, aber es ist offensichtlich für mich, und das sollte es auch für dich sein, was für ein Glück ich habe, dass Belle mich haben will.« Er lächelte sie zärtlich an, aber als er ihn wieder ansah, verhärtete sich sein Gesichtsausdruck. »Um ehrlich zu sein, glaube ich manchmal, dass du dich in mein Leben einmischst, um dich davon abzulenken, wie unglücklich du bist.«

Clay hob bei der absurden Behauptung seines Vaters das Kinn. »Mein Leben ist völlig in Ordnung«, sagte er zwischen zusammengebissenen Zähnen heraus. »Dass du versuchst, den Spieß umzudrehen, zeigt nur, dass du wieder einen Fehler machst.«

Nach allem, was er wusste, könnten Annabelle und ihre Mutter diese ganze Erklärung ersonnen haben, falls ihr Plan aufgedeckt wurde. Verzweiflung legte sich auf sein Herz. Tief in seinem Innern wusste er, dass das keinen Sinn ergab, nicht einmal in seinen eigenen Augen. Wenn Annabelle keine hinterhältige, kaltherzige, selbstsüchtige und geldgierige Frau war, dann war sie eine intelligente, warmherzige, fürsorgliche Tochter. Er war noch nicht bereit, zuzugeben, dass er ihre Beweggründe völlig falsch eingeschätzt hatte. Und ihr Herz. Und ihre Küsse.

Sein Vater wirkte reumütig. »Es tut mir leid, dass du das so siehst, Sohn, denn Belle und ich hätten gerne auch deinen Segen.«

Er drückte das Kreuz durch, nur darauf bedacht, sich von dieser chaotischen, komplizierten Affäre zu distanzieren. Sollte sich sein Vater doch allein durchschlagen. Er hatte die Nase voll.

»Ich werde so schnell wie möglich nach Paris zurückfliegen«, sagte er abrupt. Er machte auf dem Absatz kehrt und ging zu seinem Pick-up zurück, entschlossen, die Zweifel hinter sich zu lassen, die nach seinen Fersen schnappten.

KAPITEL SECHZEHN

Clays düstere Stimmung folgte ihm bis in seine Wohnung. Selbst der Anblick der frisch gestrichenen, weißen Wände munterte ihn nicht auf. Die Wohnung wirkte kalt und steril, die Möbel formell und abweisend. Er lief durch das Fünfzimmerluxusapartment, goss die vernachlässigten Pflanzen und öffnete Fensterläden, um Licht hereinzulassen.

Eigenartig, aber all diese Einrichtungsgegenstände, die der Innenarchitekt so sorgfältig ausgewählt hatte, um die Wohnung gemütlicher zu machen, schienen die entgegengesetzte Wirkung zu haben. Die Ledersessel, die Tischplatten aus Granit, die Zinnstatuen – er hätte genauso gut in einem Ausstellungsraum stehen können. Hier gab es keine Familienandenken, keine Antiquitäten oder sentimentalen Nippes. Keine Fotos, außer dem von seiner Mutter in einem silbernen Rahmen auf einem Tisch im Flur – einer seiner wenigen Beiträge zur Dekoration. Diese karge Wohnung war kein Zuhause, es war die Unterkunft eines Langzeitgastes.

Er gab dem Bedürfnis nach, weiter finster vor sich hin zu starren, während er die Post durchging – kein einziger persönlicher Brief – und schaltete den Laptop an, in der vergeblichen Hoffnung, sich in die Arbeit versenken zu können. Er stöberte durch eine Reihe wichtiger E-Mails von ungeduldigen Klienten und trat sich innerlich in den Hintern. Wäre er doch nur in Paris geblieben, dann hätte er das Geschäft mit den Investoren abschließen können, und vielleicht sogar noch ein weiteres. Viel wichtiger noch: Er wäre Annabelle Coakley nie begegnet.

Annabelle Coakley, mit den Augen einer Löwin und den Sommersprossen auf der Nase und den Grübchen in den Wangen. Und ihren glühenden Küsse, die einen Genuss versprachen, den er noch nicht erlebt hatte. Ihr betörend schönes Gesicht, das sanft und verletzlich oder auch hochrot vor Wut sein konnte. Eine Anwältin, die für wenig Geld und noch weniger Respekt bis spät in die Nacht arbeitete. Eine liebevolle Tochter, die ihren Vater vermisste und entschlossen war, ihre Mutter zu beschützen. Er hatte sie unterschätzt und daher nicht ernst genommen, und am Ende hatte sie ihm mehr Kummer bereitet, als er ihr je hätte machen können. Eigentlich hatte er sich den Kummer selbst eingebrockt, weil er sie bei jeder Gelegenheit aufgestachelt hatte.

Er hatte mit dem Gedanken gespielt, Henry anzurufen und ihn zu bitten, Annabelles Erklärung für ihre Beziehung mit dem älteren Mann in Detroit und dem Geld, das er ihr gegeben hatte, zu überprüfen. Aber jetzt, da er Abstand zu der ganzen Situation hatte, wusste er in seinem Herzen, dass es die reine Wahrheit war. Etwas in ihrem Blick, als sie sagte: »Ich dachte, du würdest mich in Ruhe lassen, wenn du denkst, ich wäre verlobt«, hatte ihn tief getroffen.

War er wirklich so schrecklich? Er lehnte sich in dem Stuhl zurück und rieb sich mit Zeigefinger und Daumen über die Augen. Wenn er daran dachte, wie er sie empfangen hatte, wie er sie mit Geld hatte dazu bringen wollen zu verschwinden und sie unsanft geküsst hatte, konnte er ihr keine Vorwürfe machen. Als sie nach Atlanta gekommen war, hatte sie das Schlimmste von den Castleberrys geglaubt, und sein Verhalten seither hatte ihre Meinung nur bestätigt. Obwohl seine späteren Küsse weniger bedrohlich gewesen waren, hatte sie dennoch entschlossen Abstand von ihm gehalten. Sie hatte seine Küsse geduldet – vielleicht sogar genossen –, aber sie traute ihm nicht. Respektierte ihn nicht.

Mochte ihn nicht mal, von Liebe ganz zu schweigen.

Er verzog das Gesicht, als sich das Wort formte, das schon seit Stunden in seinem Hirn herumgeisterte. Diese absurden Empfindungen … Schuldgefühle? Sicher. Reue? Vielleicht. Aber Liebe?

Um ehrlich zu sein, glaube ich manchmal, dass du dich in mein Leben einmischst, um dich davon abzulenken, wie unglücklich du bist. Was für ein Unsinn. Er war total glücklich. Total. Er stand vom Schreibtisch auf und ging in die Küche, um sich ein kaltes Bier zu holen. Danach zog ihn etwas in den Flur, wo das Bild seiner Mutter auf ihn wartete, die zu ihm hoch lächelte wie der Filmstar, der sie einst gewesen war.

Was wusste er schon von Liebe. Er hatte nur die vagen Erinnerungen an seine Mutter. Er nahm ihr Foto und betrachtete ihre Augen, während er sich wünschte, sie würde wenigstens einen kleinen Teil ihrer Weisheit in sein Herz und seinen Verstand geben.

»Du würdest sie mögen, Mutter. Sie ist klug, schön und von mir völlig unbeeindruckt, genauso wie du es von Dad warst.«

Sie lächelte, und er konnte sich vorstellen, wie sie ihm zustimmend zunickte.

»Wie kann ich wissen, ob ich sie liebe?«, flüsterte er.

Sie lächelte weiter, und plötzlich fielen ihm ihre Worte ein, als sie ihn eines Abends ins Bett gebracht hatte. Sie trug einen silberfarbenen Morgenmantel, und ihr Haar umrahmte ihr sanftes Gesicht.

»Ich liebe dich, Clay.«

Ihre Worte hatten ihn mit Freude erfüllt, und er wollte, dass sie noch länger auf seinem Bettrand sitzen blieb. »Warum liebst du mich, Mommy?«

»Weil dein Herz nach meinem ruft«, sagte sie, während sie sich vorlehnte und ihre Nase an seiner rieb.

Er schloss die Augen und biss sich auf die Lippen. Rief Annabelles Herz nach seinem? Er lachte bitter. So, wie er sie behandelt hatte, waren Verwünschungen das Einzige, was ihr Herz seinem zurief. Er kannte nichts, womit er diese prickelnden Gefühle vergleichen konnte, die ihn quälten, aber er wusste, dass ein großer Teil davon Schuldgefühle waren und eine schwindelerregende Dosis Verlangen.

Er hob die Bierflasche an seinen Mund. Aber Liebe?

Nein. Nicht er. Außerdem hatte er gerade einen wichtigen Geschäftsabschluss gefährdet, um herzukommen und seinen Vater davon zu überzeugen, dass die Ehe nur eine Farce war. Was für ein Narr musste er sein, dass er sich verliebte, während er versuchte, die Hochzeit seines Vaters zu verhindern?

Ein ziemlich großer. Er hatte seine Karriere und seinen Ruf nicht aufgebaut, indem er sich wie ein Idiot verhielt. Er nahm einen Schluck aus seiner Flasche. Nein, er hatte sich ganz sicher nicht verliebt.

»Ich liebe sie nicht«, sagte er laut wie zur Bestätigung.

Seine Mutter lächelte.

»Auf keinen Fall«, sagte er weniger nachdrücklich. »Und um es zu beweisen, werde ich die Fluggesellschaft anrufen. Wenn diese sogenannte Hochzeit stattfindet, werde ich schon in Paris sein, weit weg von Annabelle Coakley.«

Er war sich nicht sicher, aber einen Augenblick lang glaubte er, das Lächeln seiner Mutter wäre blasser geworden.

* * *

»Also findet die Hochzeit doch statt?«, fragte Michaela.

»Ja, morgen.«

»Du klingst resigniert.«

»Das bin ich auch«, sagte Annabelle mit einem Seufzer. »Mom wird es gut gehen. Ich denke, ich habe ihr Urteilsvermögen unterschätzt.« Es war ihr eigenes Urteilsvermögen, wie es schien, dem man nicht trauen konnte.

»Ich fasse es nicht, dass sich der Sohn als so ein Blödmann herausgestellt hat.«

»Ja.« Ihr Herz zog sich bei der Erinnerung an seinen Blick noch immer zusammen, als er ihr vorwarf, sie würde versuchen, ihn und seinen Vater zu betrügen, und andeutete, sie hätte sich an ihn rangemacht, damit er weniger wachsam war. Er hatte keine Ahnung, was diese Küsse und intimen Momente und persönlichen Enthüllungen sie gekostet hatten. Riet sie nicht jeden Tag Frauen, sich nicht von ihren Gefühlen leiten zu lassen? Was für ein großartiges Vorbild sie doch war.

»Annabelle?«

Sie lenkte ihre Aufmerksamkeit wieder auf das Telefonat. »Hm?«

»Ich sagte: Lass dich nicht von ihm nerven. Ich meine, es ist ja nicht so, als ob es dich kümmert, was er von dir hält, nicht wahr?«

Annabelle biss sich auf die Unterlippe. Mike hatte den Nagel auf den Kopf getroffen – es störte sie nicht so sehr, dass Clay sie hatte überprüfen lassen, sondern dass er aus den Indizienbeweisen so schnell die schlimmsten Schlüsse gezogen hatte. Sicher, sie hatte auch nicht gerade das Beste von ihm angenommen, als sie sich das erste Mal begegnet waren, aber in den letzten Tagen, als sie ihn näher kennengelernt hatte, hatte sich ihre Meinung über ihn geändert. Sie hatte geglaubt, sich allmählich in ihn zu verlieben, hatte sich eingebildet, sie hätten eine besondere Verbindung. Was für ein Witz, denn seine Meinung von ihr hatte sich offensichtlich gar nicht geändert. Bei dem Gedanken, dass er an diesem Nachmittag auf seinem Grundstück mit ihr geschlafen hätte, obwohl er so wenig von ihr hielt, drehte sich ihr der Magen um. Und bei dem Gedanken, dass sie es zugelassen hätte, wurde ihr schlecht.

»Nicht wahr, Annabelle?«

»Richtig.«

»Geht's dir gut? Du klingst seltsam.«

»Mir geht's gut. Ich ruf dich an, wenn ich wieder in der Stadt bin.«

»Okay«, erwiderte Mike zögernd. »Ich hab ein schlechtes Gewissen, weil ich dich noch aufgezogen habe, dass du dich in diesen Typen verknallen sollst. Ich schätze, ich hab mich gewaltig in ihm geirrt.«

»Schlechtes Urteilsvermögen scheint es gerade im Überfluss zu geben.«

Mike schwieg. »Gibt es etwas, was du mir sagen willst, Boss?«

Wie scharfsinnig von ihr. »Nein, nichts. Wir sehen uns bald.«

Sie legte auf und suchte einer plötzlichen Eingebung folgend das Foto, das sie beim Wandern von Clay gemacht hatte, wo er sich gegen einen Stein lehnte und untypischerweise überrascht aussah.

Die Tatsache, dass der Mann es nicht gewöhnt war, unvorbereitet erwischt zu werden, machte das Bild zu etwas Besonderem, denn eine kurze Sekunde lang erschien Clay Castleberry … entblößt. Verletzlich. Zugänglich. Rückblickend hingegen war der Gesichtsausdruck nur eine Sinnestäuschung gewesen.

Sie fühlte Trauer und Wut und Verlangen, während ihr Finger über der Löschen-Taste schwebte. Aber in der letzten Sekunde konnte sie sich nicht dazu durchringen – was sie noch mehr beunruhigte.

Der Raum wurde in das Mondlicht des späten Abends getaucht. Die gedämpften Geräusche der schwülen Nacht drangen durch das offene Fenster – Zikaden, Nachtvögel und gelegentlich das Geräusch eines vorbeifahrenden Autos. Das tiefe Brummen eines Flugzeugmotors dröhnte in der Ferne, und sie fragte sich, ob Clay schon in der Luft war. Es war wahrscheinlich, wenn sie an seinen überstürzten Rückzug vorhin dachte. Und es wäre so am besten. Sie seufzte, streckte sich auf ihrem Bett aus und drückte sich ein Kissen an die Brust.

Sie hatte gute Gründe, glücklich zu sein. Schließlich heiratete Belle einen Mann, der sie wirklich gern hatte. Wenn sie nach Detroit zurückkehrte, musste sie sich keine Sorgen darüber machen, dass ihre Mutter allein und nicht sicher war. Sie war davon überzeugt, dass ihre Mutter das Herz am rechten Fleck hatte, und auch wenn Belles zweite Ehe keinerlei Ähnlichkeit mit ihrer ersten haben würde, hatte auch sie das Recht, sich verändert zu haben.

Schließlich, dachte Annabelle unglücklich, veränderten sich alle Frauen. Sie schloss die Augen. Hatte sie selbst sich etwa nicht verändert? War sie nicht auf der Suche nach einer Konfrontation nach Atlanta gekommen? Unfähig zu glauben, ihre Mutter hätte sich in so kurzer Zeit verlieben können? Nun konnte sie sich an die eigene Nase fassen – hatte sie doch innerhalb weniger Tage ihr Herz verloren, noch dazu an einen Mann, der sie praktisch verachtete. Oh, er hatte ihr in der Hitze eines aufgeladenen Moments ein paar Küsse gestohlen, aber nur, um zu beweisen, dass er sie kontrollieren konnte. Eine Träne lief ihr über die Wange. Er freute sich vermutlich diebisch, während er auf dem Weg zurück nach Paris in der ersten Klasse saß und darüber grinste, wie leicht er sie doch dazu gebracht hatte, seine Berührungen zu akzeptieren – sich sogar danach zu sehnen.

Ihre Mutter hatte sich zumindest in einen Mann verliebt, der ihre Gefühle erwiderte. Sie hingegen hatte sich in einen kaltherzigen, zynischen, hinterhältigen, herablassenden Mann verliebt, der ihre Liebe nie schätzen, geschweige denn annehmen würde. Clay Castleberry hatte es mehr als deutlich gemacht: Ihre Liebe für ihn war Verschwendung. Unbegründet und unerwünscht.

Warum konnte sie ihn also nicht aus ihrem sonst so logischen Verstand verbannen?

Als es an der Tür klopfte, setzte sie sich auf und rieb sich die feuchten Augen. »Ja?«

Das sanfte Gesicht ihrer Mutter erschien im Türrahmen. »Annabelle, Liebes, geht es dir gut?«

Sie setzte ein breites Lächeln auf. »Ich hab nur ein wenig Kopfschmerzen, von der ganzen Aufregung, nehme ich an.«

Belle kam zu ihr und nahm neben ihr auf der Bettkante Platz. »Aufregung, das trifft es. Ich kann mich nicht erinnern, wann das letzte Mal in so kurzer Zeit so viel passiert ist.«

»Hast du schon gepackt?«

»Ja, hauptsächlich kurze Hosen und dünne Kleider. Auf Hawaii wird es noch wärmer sein als hier.« Das Lächeln ihrer Mutter war Balsam für ihr wundes Herz. »Danke, Liebes.«

Verdutzt fragte sie: »Wofür?«

»Dafür, dass du uns heute deinen Segen gegeben hast. Mehr als alles andere auf der Welt wünsche ich mir, dass du dich für mich freust.«

»Das tue ich, Mom. Ich glaube, dass ihr beide, du und Martin, zusammen glücklich sein werdet.«

Belle neigte den Kopf. »Selbst ohne Ehevertrag?«

Sie lächelte. »Selbst ohne Ehevertrag.«

Ihre Mutter nahm Annabelles linke Hand in ihre und betrachtete den Verlobungsring, den sie dreißig Jahre lang getragen hatte.

»Ich bin froh, dass du deine Meinung über Martin geändert hast, aber ich wünschte, du könntest auch irgendwann deine Meinung über die Ehe ändern.«

Annabelle biss sich auf die Zunge, um Tränen des Selbstmitleids zu unterdrücken. Wenn ihre Mutter nur wüsste, dass sie sich nach einem Mann verzehrte, dessen Interesse an ihr sich nur in verbotenem Fummeln äußerte. »Mutter, ich bin der Idee nicht so abgeneigt, wie du vielleicht denkst«, sagte sie vorsichtig. »Ich habe nur noch niemanden gefunden, der so gut zu mir passt, wie Martin zu dir zu passen scheint.«

Ihre Mutter räusperte sich. »Es klingt vielleicht weit hergeholt, aber Martin und ich hatten irgendwie gehofft, dass sich zwischen dir und Clay etwas Romantisches entwickeln würde.«

Annabelle stockte der Atem.

»Aber nach seinem fürchterlichen Auftritt heute sehe ich, dass wir uns geirrt haben.« Sie tätschelte Annabelle die Hand. »Martin nimmt es ihm sehr übel.«

Annabelle schüttelte den Kopf. »Ich mache Martin keine Vorwürfe für das Verhalten seines Sohns. Ich habe«, fügte sie mit belegter Stimme hinzu, »genau wie Clay nach einer Möglichkeit gesucht, die Hochzeit zu verhindern.«

Belle gluckste. »Wenigstens gibst du deinen Fehler zu. Clay scheint daran festhalten zu wollen, das Schlimmste zu denken, und ich mag niemanden, der meine geliebte Tochter so falsch einschätzt.«

Ein warmes Gefühl der Geborgenheit legte sich um Annabelle, und sie erkannte, wie albern der Gedanke doch gewesen war, hier reinzustürmen und ihre Mutter retten zu wollen. Belle war der Felsen, das Fundament, auf das ihre Familie sich stützte. Die Ironie, die in der Bitte ihres Vaters lag, sich um ihre Mutter zu kümmern, zeigte, wie gut Belle die Illusion genährt hatte, dass sie von ihnen abhängig war. Selbst Annabelle hatte es geglaubt. Aber jetzt, als sie in die weisen blauen Augen ihrer Mutter blickte, erkannte sie, dass sie sich glücklich schätzen durfte, wenn sie eines Tages dieselbe Stärke und Fähigkeit zu lieben besitzen würde wie ihre Mutter.

»Ich hab dich lieb, Mom«, flüsterte sie.

Ihre Mutter beugte sich vor und berührte mit ihrer Stirn Annabelles. »Und ich hab dich lieb.« Belle zog sich zurück und strich Annabelle das Haar aus dem Gesicht. »Es bedeutet mir so viel, dass du bleibst und bei der Zeremonie morgen dabei bist.«

Reue regte sich in ihrer Brust. »Ich bin froh, dass du mich noch dabei haben willst, nach dem ganzen Ärger, den ich verursacht habe.«

»Natürlich möchte ich dich dabei haben. Und Martin auch. Ich denke, dadurch schmerzt Clays Rückkehr nach Paris nicht so sehr.«

Annabelle senkte den Blick und biss sich auf die Zunge, um den Kloß der Gefühle nicht zu spüren, der sie fast erstickte.

»Keine Sorge, Liebes, du musst den Mann nie wieder sehen.«

Ihre Mutter hatte die Angst ausgesprochen, die in ihrem Hinterkopf herumspukte, seit sie Clay das letzte Mal am Fuße der Treppe gesehen hatte. Sie presste die Lippen zusammen, und ihr schmerzte der Kiefer vom dauernden Zähnezusammenbeißen, aber sie konnte die Tränen nicht zurückhalten, die auf ihre Wangen fielen.

Die Augen ihrer Mutter wurden groß und dann wieder schmal. »Annabelle, hier geht es doch um mehr als nur verletzte Gefühle, nicht wahr?«

Sie nickte kläglich.

Belle beugte sich vor, nahm ein Taschentuch aus der Box auf ihrem Nachttisch und hielt es ihr hin. »Erzähl es mir.«

Annabelle wischte sich die Augen, putzte sich die Nase und tat einen befreienden Atemzug. »Es gibt eigentlich nichts zu erzählen. Ich habe Clays Interesse missverstanden.«

»Interesse?« Ihre Mutter schürzte die Lippen. »Ich verstehe. Du hast dich in ihn verliebt?«

Annabelle hob die Schultern. »Ich glaube, ich habe mich in die *Idee* verliebt. Vernarrt, vielleicht, in einen Mann, der anders ist als alle anderen, die ich kenne.«

Belle räusperte sich zaghaft. »Hat er … hast du … ?«

Annabelles Augenbrauen schossen in die Höhe. »Oh, nein. Was die ganze Sache noch verwirrender macht, denn wir haben kaum Zeit miteinander verbracht. Aber ich hatte gedacht, ich würde ihn allmählich kennenlernen. Ich dachte …« Sie lachte voller Selbstironie. »Ich hab mich völlig übernommen, und dabei wohl den Verstand verloren.«

Belle neigte den Kopf. »Ich weiß, dass du verletzt bist, aber jemandem sein Herz zu öffnen ist nichts, wofür man sich schämen muss. Die Tatsache, dass Clay deine Gefühle nicht erkennt, ist sein Problem.«

»Du klingst verdächtig nach einer voreingenommenen Mutter.«

Belle lächelte. »Ich glaube nicht, dass du Clays Verhalten persönlich nehmen solltest, Liebes. Martin sagt, er hat schon immer eine abweisende Persönlichkeit gehabt, wenn es um Frauen ging. Aber wenn es dich tröstet: Martin hat auch gesagt, dass die Art, wie Clay dich angesehen hat, ihn hoffen ließ, dass er sich eines Tages doch an jemanden binden könnte.«

Annabelle verzog den Mund. »Offenkundig hat er nur meine Schwächen ausgelotet.«

Ihre Mutter streichelte Annabelle die Wange. »Ich freue mich, dass du deinen Humor wiedergefunden hast.«

Sie fühlte sich tatsächlich ein kleines bisschen besser. Nachdem sie ihr mangelhaftes Urteilsvermögen in Bezug auf Clay zugegeben hatte, löste sich die Enge in ihrer Brust. Sie lehnte den Kopf gegen das Kopfende des Bettes und unterdrückte ein Gähnen.

»Zeit fürs Bett«, sagte Belle, die plötzlich wieder ganz die Mutter war, aufstand und an der Bettdecke zupfte. »Ich kann ja nicht zulassen, dass meine Brautjungfer morgen mitten während der Zeremonie einschläft.«

Sie lächelte zu ihrer Mutter hoch und kostete diesen intimen Moment aus. »Mom, warum, glaubst du, habe ich mich ausgerechnet in Clay verliebt und warum ausgerechnet jetzt?«

Belles Augen funkelten, als sie die Bettdecke bis unter Annabelles Kinn zog. »Das ist das große Rätsel der Liebe: Du findest sie, ob du nun bereit bist oder nicht.«

Sie schluckte. »Aber sie tut weh.«

»Das muss sie auch, sonst würdest du sie gar nicht bemerken.« Belle beugte sich vor und küsste sie. »Aber die Sonne wird auch morgen wieder aufgehen.«

»Ich hoffe, dass es morgen für die Hochzeit schön wird.«

Belle lächelte. »Das wird es, ganz gleich, welches Wetter herrscht.« Sie flüsterte ihr noch Gute Nacht zu und ging leise zur Tür.

Voller Bewunderung fragte Annabelle sich, wann ihre Mutter in Herzensangelegenheiten so weise geworden war. »Danke, dass du mir zugehört hast, Mom.«

»Gern geschehen. Versuch, ein wenig zu schlafen.«

Die Tür schloss sich, und Annabelle begann pflichtbewusst, Schafe zu zählen. Sie schuldete es ihrer Mutter, an einem der glücklichsten Tage in ihrem Leben nicht mit geschwollenen Augen und gebrochenem Herzen wie jemand auszusehen, der gerade sitzen gelassen worden war. Sie schniefte. Nach dem morgigen Tag konnte sie allerdings für nichts mehr garantieren.

KAPITEL SIEBZEHN

Es war ein herrlicher Tag, und Belle war in dem pinkfarbenen Kleid und mit weißen Blumen im Haar eine wunderschöne Braut.

Martin sah in seinem schwarzen Anzug geradezu verwegen aus, und Annabelle erinnerte sich an den Tag, an dem sie dabei zugesehen hatte, wie Clay ein ähnliches Jackett anprobiert hatte. An dem Tag, als er sie vor sicherer Demütigung und möglichem Ruin bewahrt hatte. Der Tag, an dem sie zum ersten Mal angefangen hatte, ihn in einem anderen Licht zu sehen. Rückblickend hatte er sie vermutlich für eine Diebin gehalten und war nur eingeschritten, um den Namen seines Vaters aus dem Vorfall herauszuhalten. Ihr wurde ganz heiß vor Scham, wenn sie daran dachte, wie sie alles, was der Mann getan hatte, völlig missverstanden hatte. Mühsam kehrte sie in die Gegenwart zurück und zwang sich zu einem Lächeln, als der Pfarrer sie alle bat, vorzutreten.

Sie gab ihrer Mutter einen schnellen Kuss und umarmte Martin. Er lächelte sie bedauernd an, was ihr verriet, dass ihre Mutter ihm das Ausmaß ihrer Gefühle für seinen Sohn anvertraut hatte. Der Arme, sein Blick wanderte immer wieder zur Kirchentür, vermutlich in der Hoffnung, dass Clay doch noch auftauchen würde.

Aber es sollte nicht sein.

Da die Hochzeitsgesellschaft nur aus der Braut, dem Bräutigam, dem Pfarrer, dem Organisten, dem Fotografen und Annabelle bestand, verzichteten sie auf den Hochzeitsmarsch, aber Annabelle stiegen dennoch die Tränen in die Augen, als die Musik einsetzte. Ihr Herz floss über vor Liebe zu ihrer Mutter, süßen Erinnerungen an ihren Vater und der Hoffnung, eines Tages auch jemanden zu finden, mit dem sie ihr Leben teilen konnte. Wer hätte gedacht, dass der Besuch in Atlanta ihr solche Dinge offenbaren würde? Als der Pfarrer die Zeremonie begann, ließ sie ihren Tränen freien Lauf.

»Liebe Anwesende, wir haben uns am heutigen Tage hier versammelt, um die Verbindung zwischen Martin Castleberry und Belle Coakley zu bezeugen. Die Ehe ist ein heiliger Bund, den man nicht leichtfertig eingehen sollte, sondern mit Ehrfurcht und Liebe.«

Belle und Martin lächelten einander an und hielten sich an den Händen. Mit einem plötzlichen Aufwallen von Zärtlichkeit entschied Annabelle, dass ihr Vater die Hochzeit gutheißen würde, dass er glücklich wäre, weil Belle nicht mehr alleine war, nicht mehr einsam.

»Wer einen Einwand gegen diese Hochzeit vorzubringen hat, der möge jetzt sprechen oder für immer schweigen.«

»Stoppt die Hochzeit!«

Annabelle drehte sich mit allen anderen um, als Clays dröhnende Stimme ertönte. Der Organist hämmerte ein paar falsche Töne in die Tasten, dann herrschte Stille.

Clay stand am anderen Ende der Kirche. Er trug Reisekleidung, legere Hosen und ein Hemd. Sein Gesicht wirkte wie eine reglose Maske. Annabelles Herz schlug schneller, aber der Freude folgte Ärger, dass er eine Szene machen und seinem Vater diesen Tag verderben musste.

Der Pfarrer betrachtete ihn über den Rand seiner Brille hinweg. »Wer sind Sie?«

»Ich bin sein Sohn«, antwortete Clay, während er auf sie zuschritt. »Und ich kann nicht mit gutem Gewissen zusehen, wie diese Hochzeit durchgeführt wird …«

»Clay …«, setzte Martin an.

»Ohne meinem Vater meinen Segen zu geben.«

Annabelle atmete überrascht ein.

Clay blieb vor Martin stehen und lächelte ihn entschuldigend an. »Wenn du ihn denn annimmst.«

Auf Martins Gesicht breitete sich ein strahlendes Lächeln aus, und er klopfte Clay auf den Rücken. »Du machst mich zu einem sehr glücklichen Mann, mein Sohn. Ich bin so froh, dass du hier bist.«

Die Männer umarmten sich herzlich, und über die Schulter seines Vaters warf Clay ihr einen Blick zu. Sie freute sich für Vater und Sohn, aber ihre Versöhnung änderte nichts an den Vorwürfen, die er ihr gemacht hatte, oder an dem, was er von ihr hielt. Sie wandte den Blick ab, und ihre Wangen brannten unter den getrockneten Tränen.

Als der Pfarrer mit der Zeremonie fortfuhr, versuchte sie sich auf die Worte zu konzentrieren, aber sie spürte Clays Anwesenheit so deutlich wie an dem ersten Tag im Zug vom Flughafen. Er bedrängte ihren Geist und ihren Körper. Ihr brannten die Augen, und das Atmen fiel ihr immer schwerer, aber sie vermied es, ihn auf der anderen Seite des Gangs anzusehen.

Sie drängte den Pfarrer innerlich, sich zu beeilen, aber der Mann schien sie für das kleine Publikum entschädigen zu wollen, indem er dem glücklichen Paar viele frohe Botschaften, weise Worte und Gebete mit auf den Weg gab. Schließlich erklärte er sie zu Mann und Frau. »Sie dürfen die Braut jetzt küssen.«

Annabelle trat einen Schritt zurück, damit der Fotograf ein schönes Bild machen konnte, und stieß mit jemandem zusammen. »Entschuldigung«, murmelte sie, und noch ehe sie sich umgedreht hatte, wusste sie instinktiv, dass es Clay war. Sie wappnete sich gegen seinen intensiven Blick und schaute auf.

»Es war meine Schuld«, sagte er, während er sie mit seinen blauen Augen ansah. »Kannst du mir verzeihen?«

Sie zauberte ein kleines Lachen aus dem Nichts. »Es war nur ein kleiner Stoß – nichts passiert.«

Er presste die Lippen zusammen. »Ich meinte alles. Dieses ganze Chaos habe ich allein verursacht. Ich habe mich abscheulich verhalten, und ich würde dir keine Vorwürfe machen, wenn du nie wieder mit mir reden würdest.«

Er wollte also, dass sie Freunde blieben oder zumindest freundlich miteinander umgingen. Ihren Eltern zuliebe, keine Frage, aber sie wollte lieber nicht so tun als ob. Je mehr Zeit sie mit Clay verbrachte, desto eher würde er bemerken, dass ihre Gefühle für ihn mehr als nur ›freundlich‹ waren. Und sie hatte sich schon genug von ihm demütigen lassen.

»Dann sind wir uns also einig«, sagte sie leichthin. »Ich werde nicht mit dir reden, und du wirst es mir nicht vorwerfen.«

Er zuckte zusammen. »Das habe ich verdient. Aber wenn du nicht mit mir reden willst, dann hör mir bitte zu. Es tut mir leid, dass ich an dir und deinen Beweggründen gezweifelt habe. Ich bin so sehr daran gewöhnt, von Menschen umgeben zu sein, die ihre ganz eigenen Ziele verfolgen, dass ich vergessen habe, dass es tatsächlich noch ehrliche, liebevolle Menschen auf der Welt gibt.«

Sie schluckte schwer.

»Ich wollte glauben, dass du zu den Dingen fähig bist, die ich dir vorgeworfen habe, weil ich einen Grund gesucht habe, das zu ignorieren, was ich für dich empfinde.«

Ihr Herz schlug wie verrückt, aber sie verbot ihrer Fantasie, mit ihr durchzugehen. Er wollte nur, dass sie höflich miteinander umgingen. Er nahm ihre Hand und drückte sie sanft. Bei seiner warmen, aber kräftigen Berührung vergaß sie alle Missverständnisse und abscheulichen Worte. Mit schwerem Herzen erkannte sie, dass sie jede Freundschaft annehmen würde, die er ihr anbot, und dass sie ihre Gefühle für ihn tief in ihrem Herzen verschließen würde. Vielleicht könnte sie ihn irgendwann als guten Freund betrachten. Zumindest mussten sie sich nicht als Feinde gegenüberstehen.

»Du hast mal gesagt, dass ich in meinem Beruf ein besserer Kuppler wäre«, sagte er. »Dass ich erkennen könnte, wenn zwei Menschen zusammengehören.«

Er hob ihre Hand einen kurzen Augenblick lang an seine Lippen, und ihre Augen weiteten sich überrascht – und erwartungsvoll.

»Ich glaube, dass du und ich zusammengehören, Annabelle, und selbst wenn du nicht dasselbe empfindest, musste ich zurückkommen und dir meine Gefühle gestehen. Es ist das Mindeste, was ich tun kann nach dem, wie ich dich behandelt habe.« Seine

Brust hob sich, als er tief einatmete, dann lächelte er sie so liebevoll an, dass ihr die Augen feucht wurden. »Dein Herz ruft nach meinem, Annabelle. Gott weiß, ich verdiene keine zweite Chance, aber wenn du mir eine gewährst, wäre ich der glücklichste Mann der Welt.«

Gefühle schnürten ihr die Kehle zu. Die Worte, die sie herausbrachte, klangen heiser und zögerlich. »Aber du hast gesagt, du glaubst nicht an Happy Ends.«

Er fasste ihr unters Kinn und betrachtete ihr Gesicht. »Ich liebe dich, Annabelle. Empfindest du etwas Ähnliches für mich?«

Sie schluckte schwer und nickte unter Tränen. »Ja.«

Er atmete erleichtert aus. »Dann glaube ich daran.« Er senkte den Kopf, und ihre Lippen trafen sich in einem intensiven Kuss, der so verheißungsvoll und leidenschaftlich war, dass sie die Kirche und das Publikum um sich herum vergaß, bis schließlich die Stimme ihrer Mutter zu ihr durchdrang.

»Annabelle!«

Sie trennten sich gerade rechtzeitig, dass Annabelle sehen konnte, wie etwas auf sie zuflog. Es war reiner Instinkt, dass sie die Hände danach ausstreckte … und den Brautstrauß ihrer Mutter auffing.

EPILOG

Annabelle hob ihr Champagnerglas zu Belle und Martin. »Alles Gute zum Hochzeitstag!«

»Dem schließe ich mich an«, sagte Clay, der mit ihr auf das einjährige Jubiläum ihrer Eltern anstieß. Mit der freien Hand drückte er Annabelles Schulter.

Sie lächelte den Mann an, den sie von ganzem Herzen liebte. Überrascht bemerkte sie, wie sich eine Anspannung um seine dunkelblauen Augen gelöst hatte, derer sie sich gar nicht bewusst gewesen war. Dann verstand sie. Obwohl Clay die Hochzeit ihrer Eltern von ganzem Herzen unterstützt und seither keine Zweifel mehr geäußert hatte, musste er tief im Innern besorgt gewesen sein, dass sein Vater Belle enttäuschen und sein Versprechen ihr gegenüber – ihnen allen gegenüber – brechen würde. Ohne dass sie es wusste, hatte er wohl diesen Tag, den ersten Hochzeitstag ihrer Eltern, im Geiste vermerkt, denn keine von Martins Ehen nach der ersten hatten so lange gehalten. Dass Clay innerlich den Atem angehalten hatte, zerriss ihr förmlich das Herz. Er wollte seinem Vater so sehr vertrauen.

Und jetzt konnte er es.

Als Martin zu ihnen hinüberkam, um seinen Sohn zu umarmen, entließ Annabelle ihn glücklich, dankbar, dass Vater und Sohn im vergangenen Jahr eine Beziehung zueinander entwickelt hatten, wie Clay sie sich immer gewünscht hatte.

Belle umarmte sie fest. »Ich bin so froh, dass du hier bist, Liebes.«

»Ich hätte es um nichts in der Welt verpassen wollen, Mom.«

»Wir alle zählen die Tage, bis dein Arbeitsvertrag mit dem Staat ausläuft.«

»Noch dreiundvierzig Tage«, lachte Annabelle. Auch sie zählte, und ihre Nervosität stieg mit jedem Tag, den sie im Kalender abstrich.

Belle warf Clay einen Blick zu. »Clay kann es gar nicht abwarten, bis du endlich frei bist.«

Annabelle errötete. »Wir haben noch nicht darüber gesprochen, was passiert, wenn der Vertrag ausläuft. Mir gefällt mein Haus, und es läuft gerade wirklich gut. Er kommt fast jedes zweite Wochenende, und wenn er in Europa ist, skypen wir.«

»Dennoch ist es nicht dasselbe, wie die ganze Zeit zusammen zu sein.«

»Ich weiß«, sagte Annabelle, »aber ich bin mir nicht sicher, ob wir uns wirklich in dieses Minenfeld wagen sollten.« Ihr Magen verkrampfte sich bei der Lüge. Eigentlich war sie sich nicht sicher, ob Clay seine Abneigung der Ehe gegenüber abgelegt hatte. Sie wusste, dass er sie liebte, aber heiraten – das war etwas völlig anderes. Ihr war in letzter Zeit aufgefallen, dass er sich anders verhielt. Er war stiller geworden und wirkte geistesabwesend, was sie einem wichtigen Geschäft zuschrieb, das er unter Dach und Fach bringen wollte und das einen Großteil seiner Zeit in Anspruch zu nehmen schien. Aber wenn sie ihn danach fragte, wollte er ihr keine Details nennen und gab vor, es wäre vertraulich. Bei seinen letzten Besuchen hatte sie ihn dabei ertappt, wie er den Kalender anstarrte, an dem sie die Tage ihres Vertrags abzählte. Fühlte er sich unter Druck gesetzt?

Stellte er ihr Happy End in Frage?

Um die Wahrheit zu sagen, hatte sie ihre eigenen Zweifel die Ehe betreffend und ob sie dafür geeignet war. Sie konnte sich nicht vorstellen, nicht den Rest ihres Lebens mit Clay zu verbringen … aber sie erfuhr auch jeden Tag aus erster Hand, wie sehr die Ehe die Menschen veränderte.

Aber zum Glück nicht Martin und Belle, die sich jetzt noch mehr liebten als vor einem Jahr.

»Was für eine hübsche Torte«, sagte Annabelle und nickte zu der bunt dekorierten Sahnetorte hinüber, die auf dem Tisch neben dem Pool stand, wo sie grillten.

»Die Nelsons haben sie uns gebracht«, erwiderte Belle. »Sie sind die besten Nachbarn, die Martin und ich uns wünschen können.«

Annabelle lächelte, froh darüber, dass die junge Familie, die jetzt in dem Haus wohnte, in dem sie aufgewachsen war, Martin und Belle gewissermaßen als Großeltern adoptiert hatte.

Besonders weil sie wusste, dass sich beide nach eigenen Enkeln sehnten.

Sie hob ihr Glas für einen weiteren Schluck Champagner, als sie sich selbst sagte, dass sie heute an nichts anderes als an diesen schönen Tag denken sollte.

»Lasst uns die Steaks auf den Rost werfen«, sagte Martin, während er zu dem riesigen Grill hinüberging, den er immer in Beschlag nahm, wenn sie draußen aßen. Clay gab sich heute besondere Mühe, seinem Vater behilflich zu sein. Annabelle versuchte, sich nicht vernachlässigt zu fühlen, weil er ihr bei diesem Besuch aus dem Weg zu gehen schien. Heute ging es schließlich nicht um sie und ihre Beziehung.

Sie schob ihre Sorgen beiseite und gab sich Mühe, den Abend zu genießen. Belle und Martin planten einen längeren Aufenthalt in Los Angeles, wo Martin einen Fernsehfilm drehte. Belle war ganz aufgeregt bei dem Gedanken an all die Stars, denen sie begegnen würde, wenn sie dort waren, und berichtete ganz begeistert, wie bodenständig die weiblichen Berühmtheiten waren, für die sie geschwärmt hatte, und dass sie nach dem Rezept für ihren Käse-Tomaten-Auflauf gefragt hatten.

Nachdem sie sich an Abendessen und Nachtisch satt gegessen hatten, verabschiedeten Clay und sie sich von dem glücklichen Paar und kletterten in seinen Pick-up, um zu seiner Wohnung in Buckhead zu fahren. Im Laufe des vergangenen Jahres hatte er sie gebeten, ihm dabei zu helfen, sie gemütlicher einzurichten, aber sie fühlte sich dort noch immer wie ein Gast … außer wenn er sie in seinem großen Bett in den Armen hielt.

Sie betrachtete sein attraktives Profil im gedämpften Licht des Wagens und gab sich dem Kribbeln hin, das sie jedes Mal durchfuhr, wenn sie ihn ansah. Selbst nach einem Jahr sprach sie noch immer auf ihn an. Ihr Körper vibrierte erwartungsvoll, wenn sie daran dachte, wie sie sich später lieben würden. Dass sie sich unregelmäßig sahen, ließ zumindest auf dem Gebiet das Feuer nicht erlöschen. Es bestand kein Zweifel daran, wie gut sie körperlich zusammenpassten. Es waren andere Bereiche ihrer Beziehung, die sie plötzlich infrage stellte.

»Es war ein schöner Abend, nicht wahr?«, fragte er.

»Wirklich schön«, stimmte sie zu. »Unsere Eltern haben Glück, dass sie sich gefunden haben. Sie scheinen in jeder Hinsicht gut zueinanderzupassen.«

Vor ein paar Monaten hätte er vielleicht nach ihrer Hand gegriffen und gesagt, dass auch sie gut zueinanderpassten. Er hielt ihre in seiner großen Hand, hüllte sich aber in Schweigen.

Annabelles Herz zog sich zusammen. Dann sah sie zum Fenster hinaus und blinzelte. »Fahren wir nach Norden?«

Er starrte geradeaus. »Ich muss auf dem Grundstück etwas nachsehen. Stört es dich?«

»Natürlich nicht.« Doch ein Gefühl der Besorgnis regte sich in ihr. Wollte er es hinauszögern, mit ihr allein in der Wohnung zu sein? Sie unterdrückte den beunruhigenden Gedanken und räumte ein, dass sie das Grundstück seit Monaten nicht gesehen hatte. Seit dem ersten unterbrochenen Kuss neben dem moosüberwachsenen Baumstamm hatten sie viele verstohlene Momente im Gras verbracht … neben dem Bach … im Gras … und wieder im Gras.

Zu dieser späten Stunde wollte er vermutlich nur das Bewässerungssystem überprüfen, das den Bambusbestand versorgte, der auf dem Land wuchs. Er hatte vor kurzem dem Zoo von Atlanta eine Bambusprobe geschenkt, damit sie damit ihre Pandas füttern konnten, die sehr wählerisch waren, wenn es um ihr Grünzeug ging. Offenbar war der Bambus ein Volltreffer gewesen, denn Mitarbeiter des Zoos waren an ihn herangetreten, um herauszufinden, wie viel er ihnen davon liefern konnte.

Obwohl sie sich über das neue Projekt freute, fragte sie sich, ob es Clays Pläne, hier eines Tages ein Haus zu bauen, verdrängt hatte und ob er noch einmal über seine Zukunft nachdachte.

Als sie auf das Grundstück und über die Schotterpiste fuhren, wurde sie daran erinnert, wie dunkel es werden konnte, wenn man nicht vom Licht des Straßenverkehrs und der Stadt umgeben war. Die Sterne über ihnen strahlten wie kleine Löcher, die jemand in den pechschwarzen Himmel gestochen hatte. Die Scheinwerfer des Pick-ups erhellten hohes Gras, eine Hügellandschaft und emporragenden Bambus, der exponentiell gewachsen war, seit sie ihn das letzte Mal gesehen hatte. Sie ließ ihr Fenster herunter und lehnte sich hinaus, um den Grillen und Heuschrecken zu lauschen, die nie schliefen. Es war eine perfekte Sommernacht – noch warm von der Tageshitze, aber mit genug Wind, um die Schwüle zu vertreiben.

»Ich hatte fast vergessen, wie schön es hier ist.« Sie musste daran denken, wie sehr sie es vermissen würde, falls …

Falls sich herausstellen sollte, dass sie und Clay doch nicht zueinander passten.

Er fuhr mit dem Pick-up langsam neben einen Metallkasten, so groß wie eine kleine Truhe. Er schaltete den Motor aus, ließ aber die Scheinwerfer an, damit er den Weg zu dem Kasten finden konnte. Nachdem er eine kleine Tür in der Box geöffnet hatte, betätigte er einen Schalter. Ein paar Meter weiter ging ein Nachtlicht auf einem großen Pfahl an und erhellte den Boden darunter.

Annabelle kletterte aus dem Pick-up und starrte die große Fläche an, die mit gelbem Isolierband abgesteckt worden war. »Was ist das?«

»Mein Haus.«

Diese Antwort versetzte ihr einen schmerzhaften Stich. Clay setzte seine Pläne also doch um und hatte ihr nicht einmal davon erzählt. Sie sah ihn nicht an.

»Eigentlich«, fügte er mit heiserer Stimme hinzu, »ist es *unser* Haus. Hoffe ich zumindest.«

Ihr Herz schlug einem Trommelwirbel gegen ihre Rippen, als sie ihm den Kopf zudrehte. »Hoffst du?«

Er biss sich auf die Lippen und nahm ihre Hand. »Annabelle, ich weiß, was du von der Ehe hältst … und ich habe immer genauso gedacht.«

»Clay, ich …«

»Lass mich bitte ausreden, bevor ich den Mut verliere.«

Sie schloss den Mund. Clay, den Mut verlieren?

»Ich weiß, dass das für dich altmodisch klingt, aber ich will keine Fernbeziehung, und ich will auch nicht, dass wir nur zusammen wohnen.« Seine Stimme stockte. »Ich möchte, dass du hierher ziehst, wenn dein Vertrag ausläuft, aber wenn du das nicht willst, dann komme ich gerne nach Michigan. Also dachte ich, ich frage lieber, bevor ich den ersten Spatenstich mache.«

Ihr schwirrte bei seinen Worten der Kopf. »Was fragen?«

»Als ich heute gesehen habe, wie unsere Eltern ihren Hochzeitstag gefeiert haben, wusste ich, was ich für uns will.« Er sank auf ein Knie und holte ein kleines Samtkästchen aus der Tasche.

Annabelle atmete scharf ein, und das Blut rauschte ihr in den Ohren.

Er öffnete das Kästchen und zeigte ihr einen mit Diamanten besetzten Ring, der perfekt zu dem Verlobungsring ihrer Mutter passte. »Annabelle Coakley, willst du meine Frau werden?«

Sie war sprachlos. Vor ein paar Minuten war sie sich noch sicher gewesen, dass er ihr das Herz brechen würde. Doch stattdessen fühlte es sich jetzt so groß an, dass es ihr fast die Brust sprengte. Jeder Zweifel, den sie in Bezug auf die Ehe gehabt hatte, löste sich in Wohlgefallen auf, als sie ihm in die Augen sah. Wie hatte sie glauben können, dass sie jemals mit weniger zufrieden sein könnte, als mit diesem Mann verheiratet zu sein? Sie wollte vor dem Gesetz an ihn gebunden sein … in guten wie in schlechten Tagen … in Reichtum wie in Armut … in Krankheit und Gesundheit … bis dass der Tod sie schied … nach vielen, vielen Jahren in den Armen des anderen.

Dennoch konnte sie dem Versuch nicht widerstehen, mit ihm zu spielen – sie hatte schließlich einen Ruf zu verlieren.

Sie verschränkte die Arme. »Deine Frau werden?«

Er nickte ernst und mit nervösem Gesichtsausdruck.

»Muss ich einen Ehevertrag unterschreiben?«

»Nein.«

»Muss ich meinen Namen ändern?«

»Nein.«

»Und ich muss nicht umziehen.«

»Nein.«

Sie legte die Hand auf den Mund und tat so, als müsste sie sich die Optionen durch den Kopf gehen lassen, aber die Freude in ihr machte es ihr unmöglich, die Täuschung lange aufrechtzuerhalten. Sie lachte durch ihre Finger hindurch, und Clay hob den Kopf.

»Ich würde dich selbst dann heiraten, Clay Castleberry.« Sie warf sich ihm in die Arme. Er stand auf und wirbelte sie lachend herum. Nachdem er sie abgesetzt hatte, schob er ihr den Ring an den Finger und küsste sie.

Als sein warmer Mund sich auf ihren presste, kehrte sie in Gedanken zu dem Tag zurück, als er sie das erste Mal geküsst hatte, und sie musste daran denken, wie weit sie seit jenem schicksalhaften Augenblick gekommen waren. Jener Kuss war aus Lust entstanden, aber dieser Kuss barg das Versprechen auf ein gemeinsames Leben in sich. Als sie keine Luft mehr bekamen, klammerten sie sich aneinander.

»Ich war mir sicher, du würdest Nein sagen«, murmelte er an ihrem Haar. »Ich hab mir solche Sorgen gemacht. Und ich hatte Angst, du würdest misstrauisch werden, weil die Planung für das Haus so viel Zeit in Anspruch genommen hatte.«

Sie lehnte sich ein kleines Stück zurück. »*Das* ist dein geheimes Projekt?«

Er nickte. »Ich habe mit dem Architekten zusammengearbeitet, um den Grundriss zu planen.«

Er nahm ihre Hand und zog sie zu dem abgesteckten Platz, trat über das gelbe Band, das die Außenwände markierte. »Ich dachte, die Eingangstür könnte hier sein … dann wäre die Küche dort … und dort drüben das Wohnzimmer mit großen Panoramafenstern, die das Tal überblicken.« Er hielt inne, sah zu ihr hoch und wirkte plötzlich nicht mehr so hoffnungsvoll, sondern eher zerknirscht. »Aber wir können alles ändern, wenn du willst.«

Sie lachte. »Ich bin mir sicher, dass es großartig wird.« Sie sah sich um und schenkte ihm ein schelmisches Grinsen. »Und wo ist das Schlafzimmer?«

Er lächelte und zeigte in eine Ecke. »Dort drüben.« Er verschränkte ihre Finger miteinander und führte sie zu einer grasbedeckten Stelle. Dort sah er ihr in die Augen, während er sein blaues Hemd aus dem Hosenbund zog und aufknöpfte. Ihr lief das Wasser im Mund zusammen, als er die festen Bauch- und Brustmuskeln entblößte. Sie fand seinen beeindruckenden Körper jetzt noch anziehender als damals, als sie ihn das erste Mal im Pool beim Schwimmen gesehen hatte, als er sich über sie lustig gemacht hatte. Denn jetzt kannte sie den Genuss, den sein Körper ihr bereiten konnte.

Er streifte das Hemd ab und breitete es über das weiche Gras. Dann griff er nach ihr und zog sie zu sich herunter, wo er sie sanft und zärtlich küsste. Sie waren jetzt erfahrene Liebende, kannten ihre Körper und die sensiblen Stellen, die leisen Laute genau. Aber etwas hatte sich verändert. Es fühlte sich wieder an wie das erste Mal.

Sie legten ihre Kleidung bewusst langsam ab, liebkosten und erregten sich behutsam und liebevoll. Als sich ihre Körper vereinten, gelangten sie zu einem wilden Höhepunkt, der widerspiegelte, wie ihre Liebe durch ihre tiefe Hingabe gewachsen war.

»Ich liebe dich«, murmelte Clay ihr ins Ohr, während sie sich von der Leidenschaft erholten.

»Ich liebe dich auch«, flüsterte Annabelle und legte ihm die Hand aufs Herz.

Ein Lächeln spielte um ihre Lippen, während sie sich darüber wunderte, wie sehr sich ihr Leben doch innerhalb eines einzigen Jahres verändert hatte. Sie hob eine Augenbraue. »Was sollen wir tun, wenn jemand versucht, *unsere* Hochzeit zu verhindern?«, neckte sie ihn.

Er knurrte dumpf und zog sie zu einem weiteren Kuss an sich. »Sollen sie es nur versuchen.«

ENDE

DANKSAGUNG

Vielen Dank, dass Sie sich die Zeit genommen haben, meine romantische Komödie »Stoppt die Hochzeit!« zu lesen. Ich liebe es, Geschichten wie diese zu schreiben, unkompliziert und heiter, perfekt geeignet für einen unterhaltsamen Nachmittag. Ich hatte großen Spaß dabei, die Handlung dieses Buches in meiner Heimatstadt Atlanta anzusiedeln, da ich so die Geschichte um ein paar authentische Details bereichern konnte, wie beispielsweise das Problem von Luxussanierungen in älteren bestehenden Nachbarschaften. In diesem Buch nutze ich zwei Häuser, um die Unterschiede der Haushalte der Coakleys und der Castleberrys aufzuzeigen. Ich habe es außerdem genossen, über die Beziehung zwischen Mutter und Tochter zu schreiben. Am Anfang ist sich Annabelle so sicher, dass ihre Mutter mit ihrem Leben als Single nicht zurechtkommt, dass sie nach Atlanta gerauscht kommt und glaubt, sie könne ihr noch einiges über Männer und Beziehungen beibringen. Aber ich liebe Belles stille Klugheit und Geduld, mit der sie ihre erwachsene Tochter in Herzensangelegenheiten unterweist. Ich habe mir immer »Stoppt die Hochzeit!« als Film vorgestellt. Mir fallen ein paar großartige Schauspieler ein, die Martin und Belle und Clay und Annabelle darstellen könnten, und ich denke zudem, dass die Slapstick-Komik auf der Leinwand viel lebendiger wirkt, als sie das je auf den Seiten eines gedruckten Buches kann. Wer weiß, vielleicht schreibe ich noch einmal ein Drehbuch. (Ich halte Sie auf dem Laufenden.)

Wenn Ihnen »Stoppt die Hochzeit!« gefallen hat und Sie Lust haben, bei Amazon eine Rezension zu veröffentlichen, würde mich das sehr freuen.

Noch einmal Danke für Ihre Zeit, Ihr Interesse und dass Sie Ihren Freunden von meinen Büchern erzählen.

9637311R00126

Printed in Great Britain
by Amazon.co.uk, Ltd.,
Marston Gate.